DUCESA

Autor: Liana Mânzat
Editare: Alexandra Parsons și Curtis Parsons
Copertă: Alexandra Parsons și Curtis Parsons
Technoredactare: Curtis Parsons

DUCESA

LIANA MÂNZAT

Liana Mânzat

CUPRINS

Mai greu decât să trăieşti pur şi simplu este să reuşeşti să
trăieşti comedia tragediei vieţii.

PARTEA I

Tudorița

-Ai avut o zi grea, îi spun eu cu ochii în pământ, intrând în casă, asta doar ca să zic ceva, orice, speriat de fața ei așa lăbărțată cum era, acum parcă în patru colțuri, cu obrajii tumefiați, ochii bulbucați ca ai broscoilor în perioada reproducerii, cu mișcări bruște, aruncând și adunând și iar aruncând lucrurile de pe ea, pardesiu, pulovăr, eșarfă, șapcă, ghetele cât colo, izbindu-le de pereți, fără să-i pese de *calciul antic și de demult*, atât de greu de întreținut, de țurțurii ăia mari în care mă zgâriam de câte ori trebuia să o las să treacă înaintea mea pe hol, că mă făceam poster pe perete și-mi mușcam limba să nu zbier de durere când vârfurile acelor aisberguri de gips îmi intrau nemilos în carnea de pe spinare, își începe Biluță confesiunea în fața psihologului la care s-a dus când a simțit că gata, nu mai poate!

- Și, continuă el, de fiecare dată, atunci mă-ntrebam: ce cretin mai are acum așa ceva în casă, mai ales pe pereți, că și când erau la modă, ăia mari, țurțurii de, ăia babani și ascuțiți ca niște sulițe conice, de drept și de fapt se puneau doar pe tavan, ăia mici pe pereți, să ai ce aspira, că ce mai conta curentul electric? Și ce mai conta zugrăveala din an în an, ce mai conta toată mizeria și zăpăceala când ea, cât era de mare pe-atât de sprinten dispărea atunci şi rămâneam eu cu toate, că ea voia casa la cheie, că nu suporta varul, era alergică şi la gândul var, dar să-l mai şi spele de pe uşi, geamuri şi duşumele, rosti pe nerăsuflate, cu obidă, omul făcut ghemotoc în scaunul din faţa biroului, unde psihologul nota, din când în când, câte ceva pe-o foaie de hârtie.

Nu e nici măcar un carneţel, observă Biluţă dar continuă să-şi spună păsul.

- Şi mă gândeam eu aiurea aşa, pierdut, fără să aştept un răspuns, privind malul ăla de femeie care, fără niciun sunet, doar prin gesturi isterice făcea mai mare zgomot decât o bombă atomică încât o simţeam, bomba aia, în stomac, ghemuită, bubuitura aia, în creieri, gata, gata să iasă în aburi, ca-n desene animate, prin ambele urechi, ba cu zgomot cu tot, ca ţiuitul ăla când fluieră împiegatul în gară şi pleacă trenul.

- E o-ntrebare sau o constatare, asta cu *ziua mea grea*, amice?

Mă întrebă aşa, flegmatic şi peste umăr cumva, femeia mea, din baie, acum în pielea goală, cu un picior în vana care se umplea încet dar sigur cu apă mai mult fierbinte, aburii estompând iregularităţile acelui trup pe care şi Rafael l-ar fi refuzat drept model, cu tot opulismul straturilor de slănină, a burţilor revărsate una peste alta, toate adunate darnic într-un singur trup.

- *Amice*?! Mă mir eu dar în gând, că n-aş fi vrut să înfurii zeiţa vieţii mele pentru nimic în lume.

Ş-aşa ne aştepta un chin, pe ea să o bărbieresc, că de epilat nici vorbă, pe mine să îi suport chiţăitul şi preţioasele indicaţii la fiecare fir de păr uitat în urma aparatului de ras.

Apropiindu-mă, o priveam cum vâră şi celălalt trunchi de picior în vana deja mai mult de trei sferturi plină cu apă aburindă, aşteptându-mă să dea, apa aia, în clocot din clipă în clipă. Dar nu a dat în clocot ci pe-afară, când femeia mea s-a lăsat gemând de plăcere şi s-a dus până la fundul vanei, lăsând-o aproape goală de apă.

Legile fizicii nu se dezmint. Nici vecinii care, după câteva minute, sigur vor izbi cu cozile de mături în tavane să ne avertizeze, ca-n fiecare zi, că le-am făcut duş; de pereţi nu mai spun.

E ceva vreme de când nu mai am curajul să cobor, mai ales acum, să văd cum arată la ei în casă, vreo trei ani de când nici ei nu mai urcă să mai povestim una, alta dar nici să se certe cu mine, de când o am pe Tudoriţa, de când sunt *om la casa mea*, de când defapt casa nu mai e a mea, de când viaţa nu-mi mai aparţine, sufletul, mintea, voinţa, totul mi le soarbe ea, voluptoasa şi pătimaşa mea iubită.

Cum sunt un bărbăţuş trecut de cincizeci şi trei de ani, aşa, scundac, rotunjor şi chel, practic o chelie tot, dacă e să vorbim în ansamblu şi, recunosc, mai mult mă rostogolesc când merg, de ani buni eu păşesc mereu tot cu ochii în pământ să nu cad în vreun canal, ceva, râse el, cu un vădit simţ al umorului, prin felul în care s-a descris singur, fără complexe, ba chiar mândru de cum este.

Şi continuă să povestească:

- Într-o seară, cam vreo trei ani să fie de atunci, numărând a nu ştiu câta oară crăpăturile asfaltului atât de cunoscut al trotuarului îngust, am dat peste o altă *bilă* care, ca mine, tot cu ochii înfipţi în pământ. Ea, am înţeles văzându-i expresia feţei, ca să nu se vadă-n vitrine că de căzut, deh, nu putea să cadă-n canal, mă rog, ar fi putut dar n-ar fi încăput în gaură. Însă, e drept, de imaginea ei nu putea fugi decât evitând-o, numărând probabil şi ea crăpăturile asfaltului.

Ce să mai, am dat nas în nas, adică burtă-n burtă, pe-o stradă lăturalnică a oraşului nostru de munte, într-o seară de mai, o seară căldicică şi mirosind a tei, nu prea ştiu dacă de pe vreo alee sau din cana vreunui pensionar dar, în fine, era seară, luna mai, aerul aromat şi călduţ ca o sorbitură din ceaiul acela, cum am spus, de tei.

Şi când să fac pasul peste un şănţuleţ săpat de zăpezi şi ploi, chiar în mijlocul trotuarului ş-aşa îngust, mă opreşte cu-n picior în aer ceva moale, cald şi-nflorat. Sub un felinar!

Romantică scenă, eu preocupat să nu dau în gropi, sorbind, în capul meu, aroma unui ceai de tei, bucurându-mă de-o seară de primăvară-vară, senin şi, ciudat, simţindu-mă uşurel, aşa de uşurel la peste suta mea de kile cu nici un metru cincizeci, trezit din raiul ăsta în alt rai, unul moale ca o cocă pentru cozonaci, ba şi înflorat, parfumat fin, recunosc, prea fin ca să fie de la florile alea ce-mi împungeau burta.

Ridic ochii şi văd la nivelul sprâncenelor mele o frunte îngustă, albă, sidefie în lumina înserării, sub felinarul rustic, încă neaprins, ce ne stătea strajă la marea întâlnire.

Mare a fost momentul, da, mare de tot, cât ea de mare. Şi cât mine. Uriaş!

Am râs amândoi, dând să trecem unul pe lângă altul şi n-a fost chip. Aşa că, eu sau ea, trebuia să facem calea întoarsă ori să o luăm pe după maşinile parcate aiurea, cum e la noi şi peste tot şi să ne continuăm drumul, fiecare pe-al lui.

- Staţi că mă-ntorc eu, ş-aşa am uitat să iau nişte iaurt, spun repede, cu gândul să n-o supăr, s-o las să treacă, să...

- Lăsaţi că mă-ntorc eu, râse ea cu glas delicat, nici n-ai fi zis că poate ieşi din trupul ăla o voce aşa melodioasă.

Mă aşteptasem, nu ştiu de ce, la o voce piţigăiată, miorlăită sau şi mai rău, hârşcâită, de fumătoare înrăită, nicidecum vocea aceea dulce, ca o melodie.

- Nuuu, vă rog, nu..., încerc panicat s-o reţin cumva, să nu dispară aşa cum a apărut, ca un vis, ca o iluzie parfumată.

- Mă-ntorc eu, repetă ea. Oricum nici nu ştiu de ce am ajuns pe străduţa asta. Nu este traseul meu şi defapt am maşina parcată aproape, mai rosti ea, scuturându-şi coada groasă şi împletită, dintr-o parte în alta, ca şi cum ar fi vrut să-mi atragă atenţia asupra ei. De parcă nu puteai s-o vezi, cu coada ei cu tot! Era mică şi atât de mare! Era perfectă. Era femeia pe care mi-o imaginasem dintotdeauna. Era *ea*!

- Nuuu, lăsaţi, am să mă întorc şi gata, treceţi, insist eu cu ochii lipiţi de faţa aceea albă, brobonită de transpiraţie, observând cum ochii ei bulbucaţi, verzui, aproape negri în înserarea care se transforma în noapte de-a binelea, se-ngustează devenind două linii ca două lame de cuţit. M-a luat cu fiori şi-am decis atunci, pe loc, să fac exact cum vrea ea, cum va zice ea să facem.

- Mă întorc la maşină, rosti vocea ei caldă, acum simţind inflexiuni metalice, ca nişte scrâşnete. Spusese totul printre dinţi. Nervoasă.

- Bine, vă-ntoarceţi, rostesc zâmbind în mintea mea, faţa rămânându-mi o mască de spaimă.

Pleca, gata o pierdeam. Şi ce caldă era burta aia moale şi parfumată, până şi florile alea roşii, parcă maci erau, care acopereau tot bustul acela ce-mi umplea, nu doar câmpul vizual cât şi sufletul, mai ales sufletul de-acum.

Nu putea să plece!

Ba putea dar nu trebuia!

Ba trebuia dacă voia! Dar eu?

Şedinţa la psihologul plictisit, ori aşa i se păruse omuleţului, se termină.

Vorbise întruna, turuise parcă vrând să scape de tot şi de toate, de el în primul rând să scape, să se lase acolo şi, când se va ridica să plece, să iasă numai el, cel care fusese înainte, el cel dintotdeauna.

Spovedania, mărturisirea lui în faţa unuia ce părea aproape vădit neinteresat, e drept că notând câte ceva din când în când pe foaia din faţă sau, poate, desenând ce-i trecea lui prin cap, ce-i inspira omuleţul chircit în fotoliul din faţa sa, Biluţă neavând curajul să se uite acolo, el povestind şi tot povestind cu ochii întredeschişi, aţintiţi undeva în dunga ce despărţea peretele din faţa lui de tavanul încăperii, durase mai mult decât îşi imagină omul chel şi agitat în neputinţa lui de a-şi controla tremurul întregului trup.

Senzaţia asta cu tremuratul din toate încheieturile începuse de mai bine de o lună, cam de când Tudoriţa lui căzuse în baie şi dintr-o dată amândoi, el şi ea parcă deveniseră alte persoane.

El, cine ştie, poate de spaima că o va pierde atunci pe loc, rămânând oarecum într-o stare de şoc, ea, păi ea nu se ştie ce ar fi putut avea, o simţea stranie, dusă din realitatea asta, oarecum fericită, inconştientă de schimbare, cam cum ar trebui să se simtă, credea el, unii care, mai ales la bătrâneţe sau de boală uită tot, uită că sunt, cine sunt, uită şi există, dar nu ştiu nici măcar asta.

Acesta era motivul pentru care ajunsese la psiholog, starea asta ciudată de tremurătură, frica, anxietatea, senzaţiile ireale pe care le trăia de la o vreme şi pe care nu putea să le priceapă.

Tudoriţa nici n-a vrut să audă de şedinţe la psiholog aşa că Biluţă, după ce femeia lui i-a aruncat o privire ucigătoare în toată absenţa ei din realitate, a dat fuga să *se caute* singur, măcar el *să se găsească*, să se regăsească în toată ciudăţenia de viaţă în care pare că se prăbuşiseră amândoi.

Omuleţul voia cu disperare să iasă din *canalul* de care se temuse ani buni, voia să vadă iar lumea aşa limpede ca mai înainte, să vadă cerul cum era, nu cum ştia din amintiri că este, să simtă mirosurile, să simtă gusturile, să se simtă viu.

Că doar Tudoriţa lui nu căzuse cu el în braţe în vană, nici n-ar fi avut loc amândoi acolo, dar se simţea de parcă ar fi căzut şi el, ba mai rău, simţea că el nici nu a mai ieşit din apa aia fierbinte, spumoasă şi-n care pluteau şomoioage de păr cenuşiu, cârlionţat, simţea că a rămas acolo pe fundul vanei şi acum e doar un spirit care încearcă să închege, din amintiri, o viaţă fără cap şi coadă, fără sens.

Ieşi iute din cabinetul particular al psihologului, coborî în goană scările până la uşa blocului, o deschise smucit şi, sufocându-se, se aruncă afară, se opri, aplecându-se peste genunchi, parcă voind să se trântească pe burtă, reuşind astfel să ofteze adânc, umplându-şi plămânii până la refuz cu aerul serii răcoroase.

O seară de mai, aceeaşi pe care mintea refuza să o trimită înapoi şi pe care i-o tot scotea în faţă, de parcă asta ar fi trebuit să fie ultima imagine, astea ultimile simţăminte, acelea trăite atunci, de parcă numai momentele alea contau, au contat şi au rămas singurele în mintea lui golită de restul celor peste cincizeci şi trei de ani trăiţi până atunci.

Seara lui de mai, unica amintire şi care se derula la nesfârşit, ca o melodie într-un patefon măcinat de vreme, o amintire prelungită în secunde, clipe, ca acele imagini fulgerătoare ce se spune că-ţi trec prin faţa ochilor în momentul când mori, desprinzându-te de viaţa asta.

Doar că el vedea cu încetinitorul totul, revedea toate scenele iar imaginile se reluau, se tot reluau şi el obosise, tremura şi, cu toate spaimele obsesiei acelei zile, simţea aceeaşi plăcere şi bucurie, aceeaşi dorinţă să strângă trupul rotund, dodoloţ în braţele lui scurte, groase, la fel de intensă dorinţa precum spaima secundei în care ea s-a întors pe călcâie să plece, să dispară din viaţa lui pentru totdeauna.

Două stări contradictorii care-i stârneau, în mintea confuză şi-n trupul tremurând ca o piftie de urechi de porc, senzaţii uluitoare, excitante, spaimă, stări instinctuale paroxistice, pe care creierul şi trupul păreau că nu le mai pot suporta mult timp dar nici nu vor să mai renunţe, ca şi cum ar fi trebuit să ajungă undeva la un capăt şi capătul acela să fie răspunsul la o întrebare pe care, încă, nu ajunsese să şi-o pună nici el, nici mintea lui, nici nimeni, poate, în lumea asta.

*

- Dormi în post? Auzi omul transpirând în aburii care ieşeau din trupul mare, gros şi lăbărţat al femeii, acum ridicată în picioare. Ce faci, te gândeşti la ziua d'apoi? Continuă ea potrivind şi tot potrivind apa să umple iar vana, să se bălăcească în voie, fără să-i pese de lacul din baie, din hol, de valurile care se scurgeau, cu sau fără spumă, în capul vecinilor până jos, până afară din scara blocului, de ajunsese să ştie lumea cât e ceasul după apa care ieşea firicele, firicele, unindu-se toate în şanţul de scurgere, luând-o uşurel spre o gură de canal aşezată mai spre colţul blocului.

- Ei şi tu, cum să dorm?! Tresări Biluţă cu ochii largi, privind-o fără s-o vadă în ceaţa deasă din baia prea mică, întotdeauna prea mică atunci când erau amândoi acolo.

- Şi de ce te uiţi la mine aşa? Ai adormit, spune tu că nu! Cum poţi tu să adormi aşa, instantaneu oriunde, oricând şi oricum? Cum?

Se enerva femeia asta în toată plinătatea ei, săltând şi mişcându-se în toate părţile în încercări disperate de-a ajunge cu buretele, îmbibat cu gel de duş, peste tot, reuşind să-şi frece până la sânge doar pieptul uriaş cu sfârcurile privind şi ele în jos, ca ochii omului prăvălit în faţa asprimii din vocea care nu obosea, nu se-neca în aburi, nu se oprea, şi-l dojenea, îl întreba, îl ironiza, îl ..., ei da, îl enerva că, de fier să fii, până la urmă nu mai poţi.

Tăcând, fierbând în el şi tăcând, Biluţă luă, aproape smucit, buretele din mâna Tudoriţei şi începu s-o frece pe spinare, mai întâi pe un umăr, tot mai spre spate şi tot mai tare, în felul acesta reuşind s-o aducă la tăcere, cearta ei transformându-se în nişte mormăituri de plăcere şi cuvinte susurate:

- Mai spre stânga, mai în jos, aşaaa, maaaiii, nuuu, mai în joos, mă, mai în jos, hai şi spre dreapta, dă-i mai tare, mai pune şi tu gel, mai tare, aşa, freacă, hai că nu-mi iei pielea, rostea ea cu vocea aceea care-i ridica lui părul pe mâini şi pe picioare şi-l zăpăcea, de-i venea să intre acolo peste ea în vană, îmbrăcat să se arunce peste ea şi s-o aibă, s-o strivească sub el, cum făcea când o prindea aşa, calină cum era în momente ca acesta, torcând ca o mâţă uriaşă în patul mare, de vreo zece ori reparat în trei ani, că ajunsese să fie complet refăcut, din lemnul cel mai gros şi de cea mai rezistentă esenţă, numai salteaua saltea, din aia de tip vechi dar groasă, de bună calitate şi cu arcuri rezistente.

Dar sentimentul din el, acela de veşnică alertă, nu-l putea amorţi niciun tors, nicio şoaptă oricât de dulce, de calină şi caldă ar fi fost. Simţea ghearele felinei, simţea că în coaja aia mare şi groasă, undeva, adânc, se ascunde o fiară, o sălbăticiune, fireşte iraţională.

Avusese prilejul s-o întrevadă, doar să o întrevadă, în cei trei ani de când erau împreună, în apartamentul acela vechi al lui.

Aproape nu-i venea să creadă nici acum că a reuşit s-o aducă la el pe femeia aceea rotundă, fină ca o bomboană din ciocolată albă, învelită în foiţă de aur, cu aromă de fruct căruia nici azi nu-i putea ghici numele, cu mirosul parfumului ei, unul din toate, că le aduna de pe unde le găsea şi, amestecându-le, făcea ea preparatul său unic, după simţurile ei, că la miros părea bărbat nu femeie, ştiind să facă ea în aşa fel să-ntoarcă masculii capul după ea.

Biluţă parcă-i vedea cum adulmecă umflându-şi toţi nările după şoldurile late, jucăuşe, care se lăsau, când unul, când altul atât de jos la fiecare pas, încât aveai impresia că, acuşi se prăbuşeşte cu totul într-o parte, trupul acela ca o drogherie ambulantă.

Da' ce-i al ei, e-al ei, gândeau femeile oarecum invidioase, nu pe rotunda asta cât pe reacţia bărbaţilor, ai lor, ai altora, pur şi simplu neputând nici unul să nu întoarcă uşor capul, aşa, cu nasul în aer şi nările umflate, cu ochii întredeschişi, ca animalele primăvara prin păduri, adulmecând perechea întru perpetuarea speciei.

- Acuma ia aparatul, rade bine la spate, spuse ea cu o voce diferită, mai groasă, poruncitoare şi se-ntoarse cu dosul spre Biluţă desfăcându-şi cât putu fesele învineţite de apa fierbinte, circulaţia proastă a sângelui prin glodurile de grăsime scoţând în evidenţă vinişoarele albăstrii, sugrumate, alergând parcă şi ele de colo colo, încercând să scape din strâmtoarea celulitei.

Biluţă se-nfipse cu fruntea în noadă şi, mai mult pe pipăite, trăgea cu aparatul de ras cum tragi c-o raşchetă pe parchet. Exact aşa se-auzea, un hârşcâit ce zgâria creierii, pierdut însă printre pleoscăiturile pe care le făceau sânii legănaţi de tremuratul trupului îndoit, aplecat mult în faţă şi cu fundul în sus, cât mai sus, spre lumina alb-albăstrie, picurată din neonul afumat, lipit de tavan.

- Gata, pe-aici e gata, mormăi ca pentru el omul cu chelia broboane, broboane.

Între sprâncenele înfoiate, cărunte şi groase, acolo unde două dungi adânci brăzdau spaţiul dintre ele, se lipiseră câteva fire de păr albicios, total diferite, nu doar la culoare, de cele ce răsăreau în mod natural din pielea omului. Că, de efort, abur şi oboseală, în poziţia aceea incomodă şi ciudată, Biluţă dădea, din când în când, cu dosul mâinii în care ţinea aparatul de ras, peste chelie înspre faţă, ajutând broboanele de transpiraţie, mari cât boabele de strugure negru, din ăla de nova, să se scurgă pe nasul mare şi borcănat în jos. Şi parcă se-auzea cum picurau în apa, de-acum plină de spumă verzuie, presărată cu smocuri de păr gălbui albicios, o amestecătură pe care numai mirosul puternic de brad al gelului de duş o mai salva de la o comparaţie deloc agreabilă pentru doamna ce părea pe altă lume acolo între aburi, păr, spumă, apă şi omul din spatele ei încercând imposibilul.

Scena raşchetatului a luat sfârşit în icneli, bodogăneli, mormăituri şi transpiraţii abundente pentru bietul Biluţă, care murea după o bere la cutie, una de aia din frigider, pe care imediat apăreau cam aceleaşi broboane însă din cu totul alte motive, fără gustul şi mirosul celor ce-i încoronau fruntea intrându-i în ochi, în gură, ca să se scurgă până la urmă de unde veniseră.

Berea, berea aia mă pune acum pe picioare, gândea el oarecum mai înveselit. *O gură să apuc să iau şi pot muri, că aşa m-am săturat, m-am săturat de tot, de toate şi de mine, de viaţa asta de ... om!* Gândi el înciudat, negăsind cu ce să compare viaţa lui, că numai un om poate simţi şi trăi o aşa viaţă, că omul ştie, gândeşte, simte şi gândeşte, face şi ..., ei bine, de multe ori face şi nu gândeşte dar, poate că nu ştie că nu trebuie să facă însă, dacă face şi nu trebuie apoi trage că şi dacă face şi trebuie, tot trage că, aşa e în viaţă, tragi pentru toate, mereu pentru toate, chiar şi pentru un pârţ scăpat în lift tragi că, dacă îi scapă celui care intră după tine, apoi mai urcă şi vecina din faţă, păi la cine se uită, chiorâş, femeia, dacă nu la cel mai urât, mai moacă de fraier, băşinos şi prost? La el, că aşa se simţea şi nu de-acum ci cam de multişor, deja de prea multişor ca să nu înceapă să-l doară şi să-i vină aşa un dor de ducă, să o ia la sănătoasa şi să nu se mai uite-napoi.

- Heeei! îi sparse-n ţăndări toate gândurile vocea aia puternică, ieşită din nişte plămâni pe măsura bustului.

- Heei, ce? Sări în sus Biluţă.

- Păi ce mă laşi cu curu-n aer? E gata? Nu e gata? Că nu mai pot să mai stau aşa, că nu-s la o şedinţă foto, nici material didactic pentru studenţii de la arte nu mă simt, deşi ar avea âia ce picta, nu? Chicoti ea, schimbându-şi, ca-ntotdeauna, cameleonic, starea de spirit.

- Ăăăă, gata, gata, îndrăzni Biluţă să confirme, deşi rămăseseră fâşii nerase dar ştia că n-ar avea cum să le vadă, doar să dea cu mâinile însă, ce mai conta?

Tot nemulţumită era, tot aiurea îl făcea să se simtă, ca atunci când, pentru prima oară a trecut prin traumatica asta experienţă şi Tudoriţa îi spusese pe puncte, pe fiecare centimetru de piele cum să facă, ce să facă să ia fiecare firicel de păr.

Cum să uite cât s-a speriat când, în apa spumoasă şi flocăită au apărut picături mari de sânge? O tăiase, nu ştia cum, cu aparatul ăla de ultimă generaţie, luat pentru el dar sfârşind al ei că omuleţul ajunsese pe faţă cam ca în cap, uşor, uşor se ducea şi părul de pe trup, nu doar viaţa din el. Asta însă avea s-o constate mai târziu.

Atunci era în focul iubirii şi nu ştia cum să facă să oprească sângerarea din pişcătura aia minusculă. Şi tot atunci a fost singura dată când femeia a râs, a glumit şi l-a încurajat ea pe el, că Biluţă mai să leşine la vederea sângelui.

De când nu mai auzise el râsul acela în baie, mai ales la şedinţele de bărbierit!

- Auzi mă, cum e gata, că tu nu ari aici ogoru lu' mamă-ta ci mă razi pe mine, ai înţeles? Uite câta' mai fâşia ai lăsat în urmă, strigă Tudoriţa ridicând un crac şi... deodată, pleosc! Alunecă şi căzu cu totul în vana care rămase instant fără apă.

Se adună femeia cu greu pe fundul vanei, gemând, cu ochii şi mai bulbucaţi, instinctiv de frica morţii.

Biluţă, albit la faţă şi tremurând din toate mădularele, cu burta săltându-i ca dosul Shakirei în dansuri latine, cu inima-n gât, cu mâinile-nţepenite, de-abia-ndrăznea să se uite.

Mişcă, mişcă, mă, uite că n-a păţit nimic! Of, Doamne, cum o fi încăput acolo?

Mai reuşi să se-ntrebe, aplecându-se peste trupul acum inert, încercând să-i adune mâinile, picioarele, capul, să le aşeze oarecum în poziţii cât de cât normale. Ea nu mai mişca. Rămăsese aşa, ca o cârpă înmuiată şi lăsată acolo, pe fundul vanei.

Cum nu scotea niciun sunet, Biluţă se gândi că Tudoriţa n-are nicio ruptură internă, altfel n-ar fi suportat s-o atingă, doar o ştia extrem de sensibilă. Ţipa şi când bătea vântul prea tare şi-i muta coada de păr de pe un umăr pe altul sau dacă, atunci când cobora din maşină, el nu era cu umbrela lângă portieră, că nu suporta s-o atingă strop din cer.

O ştia el, o ştia bine, acum, uite că nu scotea un sunet, doar pieptul i se mişca rapid, căutând aer cu gura deschisă aşa că era vie şi respira, deci vie şi, spera el, fără vreo paralizie. Parcă avea ea ceva totuşi, un soi de *paralizie* dar părea că la fălci, la limbă ori la cap, la ceva ce ţinea de capacitatea de comunicare, pe-acolo.

- Tudoriţa, draga mea, te doare pe undeva? întrebă Biluţă cu voce stinsă, tremurată.

- NU!

Atât! Un *nu* impersonal. Un nu şi atât.

Oarecum dezorientat, privind-o curios, se mulţumi totuşi cu răspunsul ăsta şi o ajută să se ridice în capul oaselor, să coboare pe solul încă băltind, să-şi pună, inutil dar, totuşi, să-şi pună papucii din catifea roşie cu pompoane roz-bombon, acum întunecaţi şi îngreunaţi de apa sorbită până la refuz de pe jos, din baia ca o piscină.

Tudoriţa se mişca exact ca un robot. Îşi ţinea capul ţeapăn, drept de parcă avea gâtul înţepenit într-o proteză de gips, cu părul aşa cum apucase, strâns coc în creştet, cu faţa vişinie, cu ochii înneguraţi, cu pleoapele umflate, tremurând şi strângându-se imperceptibil în halatul alb, mare şi pufos pe care i-l pusese Biluţă în jurul trupului ce părea, acum, o corabie care-şi pierduse direcţia.

Atitudinea asta impersonală, de la răspunsul acela şi până la mişcările automate, fără nicio urmă din felul ei de-a fi, fără să termine ce începea, de parcă gândul nu se nimerea cu nevoia de-a face un gest sau altul, pe Biluţă îl descumpăneau.

- Auzi, Tudoriţa, tu eşti bine? Chemăm un medic, salvarea, ceva, pe cineva?

O întrebă, serios preocupat, aşezându-se uşurel lângă ea după ce-o conduse pe canapeaua din sufragerie.

Îşi aplecă fruntea încercând să-i găsească privirea în ochii pierduţi prin covorul de pe podea, ud şi acela, ca tot ce aveau pe jos prin casă, de la apa care cursese mai bine de două ore continuu, revărsându-se într-o adevărată cascadă la sfârşit, când Tudoriţa se dădu cu picioarele-n sus în vana plină ochi cu lichidul spumos, păros, fierbinte şi aburind.

Fără să rostească nicio vorbă, fără să pară că respiră, Tudoriţa îl privi adânc şi straniu în ochi pe Biluţă. Îl privea şi părea că nu-l vede, părea că trece prin el cu ochii aceia aburiţi, ca două oglinzi dintr-o baie, precum cea din care tocmai ieşiseră.

O ajută să-şi pună pijamaua ei de-un roşu foarte deschis, ce-o făcea să arate ca un mac uriaş, pălit de soare şi vânt, stingher, cum ar fi un mac adevărat, lipit de-o linie de cale ferată secundară, trist, cu petalele decolorate fâlfâind la fiecare trecere zdruncinată a vagoanelor de marfă.

Tudorița stătea pe marginea canapelei la fel de pierdută, absentă, privind prin aburii ce-i ascundeau gândurile, deopotrivă cu culoarea ochilor.

Părea că toată se-ascunsese după o oglindă mare în care nu puteai privi dar pe care nici nu reușeai s-o ignori.

Oglinzile degajă întotdeauna un mister, fie că le cercetezi și zărești o realitate cunoscută, chipul tău, obiectele de pe lângă tine, fie că ieși din încăpere și știi sau crezi că știi că totul rămâne acolo, în dublu exemplar, mai puțin tu, regăsindu-te dincolo de ușă, dincolo de oglindă.

Niciodată nu vei ști cu adevărat ce se întâmplă cu imaginea ta din oglindă după ce-ai ieșit din încăpere.

***

CAPITOLUL 1

Trecuturi

Dimineață!

Deschise ochii larg în țipătul mut al întrebării țâșnite din creierul ce-i alertă tot trupul: *unde sunt?*

Și inima începu să bată cu repeziciune, mâinile să se agite pe deasupra capului încercând să dea deoparte imaginile pe care le zărea într-o culoare ca cea a fotografiilor vechi, dar nu alb-negru ci *sepia*.

Tot ce vedea acum părea smuls dintr-un trecut care nici măcar nu era al ei. Nu recunoștea nimic, nu se putea agăța de nimic să se simtă *ea*.

Ceee....?!, Urlă creierul împreună cu ochii lărgiți până la refuz, Tudorița respirând cu gura deschisă de parcă nu-i mai ajungea aerul.

Își simțea limba paralizată, gâtul uscat, neputând să scoată niciun sunet, nicio vorbă, doar în cap se-nvălmășeau gândurile și reflexia imaginilor pe care ochii le trimiteau spre mintea dezorientată, panicată.

Tudorița se scutură sub plapuma groasă cuprinsă de-un tremurat puternic. Mâinile, pe care ochii se opriră îngroziți, erau mici, de copil. Și le vârî repede sub plapumă și începu să-și pipăie trupul chircit. Era un corp mic, de copil, era..., era ea! Ea, Tudorița la vreo zece ani, nu mai mult. Mâinile care i se răceau din ce în ce mai tare sub plapumă îi făceau pielea de găină la fiecare atingere pe picioarele subțiri, pe trupul slăbuț de sub cămașa de noapte groasă, de finet.

Ah, cămașa mea de noapte, prima mea cămașă de noapte de domnișoară, gândi ea și, agățându-se de prima amintire concretă, reală, care-i confirma că este ea, Tudorița, continuă să se pipăie, nevenindu-i să creadă, convinsă acum că visase, că totul era o joacă a minții ei răvășite, după coșmarul cu ea mare, cu omul acela, Biluță și căzătura din baie.

Mult timp s-a tot pipăit și s-a tot uitat la mâinile ei apoi, dând plapuma la o parte s-a studiat bucată cu bucată, picioarele scurte, subțiri, degetele boante, unghiile albăstrite de frică, sângele tot fiind adunat acum în inimă.

Era ea, ea copil, o fetiță la vreo zece ani, mică, chircită acolo într-un pat mare, larg, prea mare, prea larg. Și se simți pierdută în încăperea aceea de care, încă, nu putea să-și amintească și în care totul avea o singură culoare, sepia.

Nu pot să cred! Ce e real, ce nu e real, eu acum visez și nu pot să mă trezesc sau am visat și m-am trezi?! Trebuie să mă pișc, să fac ceva, să ies din coșmarul ăsta, gândea ea din ce în ce mai speriată, tot mai aproape de un prag al rațiunii care se prăbușea sub fiecare atingere fizică și pe care trebuia s-o admită ca fiind cât se poate de reală. Nu, acum nu visa!

Se mușcă totuși de brațul stâng și simți mușcătura sălbatică, o durere ascuțită, nu doar a brațului subțire cât și a maxilarelor care strânseseră cu putere practic un os, căci era numai piele și oase, mâinile ei părând niște crenguțe de copăcel.

Sub presiunea emoțiilor, a stării de confuzie, trupul acela cedă, creierul se ascunse după el însuși și conștiința sinelui se culcă la loc, de data asta fără vise.

- Tudorița, hai, dragă, trezește-te, Tudorițaa!

Vocea subțire și ușor răgușită pătrunse cu greu în abisul în care mintea copilului se afundase, alungată de spaima unei nopți cât o viață, ori o viață cât o noapte.

Fata se dezmetici şi coborî din patul înalt făcându-şi vânt în faţă, căzând şi de data asta în mâini dar pentru că aşa-i plăcea să facă mereu, cum făcea de când îşi aminteşte ea şi de când chiar nu putea să coboare normal ci doar aşa, aruncându-se jos cu mâinile în faţă, rostogolindu-se râzând, în ciuda durerilor de genunchi şi coate, pe covorul gros, persan.

- De câte ori ţi-am spus să nu mai sari aşa, se răţoi blând la ea bărbatul îmbrăcat ca un majordom, cu costum negru, cămaşă albă, mestecând nervos, în mâinile care-i tremurau vizibil, un prosopel de bucătărie alb cu floricele roşii, tot maci, doar erau cele preferate de Tudoriţa. Şi le căuta peste tot, în căni, farfurii, pe haine, şosetuţe, chiloţei, peste tot. Şi mai ales pe câmpuri când o luau hai-hui, ea şi tăticul ei gârbovit, care de-abia se ţinea după zgâtia ce alerga nebuneşte prin iarba de la marginea oraşului, presărată ici, colo cu câte-o floare roşie de mac.

Camera în care dormise şi care acum îşi recăpătase culorile normale, era plină cu jucării de tot felul, luminoasă şi aerisită, părând o cameră de prinţesă.

Patul mare, larg, cu lenjeria lui albă, pătată din loc în loc de roşul aprins al macilor, trona în mijloc.

În stânga era fereastra cât trei sferturi de perete, largă, înaltă, geamurile fiind acoperite cu perdele albe, făcute manual, un alb mat, cu modele şi flori bătute, tot maci, probabil, dar albi, maci albi, între ei spaţiile mici peticind cerul, acum de un albastru ireal, fără strop de nor.

- Tatii, se adună Tudoriţa de pe jos, privind în sus la omuleţul care aştepta răbdător, obişnuit, după cum se vedea, cu scena asta care se repeta de câţiva ani.

- Da, Tudoriţa, da, spune..., o privi îngăduitor omul ce strângea, inconştient spasmodic, prosopelul în mâinile descărnate, galbene, cu unghiile albăstrii, cam mari şi neîngrijite, tremurul lor transmiţându-se tot mai vizibil, treptat, treptat şi capului, corpului întreg.

Fetiţa recunoştea starea aceea a tatălui şi, grăbindu-se să se-adune de pe jos, fără să-l privească, fugi pe o uşă în baia ce dădea direct din cameră.

După scurt timp reapăru îmbrăcată cu o rochiţă groasă, roşie cu fundiţă roz, lungă, înfoiată, cu cizmuliţe negre peste nişte ciorapi-pantalon negri, groşi.

Înainte de-a ieşi din cameră, tatăl îi aşeză Tudoriţei pe umeri un fel de capă neagră, lungă, acoperindu-i spatele, adunându-se în colţuri în faţă, prinzându-se într-un singur nasture, şi acela în formă de floare de mac, un nasture mare şi roşu.

Tudoriţa avea părul prins de cu seară într-o coadă împletită şi dublată, astfel că nu fusese nevoie decât să-şi adune pe lângă tâmple câţiva zulufi albicioşi, contrastând oarecum cu părul adunat în coada groasă ce părea aproape roşcat.

Aceasta numai iarna, când soarele ajungea să-i mângâie doar zulufii, vara transformând-o într-o Cosânzeană, părul ei lung, lăsat mai tot timpul liber, părând ca de aur.

Au pornit spre bucătăria casei ce părea un castel cu pereţi groşi, tavane extrem de înalte, lumina pătrunzând cu greu prin geamurile lungi, dese şi înguste, neşterse de ani, culoarea predominantă fiind cea pe care ar avea-o timpul dacă ar fi să aibă timpul o culoare. Sepia? Probabil pentru noi, muritorii, sepia.

Holul larg, împodobit cu tablouri mari, înalte, aşezate foarte sus, din care priveau impozant, de la înălţimea lor, tot felul de figuri, bărbaţi şi femei, făcea să te simţi ca într-o expoziţie de pictură dar privind scăunelele, măsuţele, rafturile pline cu cărţi înşirate pe sub tablouri, ajungeai la convigerea că eşti într-un muzeu în care puteai găsi orice, de la lucruri din lemn, la picturi şi obiecte vechi din sticlă colorată, vitraliile de la capătul holului fiind una din piesele interesante şi rare, în vremurile acelea, pentru o casă aflată în mijlocul oraşului lor de munte, într-o ţară, până mai ieri, comunistă.

Tatăl pornise înainte, Tudoriţa luând la rând scăunelele, măsuţele, căţărându-se pe toate, dând roată la fiecare lucruşor, zgâlţâind rafturile la care putea ajunge, orice, numai să îşi anunţe prezenţa şi, bodogănind un soi de cântecel, cu toate că nu avea pic de ureche muzicală, mergea în pas de dans pe urmele tatălui ei care demult dispăruse din câmpul său vizual. Dar ştia că-l va găsi în bucătăria uriaşă, în picioare lângă scaunul ei cu spătar înalt, aşteptând-o răbdător să se decidă să vină pentru micul dejun.

Tudoriţa se apropie săltând dar imediat încetă să mai bâţâie şi să mai fredoneze, aşezându-se cu aere de prinţesă pe scaunul înalt, tras cu grijă de tati, luând poziţia de persoană adultă, ca şi cum ar fi jucat rolul de *doamnă venită în vizită la domnul.*

Îşi puse mâinile frumos pe marginea mesei şi făcu ochii roată, înregistrând imediat în ce consta festinul pe care-l prepara zilnic, dintotdeauna, tatăl ei.

Azi stăteau aşezate roată, pe-o tăviţă cafenie şi fără maci, fără niciun model, feliuţele mici din pâine prăjită unse abundent cu unt şi miere, în cana mare, albă, desenată cu maci mulţi, mulţi şi mărunţi, aşezată pe farfurioara ei, la fel de albă şi presărată şi ea cu maci roşii, aburind delicioasa cacao cu lapte.

Un mic dejun pe placul prinţesei!

Era acelaşi dintotdeauna, cu mici diferenţe când, în loc de miere apărea dulceaţa de afine, ori de trandafiri. De maci nu! Doamne fereşte! *Nici nu cred că există,* gândi ea.

Ştia ea, Tudoriţa, că macii nu sunt comestibili, doar seminţele lor însă, cu preparate atât de complicate se ocupa *madam Ofelia,* femeia care îl ajuta pe tata cu casa, cu toate, de când mami fugise în lumea largă.

Ziua trecea în funcţie de anotimp. Şi de şcoală.

Acum erau într-o zi de duminică, la începutul lunii mai. Încă frig şi în casă şi afară. Oraşul lor de munte era ultimul în care se instala vara.

De atâtea ori Tudoriţa ar fi vrut să locuiască acolo unde vedea, în ilustratele trimise uneori de *mami,* marea, plaja, soarele şi palmierii.

Fetiţa credea că acolo locuia mami, ilustratele, în realitate fiind cumpărate, de femeia care o adusese pe lume, de prin librării sau tutungerii, chioşcuri, de pe unde se nimerea să le găsească, fără să le caute. Le vedea şi, la zile mari cumpăra una, trimiţând-o spre lumea în care ea nu avusese loc dar în care nici nu dorea să se întoarcă.

Nu ştia de ce le trimite însă nu putea rezista impulsului, atunci când toată lumea sărbătorea Crăciunul, Paştele sau alte zile, majoritatea religioase şi când, peste tot, se simţea veselie, acel aer de sărbătoare cu zâmbete şi senzaţii plăcute, de bine.

Tata nu spunea nimic, ofta şi pleca din salon spre bucătărie.

Tudoriţa auzea uşa dulăpiorului unde ştia că el îşi ţinea sticla cu băutura aceea care ardea la limbă, căci o gustase şi ea, doar era curioasă şi de mult timp o preocupa ce anume bea din când în când *tati*, mai ales când venea vorba de *mami*.

Ce sorbea pe furiş tatăl ei direct din sticla din dulap era altceva mult mai tare, diferit, nu ţuica aceea pe care obişnuia el să o bea la sfârşitul săptămânii la vreun birt cu prietenii, acolo unde o ducea şi pe Tudoriţa.

Pentru fată era clar că lichidul din sticla din dulap nu era totuna cu ceea ce ei, bătrânii aceia, prietenii lui tati, numeau *doi ochi albaştri* lichidul puturos din care sorbea cu nesaţ şi fetiţa când şi când, nu de fiecare dată când păhăruţul cu ţuică dădea roată, fireşte.

Casa în care locuiau, Tudoriţa şi tatăl ei, acum singuri în toată ditamai clădirea, aparţinuse dintotdeauna unei familii cu adânci rădăcini în istoria locului, şi mai departe chiar, dincolo de graniţe.

După naţionalizare, comuniştii au închiriat fiecare parte din casa uriaşă, dându-le câte o încăpere, contra unei chirii mici, muncitorilor veniţi de pe la sate să muncească în fabrici şi uzine, punând umărul la *construirea socialismului*.

Bărbatul îmbătrânit, uscăţiv, care târa după el o fetiţă de nici patru ani, primise cu chirie o cameră cu baie, la comun fiind holul mare, lung şi bucătăria uriaşă, pe care acum o folosea doar el.

Casa mare şi veche din centrul oraşului se golise încet, încet de chiriaşi de-a lungul anilor, toţi ceilalţi cumpărând propriile apartamente sau primind, cu chirie, apartamente de stat, fiecare având numărul de camere în funcţie de numărul de copii. Evident exista o limită. Dar nu la numărul de copii.

Tatăl Tudoriţei nu dorea să lase casa în care crescuse copila, ea fiind acum mica prinţesă şi stăpâna unui adevărat castel.

Când mama fetiţei s-a dus şi n-a mai venit, tot aşteptând-o zi după zi în căminul de nefamilişti, aici unde s-au şi cunoscut ei doi, bărbatul, pre-ocupându-se pentru fetiţa lor care nu avea mai mult de trei ani, s-a dus la primăria oraşului şi a cerut să vorbească, atunci pe loc, chiar cu primarul.

L-au lăsat să intre, nu se ştie prin ce minune, reuşind să convingă acest bătrânel cu haine ponosite, cu faţa numai riduri şi ochi apoşi, mers târşâit, cocoşat, un om slab, obosit, trist.

În faţa primarului, fremătându-şi mâinile care-i tremurau vizibil, mutându-se de pe un picior pe altul, încercând să mascheze tremurul în-tregului corp, stare obişnuită alcoolicilor care nu apucă să-şi ia *doza* de băutură înainte, Pafnutie, cu vocea lui subţire, gâtuită acum, începu:

- Sunt pensionat pe caz de boală gradul trei, şi-a început omul tirada. Lucrez cu jumătate de normă la fabrică, la contabilitate. Am o fată de trei ani. Mamă-sa nu este cu noi. A plecat şi dusă a fost, adăugă el lăsând privirile. Oftă şi vru să continue opintindu-se, sforţându-se să-şi rupă din suflet bucăţi de viaţă, dar nu mai putea aşa.

- Bine, omule, şi eu ce să fac? Întrebă nedumerit primarul de la înălţimea burţii care acoperea creştetul omului amărât şi strivit de viaţă, profitând de momentul în care omuleţul din faţa lui îşi trăgea sufletul.

- Aş vrea o cameră undeva la o casă decentă. Unde stau acum, la căminul de nefamilişti sunt doar bărbaţi de pe şantiere, nu pot creşte un copil acolo, mai ales o fetiţă.

Şi i-au dat o cameră cu baie în casa din centru, care scăpase, nu se ştie prin ce minune, de la demolare.

Să poată sta cu fetiţa, chiar primarul a cerut ca tatăl să fie angajat pe post de *îngrijitor* al întregii clădiri, responsabil cu întreţinerea şi păstrarea în bună stare a obiectelor din casă, tablouri, mobilier, cărţi, multe dintre ele, cele cu adevărat valoroase fiind, oricum, confiscate înainte de-a ajunge el acolo, așa că erau prea puține de păzit acum. Dar avea destule de făcut omulețul acela gârbovit înainte de vreme, uscățiv și mititel, însă care prinsese oareș'ce curaj, aflat acum în siguranță cu fetița lui.

Tudorița a intrat imediat în cadrul tabloului încărcat de mistere pe care-l dădea casa aceasta, ea devenind, în mintea ei, prințesa care și-a recuperat castelul.

Din copilul speriat, timid, fata a devenit, an de an, mai sigură pe ea, cu o personalitate chiar exacerbată, cum sunt de regulă copiii scăpați de sub control printr-o exagerată grijă de-a nu-i supăra, de-a le face toate voile, alimentându-le imaginația cu idei lipsite de realism.

Astfel că Tudorița și-a luat tot mai mult aerul de stăpână în fața copiilor celorlalți chiriași.

Devenise capricioasă, țâfnoasă, țipa și poruncea tuturor, fără să țină cont dacă cel din fața ei era copil sau adult.

Poziția, oarecum privilegiată a tatălui ei în casă, îi dădea sentimentul că s-au întors acolo de unde cândva, cineva foarte rău îi alungase și că acum erau în dreptul lor, în casa lor, tolerându-i pe ceilalți care, pentru a merita toleranța lor, cinstea de a locui sub același acoperiș, erau obligați să plătească prin supușenie și umilință fiecare minut petrecut acolo, fie că era adult sau copil.

Copiii nu o puteau suporta pe fata aceea cu îmbrăcăminte ciudată, antică, făcută la comandă și după imaginația ei, ascultată orbește de bătrânul său tată care, după cum credeau și vedeau ceilalți, nu părea să aibă nici el prea multă minte.

Oamenii judecau superficial, omul acela chinuit nefăcând decât să ajute, în felul lui, propriul copil să suporte lipsa mamei și credea că, satifăcând toate capriciie copilei, cu timpul, lucrurile vor decurge normal de la sine.

Fata profita cât putea de slăbiciunea tatălui și, tirană din fire, probabil o moștenire genetică din cine știe ce ramură, al cărui neam, din a cărei parte, folosea fiecare prilej pentru a-şi pune în evidenţă puterea asupra adulţilor şi copiiilor lor.

Crescută de un om în vârstă, cu un pospai de cultură, Tudoriţa avea o prea mică zestre privind buna creştere, prea puţin înrădăcinată pentru a masca, cel puţin, răutatea şi egoismul ce i se citeau în ochi, în gesturi şi în fapte.

Oricine ar fi dedus acest lucru, fie şi văzând micile incidente cu pisicile rătăcite prin casa mare, intrate iernile pentru o gură de lapte dat pe ascuns de câte un copil al unuia dintre chiriaşi, când Tudoriţa a prins asupra faptului unul dintre ei şi a luat pisica de ceafă, cum ştia bine că trebuie să o ia, vârându-i capul, cu cruzime, într-un ciorap găsit aruncat pe sub cuierul de după uşa bucătăriei.

Apoi, aproape leşinată de râs, se uita cum bietul animal se dă cu capul de toţi pereţii în încercarea disperată de-a se elibera de ciorapul strâmt, vârât cu forţa.

Băieţelul care încercase să alimenteze pisicul stătea deoparte şi privea scena siderat, palid, tremurând, nici măcar nu putea plânge.

Îi era groază, simţea cu adevărat frică faţă de fetiţa aceea care părea cineva venit din altă lume, cineva rău, căci mereu când o simţea prin preajmă, simţea deopotrivă şi un aer rece, chiar dacă afară era vară şi-n bucătărie lumea se sufoca de căldură.

Bucătăria era locul unde se-ntâlneau toţi, mai tot timpul seara, la ora cinei când, femeile, după ce îşi preparau în oale separate mâncarea, plecau pe rând să mănânce cu restul familiei, fiecare în camerele destinate lor.

Tudoriţa era un mic monstru şi îi plăcea să vadă cum copiii fug de ea, cu toate că, atunci când privea, ascunsă pe după gardul viu, grupul de copii jucându-se fără ea, ţipând, alergându-se prin grădina casei râzând din tot sufletul, suferea cumplit, ura ei crescând tot mai mult şi gândindu-se că ei sunt cei răi, că ea e cea bună, că le permite să aibă unde sta, unde se juca şi că ei nu ştiu să îi fie recunoscători.

Mereu cocea răzbunări dintre cele mai cumplite în mintea ei, ca apoi nopţile să ţipe cuprinsă de coşmaruri, pe care dimineaţa nu şi le mai amintea.

Tatăl ei însă da, îşi amintea fiecare noapte în care o găsea în picioare lângă patul mare şi larg, transpirată şi cu mâinile la ochi, parcă apărându-se de imagini cumplite, din alte lumi, ce păreau că dau buzna peste ea înhăţând-o, speriind-o.

Doar nopţile acelea era copil. Atunci adormea ghemuită în braţele slabe şi tremurânde ale părintelui ei iar dimineaţa totul era ca şi cum nimic nu fusese noaptea, nimic, niciodată.

Tudoriţa se minţea singură, doar era mare, ştia bine realitatea însă o prefera pe cea cu care crescuse, alimentată fiind de tatăl ei din dorinţa inconştientă de a-i da copilului o imagine suprarealistă despre propria lor viaţă, despre propria lor identitate, rost în lume.

Omul acela crescuse o fiinţă rea, egoistă, alimentând-i pornirile naturale spre acestea şi ştia. Dar nu ştia ce să facă mai departe. Era pierdut. Nu-şi mai aparţinea deloc, sub niciun aspect.

Alcoolic şi fără control asupra propriei vieţi, a ales să răspundă doar la comenzile fiicei lui. Atât.

Tudoriţa se simţea bine în pielea ei şi ştia că e diferită de alţi oameni, de toţi.

Se iubea foarte mult şi doar pe ea, tatăl ei fiind unealta prin care ajunsese să fie ce era şi prin care, când încă nu putea domina o situaţie sau alta, o făcea prin el, cu el, ori el singur, la comanda ei.

Bărbatul acela, îmbătrânit mai mult decât îi erau anii, era imaginea omului lipsit de personalitate, de voinţă, fiind locuit în toată fiinţa lui de propria-i creaţie hidoasă, născută dintr-o exagerată iubire ori dintr-o crasă prostie, naivitate sau cum s-ar fi putut numi sentimentul, starea ce omorâse în el tot ce fusese odinioară, înainte de-a cunoaşte acea femeie, înainte de-a concepe cu ea un copil. Cu mult înainte, atât de mult că nu-şi mai putea aduce aminte.

Parcă dintotdeauna a fost cum era acum, un prizonier al propriei sale fiice, căzut în capcana propriilor povești cu care încercase el să aline o suferință ce se transformase în frustrări, complexe, ură și dor năpraznic de răzbunare.

O răzbunare fără obiect precis, adunată toată într-un singur nume: omenirea.

*

Stătea încremenită sub plapumă și își adună genunchii la gură strângând tare din maxilare, scrâșnindu-și dinții să nu țipe. Îl auzea cum tușea înecat, cu sughițuri.

Își astupă urechile cu palmele sloi și, tremurând ca varga, stătu așa cu ochii strânși în întuneric, continuând nemișcată, aproape fără să respire când, după câteva minute, cele mai lungi minute din viața ei, o tăcere mormântală se așternu peste casă, peste ea și spaimele ei. Adormi.

A doua zi, câțiva bărbați îmbrăcați în costume negre, care se zăreau pe sub gecile groase de piele și îmblănite pe interior, o luară și, urcând-o într-o mașină de salvare, o duseră la un spital din oraș.

Madam Ofelia, cea care îl mai ajuta pe Pafnutie cu fetița și la unele treburi prin casă, îl găsi dimineața devreme în cămăruța lui și își dădu seama că e mort. Anunță poliția și se făcu nevăzută.

După un consult general, femeia tânără cu halat alb, scrobit, făcându-l să pară de hârtie, o însoți pe Tudorița spre ieșirea din cabinet când, în fața lor ușa se deschise și un bărbat trupeș, cu alură de polițist, îmbrăcat civil, le opri cu trupul și fața asudate, având ochii bulbucați de efortul câtorva scări urcate, pesemne în goană, până la etajul doi.

- Am ordin să iau fata cu mine, rosti el întretăiat, mai să se sufoce acolo, în fața tinerei cu halatul ei alb și al copilei care se lipi instinctiv de femeia ce părea destul de stăpână pe situație.

- Tocmai o aduceam la cabinetul domnului director, urma să vă chemăm și să anunțăm la centru că fata nu are probleme de sănătate, poate fi preluată.

Pot fi preluată, gândi Tudorița. *Adică luată de aici și dusă...Unde?* Se-nfiripă o întrebare cumplită, mai ales pentru că intuia răspunsul.

Știa ce se întâmplă cu copiii ai căror părinți mor ori dispar pur și simplu fără să se știe unde, cum și de ce.

Tudorița știa și, de ceea ce se temuse mai tare, nu scăpase. Ajungea acolo unde, în mintea ei, era un fel de Iad al copiiilor care nu au fost cuminți. Ea nu fusese cuminte, știa, dar îi plăcea să nu fie cuminte, doar era *prințesa lu' tati*, nu avea de ce să se teamă. El, tăticul, o apăra de oricine, oricând, credea ea că până la infinit. Și uite că infinitul acela se terminase.

Gata, totul se schimbase și o spaimă de animal hăituit se instala ușor în inima și mintea copilei care nu prea știa ea ce-i aceea frică de nimic, milă sau gânduri negre privind ziua de mâine.

Ce nu știa Tudorița era că, după moartea bătrânului ei tată, poliția o căutase pe mama naturală a fetiței dar tânăra femeie care adusese în lume copila, acum rămasă a nimănui, nu era de găsit.

Mama fugară a fost căutată ani în șir și de bătrânul care știa că va sosi momentul în care fata lor va rămâne prea de timpuriu singură. Nu a știut niciodată unde se află.

Doar din când în când, femeia suna la telefonul casei în care se aciuaseră ei doi, bărbatul și urmarea unei legături absurde, căreia nici unul nu-i căuta explicații dar iată că exista și se numea Tudorița, copila pentru care, se pare, mama nu avea niciun fel de sentiment. Sau poate că da, dar de frică, de groaza unui trecut pe care-l renega fugind, crezând poate că, dacă nu ajunge să-și recupereze fata, trecutul o va uita, viața ei derulându-se, astfel, și fără complicațiile astea. Avea și așa destule altele de suportat. O viață pierdută printre alte vieți.

Oamenii legii au dus-o pe Tudorița la casa unde crescuse de pe la trei ani, singura casă pe care ea și-o amintea, Acolo au pus-o să-și adune într-o plasă lucrurile, rochițele ei de catifea și făcute la comandă după mofturile unui copil ce se voia și se credea personaj din vise și povești dar care clocotea de prea mică în ură și ambiții extrem de omenești.

Fata se strecură afară pe nesimțite voind să dea de *madam Ofelia*, încercând să se agațe de singura ființă pe care o știa tot de pe când ajunsese în casa asta mare.

Degeaba bătu ea cu pumnii în ușa coșmeliei femeii care venea și le mai curăța pe unde bântuiau ei doi, fata și bătrânul ce umbla, în ultimii trei ani mai ales, fantomatic, veșnic beat, cu nelipsita lui sticluță, pe care nu se mai obosea să o ascundă de Tudorița, de nimeni.

Amintirile, spaimele nopților de coșamaruri și sticla îl însoțeau pe bătrânul tot mai subțiat și mai pierit. Se stingea cu fiecare zi în camăruța unde-și făcuse culcuș încă de pe când casa forfotea de lume. O fostă debara care nu avea nici fereastră. Intra în camăruța lui direct din bucătărie. Cum n-o folosea nimeni, toți luîndu-și mâncarea și rezervele în camere, omul își înjghebase acolo culcușul, lăsându-i fiicei lui camera uriașă, cu patul imens din mijloc, cea mai importantă încăpere a casei, doar Tudorița era prințesa castelului pierdut și regăsit.

Și omul a sfârșit lamentabil, înecat în propria-i vomă, în somn. Fără să știe, poate doar visând că a uitat să-noate în marea vieții. Și uitase, de prea mult timp uitase.

Nimeni nu răspunse la ușa lui madam Ofelia, cu toate insistețele disperate ale fetei care bătea în ușă cu pumnii și picioarele într-o disperare de nedescris, cu fălcile înclește de spaimă, ură și neputință. Și motanii femeii parcă intraseră în pământ. Liniște stranie în căsuța dintre blocurile cartierului muncitoresc, construit printre primele de comuniști.

Astfel că, *mica prințesă* de treisprezece ani, ajunse la Casa Copilului, în grija Statului chiar în Ajunul Crăciunului.

O instalară într-o cameră mare, un dormitor uriaş cu multe paturi suprapuse, cu o baie comună, afară din încăperea uriaşă unde dormeau câte treizeci de fetiţe de vârste diferite, unde duhnea a stătut, mucegai şi a transpiraţie.

Stâmbând din nasul ei fin, învăţat doar cu mirosul parfumurilor aduse de cine ştie de pe unde şi dăruite de tati la zile mari şi mici, al cărţilor vechi, al lemnului din casa în care *domnise* vreo zece ani, *detronată* acum, Tudoriţa se văzu aruncată în mijlocul unei încăperi uriaşe, simţindu-se cum trebuie să se simtă un micuţ animal aruncat într-o cuşcă uriaşă, plină cu fiare de tot felul, sălbatice şi hămesite toate, învârtindu-se în jurul ei ca într-un dans al ritualului sacrificiilor în cinstea Zeului Foame.

Tudoriţa stătea pe patul în care-i aruncaseră punga cu preţioasele ei haine, privind pe sub gene în jurul ei atât cât putea să vadă fără să se mişte, fără să-şi întoarcă faţa, corpul. Încerca să pară indiferentă, modul ei de apărare acum fiind să se ascundă în ea, să se facă mică, să se adune bine de tot de pe unde o împrăştiaseră atâtea evenimente care o dezorientaseră, mişcând lumea ei din temelii.

Nu mai simţea nimic, se lăsa dusă de situaţie.

Într-o secundă acceptă camera, în altă secundă hotărî că va conduce aici, că va continua să cucerească şi să transforme încăperea asta în ceea ce ea dorea şi credea că este lumea toată, un regat făcut, construit, născut chiar pentru ea, în cinstea ei.

Acest mod de a simţi, de a gândi aproape instinctiv, o salva de spaimele, fireşti dealtfel pentru oricare altă fiinţă, dar nu pentru ea.

Ea nu trebuia să se teamă, nu trebuia să arate că are slăbiciuni omeneşti, ea era prinţesa. Era Tudoriţa!

Seara la orele de meditaţii, Tudoriţa nu învăţa nimic. Stătea în banca unde dimineţile avea şcoală, pierdută în gânduri, cu ochii goi, privind, fără să vadă, pe pereţi, ori strecurând câte o privire spre colegele ei, mai mari sau mai mici, care stăteau, aproape toate, aplecate peste câte un manual deschis pe băncile vechi, de lemn.

Având o bună memorie, scăpase an de an de la a repeta vreo clasă. Cu note mici, fără să se chinuie pentru nimic, fără să simtă pasiune pentru vreo materie, fără să-i placă să citească, de matematică nici nu voia să audă, fără eforturi şi emoţii, ea trecea an de an clasele exact *ca gâsca prin apă* dar trecea şi, la ieşirea din iadul acela ştia că va avea o diplomă de bacalaureat.

Atât voia, o diplomă, măcar să se aleagă cu ceva din toate neplăcerile acelui loc cumplit ce-i sufoca fiecare zi, fiecare noapte. Îşi alimenta rezistenţa cu visuri şi planuri amestecate, cu promisiuni că va face lucruri mari, va răsturna lumea când va ieşi, convinsă fiind că atunci, în acel moment întreaga planetă se va zgudui, omenirea va aplauda şi o va aştepta pe ea, Tudoriţa, cu braţele deschise ca şi cum de mii de ani doar pe ea o aşteptau. Pentru ce? Aici gândurile ei se spărgeau. Nici ea nu ştia pentru ce dar simţea că pentru ceva va fi, cu siguranţă va fi şi totul va fi cum nimic n-a mai fost până la ea.

Agitată mai mereu, făcea eforturi să reziste dimineaţa la clasă, iar seara erau un supliciu pentru ea cele două-trei ore de meditaţii impuse de conducerea Casei Copilului.

Tudoriţa stătea cu ochii tot după băieţi în timpul lecţiilor, în pauze, chiar şi pe coridoarele lungi şi înguste, făcându-se de multe ori că greşeşte baia doar, doar o vedea ea *mai bine* pe vreunul din vlăjganii, minori încă, dar cu alură de bărbaţi, ori aşa voiau să pară. De multe ori îi vedea stând grămadă unul peste altul în faţa singurei oglinzi, cu nişte aparate de ras în mâini, mânjiţi peste toată faţa cu săpun că, de unde altceva pentru a da jos nişte tuleie leşinate, subţiri, aproape invizibile?!

Dar cel mai tare o atrăgeau bărbaţii maturi, cei care lucrau prin orfelinat, profesorii care veneau la ore, pedagogii, chiar şi cei care aduceau marfă cu nişte maşini mari, descărcând, în zgomot şi praf, saci de cartofi plini cu pământ, zarzavaturi, orez, cutii de conserve, alimente de proastă calitate, probabil ce rămânea de prin depozitele marilor magazine.

Şi ea, cu ochii în ochii lor, susţinându-le privirile, jucându-se inconştient cu degetele prin pletele-i lungi şi galben-roşcalii.

Apoi, chicotind, o lua la goană şi se-ascundea-n vreun colţ de baie ori prin camera pustie, în patul ei, sub pătură, stând acolo cu ochii strânşi şi mâinile la urechi, exact ca-n noaptea când murise tată-său înecat în propria-i vomă de biet alcoolic.

Nimfomană genetic, crescuse în ea dorinţa la fel de repede cum îi creşteau sânii şi părul, fundul şi şoldurile. Numai ea nu mai creştea. Rămăsese ca la treisprezece ani, la un metru jumătate. Atât.

Mică şi focoasă, mică şi rea, mică şi... O încântau expresiile astea şi se folosea de aparenta ei neputinţă, de farmecul ei de femeiuşcă în miniatură care, de pe la cincisprezece ani, arăta de douăzeci şi cinci. Fizic. Un piept bogat, un dos conturat bine de tot se vedeau clar prin rochiile şi fustele de zi cu zi, ori prin sarafanul şcolar obligatoriu.

Era asta Casa Copilului dar legile şi regulile se păstrau ca afară, cele din şcolile de dincolo de zidurile înalte, vechi şi îngălbenite.

Când îşi punea Tudoriţa cămaşa de noapte, devenea centrul tuturor privirilor, cu părul ei lung şi galben, cu sânii tot mai mari, mai grei şi care-i ridicau poalele cămăşii până deasupra genunchilor.

Nu purtase niciodată pijama, bluză şi pantaloni. Ea îşi iubea cămăşile ei de noapte, acum rămase mici. Primise altele decolorate, urâte, însă doar aşa ceva adora ea să poarte, chit că murea noapte de frig în iernile geroase, când căldura în calorifere se dădea cu porţia adică aşa, preţ de jumate de oră seara, jumate de oră dimineaţa.

În Casa Copilului nu s-au petrecut mari schimbări nici după ce a trecut Revoluţia din '89, iarna aceea în care mulţi credeau că va urma să curgă în ţară numai lapte şi miere pe străzi, pe dealuri şi câmpii. De unde atâta lapte şi miere?

Tudoriţa îşi ducea zilele plictisită şi încercând să reziste încă un an până la majorat, să iasă odată pe poartă, să se ducă în lumea largă, unde credea că va putea ea să răsucească pe degete omenirea.

Simţea, în adâncul sufletului, o ură şi-o dorinţă puternică de-a se răzbuna, nu ştia nici ea pe cine, pentru toate câte i se-ntâmplaseră şi încă se mai întâmplau în viaţa ei deşi zilele curgeau monoton, doar în ea schimbările luând proproţii uriaşe, firesc dealtfel căci, odată cu trăirile ei, proporţii lua şi trupul acela, cândva firav, plăpând, subţirel.

Fata, care se-ndrepta cu paşi mari spre optsprezece ani, devenise o muieruşcă în toată legea, aşa cum era ea mică, îndesată, groasă, rotundă, cu sâni uriaşi, grei, cu părul netuns niciodată şi purtat larg peste trupul ca o minge, învăluind-o şi încurcând-o la orice mişcare.

Deveniseră ticuri nervoase datul din cap să-şi elibereze obrajii de plete rebele, ori datul din mâini haotic să arunce părul bogat şi năclăit pe spinarea groasă, ce-aducea mai mult a cocoaşă grăsimea aia, mai ales spre ceafă.

Tot trupul acela rotund şi dodoloţ se zgâlţâia, când încerca fata să scape de coama sălbatică ce sublinia, parcă, propria-i sălbăticie în alianţă cu privirea tăioasă, cu vorbele în vârful limbii, cu atitudinea de mare şi fină prinţesă a unui *regat rătăcit* dar *nu pierdut*!

Tudoriţa ura tot ce era frumos, viu, natural, simţind că o apucă adevărate crize de nervi când vedea păsările, florile cu petalele fragede, fluturii pe care-i prindea când ieşeau la plimbare la poalele munţilor şi le *fura* culorile aripilor, mânjindu-le fără milă, zdrobindu-i pe hainele decolorate, de copil orfan.

Macii erau florile care-i păreau de hârtie, ireali, flori cu viaţă scurtă, desenaţi parcă peste petecele de iarbă. Macilor nu le făcea niciodată nimic, doar îi privea. Şi florile acelea păreau că pălesc şi mai repede sub uitătura aceea otrăvită, ţâşnind dintr-un suflet înveninat.

Crescută într-o lume de poveşti, cu închipuiri şi obiecte pentru oameni mari, toate artificiale, de la florile împrăştiate prin camerele casei din care venise aici, până la personajele pe care şi le imaginase an de an, alimentându-şi fanteziile ei de prinţesă a unui mare şi somptuos regat, Tudoriţa iubea doar ce simţea în ea, doar ce era al ei, ce era ea şi îşi dorea să fie, convinsă că este cu adevărat ceea ce vede în mintea sa.

Viaţa reală, viaţa unei gângănii, mişcarea independentă a unei muşte, a unui animal, a unui gândac îi dădeau fiori şi greaţă.

Ura aproape organic viaţa reală, refuza să o accepte, ura frumuseţea naturală a florilor, zborul păsărilor, le ura pentru cerul lor, pentru libertatea şi puterea de-a se duce unde vor, ura tot ceea ce nu putea avea ea, ura ei transformând totul în urât şi mort.

Avea Tudoriţa un insectar, obligatoriu dealtfel prin programa şcolară şi care era plin cu tot felul de gângănii prinse de ea. O amuzau libelulele, lăcustele, greierii pe care-i prindea uşor, de cele mai multe ori apăsându-i prea tare, rămânându-i lipiţi în palma grăsună în care se scurgeau măruntaie amestecate cu ţărână şi fire de iarbă.

La prinsul muştelor era specialistă. Făcea, palma ei lată şi umflată, căuş, le lua din zbor şi apoi le înţepa cu un bold, lăsându-le să se-nvârtă în cerc pe banca de lemn din clasă, sub privirile îngrozite şi scârbite ale colegelor, deja obişnuite cu apucăturile ei de asasină a gângăniilor.

Nu avea teamă de nicio vietate, sigur ar fi înţepat cu ace şi un şarpe dacă l-ar fi găsit. Dar n-a dat niciodată de unul în jocurile de la poalele munţilor, acolo unde-i scoteau duminicile la plimbare educatorii de serviciu din Casa Copilului.

Cel mai mult o atrăgeau moliile. Pe astea le dispreţuia pentru că *erau urâte şi proaste*. Aşa le vedea şi le gândea Tudoriţa. Le prindea uşor în camera mare din cămin. Înghesuia biata gânganie cenuşie între geam şi palmă, apoi o târa de-a lungul sticlei, pe care rămânea o dâră de pulbere cafenie, uneori molia cu totul, întinsă de-a lungul geamului.

Înţepa cu acul burţile gângăniilor şi le lăsa să agonizeze în insectarul devenit faimos printre sălbăticiunile camerei cu cei mai problematici copii, majoritatea adunaţi de prin spitale, parcuri, ori părăsiţi la poartă chiar aici, de câte o mamă bolnavă, fără resurse materiale pentru a-şi creşte progenitura.

Statul n-avea ce să le facă, nu mai umplea puşcăriile şi cu femeile care-şi abandonau copiii. Le puneau să semneze că renunţă la drepturile părinteşti şi pe copii îi lua Casa Copilului sub ocrotire.

Se admiteau adopţii, dar foarte rar ajungea un copil de-acolo la vreo familie.

Pe Tudoriţa n-o adopta nimeni la cei treisprezece ani cât avea când sosise, aflându-se printre copiii cu şanse minime de adopţie, preferaţi fiind cei până în trei ani, maximum cinci ani.

De la şase-şapte ani, poate pentru că de atunci începeau şi şcoala, copiii nu prea mai aveau norocul să îşi găsească fericirea într-o familie de afară, de dincolo de lumea asta în care creşteau şi se formau tot felul de caractere şi personalităţi, puţini fiind cei care rezistau cât de cât şi ajungeau, după viaţa de orfan, oameni întregi, cu viaţă normală, socială şi profesională.

După Revoluţie, mai ales, lucrurile în Casa Copilului, unde încă îşi ducea zilele şi Tudoriţa, era haos total. Nimănui nu-i păsa de copii, nimeni nu lupta pentru drepturile lor, toţi devenind o masă de fiinţe care se cunoşteau după număr şi nu după nume, după cifre la cumpărături şi nu după nevoi reale.

Casa Copilului, fără un sprijin din partea cuiva, statul fiind acum ocupat cu probleme politice, cu partide şi idealuri sforăitoare, care mai de care mai pompoase şi mai avide absorbante de bani publici, a rămas de izbelişte, la voia oricui se încumeta să se implice acolo în adopţii, în hrană, în educaţie.

Câte un ONG mai încerca marea cu degetul dar, ori sfârşeau alungaţi de controale când devenea evident abuzul şi furtul din fondurile strânse de pe unde se putea, ori plecau toţi, sufocaţi de birocraţia şi rigiditatea statului însuşi.

De când a ajuns la Casa Copilului, Tudoriţa avea ea un fel al său de-a se prezenta virtualilor părinţi încât, imediat ce-o privea posibila viitoare mamă, femeia făcea stânga-mprejur, căutând cu ochi largi, speriaţi, pe cineva din personalul Casei Copilului, cu vădita intenţie să spună că nu revine, că se mai gândeşte, orice numai să se vadă plecată de-acolo.

Copila ştia. Simţea şi se bucura de efectul pe care-l producea asupra oamenilor, al femeilor în special.

Bărbaţii se înduioşau pe loc şi ar fi luat-o pe Tudoriţa sub pulpana hainei într-un gest de ocrotire aproape instinctiv, femeile simţind cum se-ncreţeşte carnea pe ele şi li se ridică părul la ceafă lângă piticania aceea dolofană, cu ochii mijiţi, îndesaţi, de culoare incertă, ascunşi în grăsimea obrajilor nefiresc de albi.

Vizavi de Casa Copilului, peste strada largă, în faţa unui cartier nou de blocuri, se afla o *coşmelie* uriaşă, un şir lung de case vechi, cenuşii, lipite una de alta, doar cu parter şi pod din lemn. Spre colţul unde se termina clădirea lunguiaţă, în partea stângă se afla o cârciumă, un *birt*, cum îl numeau cei care-l frecventau.

Şirul de case vechi ce se-ntindea pe o bună bucată de-a lungul trotuarului şoselei largi, scăpase cumva de demolare prin minuni care nu puteau fi înţelese căci nu căuta nimeni să le înţeleagă.

Casele astea, locuite de oameni săraci, muncitori prin şantiere sau fabrici, toate de culoarea aceea cenuşie, predominantă încă la majoritatea clădirilor, se aflau într-o zonă mult spre ieşirea din oraş, numită *oraşul vechi*, departe de lumea care se moderniza pe zi ce trece, nu doar prin noile construcţii, locuinţe, blocuri uriaşe cu magazine la parter, cu geamuri largi, frumos împodobite pe interior, oferind trecătorilor imagini colorate ale mărfurilor de vânzare, cât şi prin puzderia de maşini străine, oameni veniţi de prin alte ţări să viziteze locul ce-i aducea atât de aproape de "Castelul lui Dracula", *cuvintele cheie* pentru străinii care doar aşa ajungeau să înţeleagă ce este şi pe unde este ţara asta.

Într-o zi de vară toridă, dădu năvală în *birtul*, şi aşa năclăit de mirosul greu, înecăcios al ţigărilor, ţuicii de doi bani, transpiraţiei amestecat cu damful săpunului *Cheia*, cel pe care încă îl mai foloseau gospodinele când spălau cămăşile şi nădragii bărbaţilor, defapt se rostogoli acolo o gogoşică de femeie roşcată, pistruiată, scurtă şi-ndesată, cu sânii până la genunchi, cu părul scurt, zburlit, ud de transpiraţie, cu ochii verzulii ce se-ntorceau în toate părţile, de parcă scăpaseră din orbite într-un pahar cu apă.

Odată cu intrarea smucită a femeii - gogoaşă, precum un capac de la o roată de maşină ce-a luat curba prea în viteză, intră şi-un val de aer fierbinte de-afară, împletindu-se armonios cu mirosul sudorii ei ca de ulei încins, acru şi clocotit.

Văzând-o îţi imaginai pe loc o tigaie uriaşă în care ea, singură, căci altele nu ar mai fi avut loc, se perpelea, frigându-se pe-o parte şi pe alta, cum fac divele pe plajele nisipurilor aurii din ţări străine.

Spre deosebire de acele dive, aceasta a devenit personajul principal în magherniţa unde, camionagiii şi muncitorii de prin fabricile de la marginea oraşului, îşi stingeau setea cu ţuică şi vin acru la sfârşitul unei zile lungi de hămăleală.

Căuta de lucru orice. Şi a găsit. De toate.

Marghioala, gogoşica de femeie, proaspăta angajată la birtul situat peste stradă de Casa Copilului, nu venise întâmplător acolo şi atunci. Venise pentru fiica ei, Tudoriţa, pentru că în iarna aceea fata urma să devină majoră şi statul o scotea în stradă.

Şi s-a trezit instinctul acela matern în femeia ca un dop, unul pistruiat, rotund bine, ca unul de damigeană, mare damigeana, femeia asta de-un metru patruş' patru, cu păr roşu natural, ca al macilor păliţi de soarele verii, cu ochii ei de melc, verzulii şi-n continuă rotire, să vadă, să observe, să ştie, cu mâinile ei scurte şi roşii, cu unghiile mâncate până-n carne, cu picioarele iuţi şi groase, genunchii înnegriţi ca şi coatele, contrastând cu pielea foarte albă şi plină toată de pistrui.

Aşa ajunse Marghioala, *tanti Mari* a zilele noastre, să îşi caute un rost în oraşul în care locuia încă, la Casa Copilului, fiica pe care o lăsase de mititică, fugind de spaima şi groaza că viaţa ei se oprea în trupşorul acela neajutorat de copil, că visele ei de tânără femeie, fugită de-acasă pentru o libertate pe care nu ştiuse s-o drămuiască, s-au spulberat în cele patru colţuri ale unui cămin de nefamilişti, lângă un boşorog uscăţiv şi prea pretenţios în limbaj, în atitudine, de parcă picase din neamuri din cur de domni. Căci Pafnutie, bărbatul cu care reuşise să rămână gravidă, întâmplare ciudată, ea niciodată nu mai păţise aşa ceva, oricâţi ar fi trecut prin patul ei, mai bine zis ea prin patul lor, omul acela parcă mumificat, când îi vorbea din an în Paşte, o lăsa mereu cu gura căscată şi-o făcea să se simtă mică, proastă şi inutilă.

Legată de el prin fetiţa care s-a născut prematur, legată de datoria impusă de natură faţă de bucata aia vie de carne ce urla zi şi noapte fără încetare, presimţind sau grăbind fuga mamei, Marghioala s-a decis să dispară în lumea largă, asta după vreo trei ani de zbateri, de renunţări şi îndobitocire lângă copilul veşnic agitat, nevricos, lângă omul care nu-i spunea nimic, învinuind-o de toate relele lumii printr-o tăcere supărătoare, asurzitoare.

S-a întors acum, după cinsprezece ani, s-a întors să-şi ia fata din Casa Copilului. Nu ştia nici ea de ce. Nici ce va face cu fata sau ce vor face ele, două necunoscute, legate doar prin faptul că erau, biologic, mamă şi fiică.

Cei de la conducere nu au vrut să i-o dea şi au sfătuit-o să mai rabde vreo câteva luni, dacă a putut să se-ascundă atâţia ani că n-au dat de ea nici atunci când a murit tatăl copilei, Pafnutie, deşi au căutat-o după documentele de la *evidenţa populaţiei* dar mereu se făcea nevăzută, pierdută prin cine ştie ce colţ al ţării.

- Să faci bine, acuma, să mai aştepţi până la majoratul plodului, apoi poţi să te speli cu el pe cap!

Exact aşa i-a spus bărbatul ce trona într-un fotoliu uriaş, cu siguranţă din piele naturală, lăbărţat şi el, cu mâinile pe spătare, cu picioarele groase depărtate, privind-o cu ochi de reptilă de după biroul mare din lemn lăcuit.

Într-o zi şi-a luat inima în dinţi şi s-a hotărât să încerce să se apropie uşor, uşor de fata ei şi a traversat strada mare, a intrat în clădirea Casei

Copilului cu paşi tremurânzi, cu mintea aiurea, neştiind la ce să se aştepte, plină de tot felul de sentimente confuze şi spaime amestecate cu speranţa că nu va mai fi aşa singură pe lume. Că nu e prea târziu pentru nici una dintre ele.

După ce a aflat unde o poate găsi, s-a oprit Marghioala la uşa camerei fiicei sale şi a intrat timid cu paşi mici, rotind ochii, după felul ei de-a o face, mereu când intra undeva unde nu mai fusese.

- Căutaţi pe cineva? O întrebă o fată înăltuţă, slăbuţă, blondă spălăcit, trăgând în jos peste genunchi de-un sarafan ce-i rămăsese mic.

- Da. O caut pe fata mea, pe Tudoriţa.

Şi Marghioala îşi dezlipi ochii de pe trupul plăpând al fetei din faţa ei rotindu-i cu frică şi speranţă în acelaşi timp, încercând să alunge spaima care-o cuprindea, de parcă ar fi urmat să-l vadă pe Pafnutie, bărbatul de care se sfiise şi se temuse oarecum într-un mod pe care nu şi-l putea explica. Iar acum se temea să nu-l vadă pe el în fata ei. Deşi ştia că el a murit, deşi ştia că fata ei îi seamănă, la cei trei ani cât avea când a fugit, copila fiind clar a ei, cu părul roşcat, cu pielea albă, scurtuţă şi, e drept, slăbuţă, dar prevestind o cópie a mamei. Nu degeaba se spune că *dacă vrei să ştii cum va fi fata, uită-te la mamă.*

- Sunt aici, auzi Marghioala un glas ferm, aspru.

Se-ntoarse femeia pe călcâie şi zări în spatele ei o fată un pic mai înaltă ca ea, cu părul blond-roşcat lung, desfăcut, lăsat peste nişte umeri laţi.

Marghioala îşi afundă privirile-i verzi, uimite şi speriate în albastrul verzuliu al unor ochi mici, la fel de bulbucaţi ca ai săi, dar mai aprigi, mai crunţi, mai tăioşi.

- Tudoriţa mamii, şopti ea şi izbucni în plâns.

Se scutura trupul acela gelatinos, uşurându-se astfel de spaima că va zări omul de care se temuse şi care o urmărea până-n cele mai adânci gânduri şi coşmaruri ale ei, zi şi noapte.

Spera, dorea şi spera ca, luându-şi fata lângă ea, chiar şi atât de târziu, să scape de oprobriul şi ura pe care simţea, ştia că le lăsase în urmă.

Dar nu luase în calcul şi copila. Nu se gândise nicio clipă că fata îi seamănă doar în exterior, că pe dinăuntru ar putea fi omul de care fugise până nu i se mai dăduse de urmă, că defapt avea în faţă doi judecători şi nu unul, pe omul cu care procrease copila şi pe fiică, pe cea care-şi judeca mama pentru abandon, pentru toate suferinţele pe care, cu drept sau nedrept, i le pusese în cârcă ei, Marghioalei. Fugise şi era suficient pentru Tudoriţa!

- Ce vrei? şuieră fata privind-o pe femeia mică şi speriată ce dârdâia cuprinsă de friguri, cu toată zăpuşala din încăpere.

- Am vin't! Dupî tini am vin't! Da' nu mi ti dau ăştia, că zâşi iei că sî măi aştept sî-mplineşti opş'pi ani, că majoră ş-aşa pleşi d'aşi..., că...

- Destul! Nu vin nicăieri, nu am nevoie de tine! Iar când o să devin majoră, nu o să mai auzi de mine! rosti Tudoriţa cu obidă în glas şi ură în ochi şi-n atitudinea corpului ce semăna izbitor cu al femeii din faţa ei.

De la o poştă se vedea că sunt mamă şi fiică, deşi existau atâtea diferenţe,

imperceptibile pentru un ochi neexperimentat.

Mama, mai mică de înălţime, ridată, neajutorată, nesigură, de emoţii vorbind vorba ei de-acasă de copilă, uitând vorbele domneşti, tremurând poate şi pentru că nu-şi băuse de dimineaţă porţia de ţuică *să se dreagă*, fiind de mulţi, prea mulţi ani dependentă de alcool; fata, aidoma mamei, fizic, un pic mai înăltuţă dar cu o ţinută dârză, stând cât putea sta ea de dreaptă, nereuşind totuşi să acopere grăsimea cefei prelungită pe spate ce se ghicea, ca o cocoaşă, pe sub părul lung până dincolo de şolduri, lăsat liber.

- Eu am venit... Lucrez peste stradă la birt, aşa că..., rosti Marghioala cu un glas şi o vorbă cât mai normale, parcă revenindu-şi, scuturându-se din starea aceea de emoţii ce-i încremenise mintea, şi dădu să plece.

- Nu vreau să ştiu de tine! Adio!

Tudoriţa se strecură pe lângă mamă-sa ştergându-se brutal de trupul ei, aproape dezechilibrând-o pe femeia lăsată fără grai, deşi era destul loc în jurul lor. Fata parcă intenţionat i-a dat un brânci cu trupul ei la fel de gros şi rotund, doar că mai ferm, mai tânăr cu câţiva ani, nu mulţi, e drept.

Marghioala nu avea mai mult de şaisprezece ani când a adus-o pe lume pe Tudoriţa. Dar viaţa fără căpătâi lăsase urme pe trupul şi faţa femeii care, fără niciun dumnezeu, fără niciun sprijin, muncind mai mult prin şantiere, după revoluţie bătând oraşele ţării, renunţase de mult la gândul de-a se-ntoarce în locurile natale, undeva la marginea ţării, într-un sat în care oamenii, rudele, familia, cu toţii, de mult o dăduseră ca moartă.

Neamurile îi făceau şi pomenile dând, la zile mari, câte un colac la câte un sărac, pomenind-o pe la câte o zi de sărbătoare şi aprinzând câte o lumânare, pe care o-nfigeau în nisipul cutiei în *partea morţilor*, să fie de sufletul Marghioliţei lor dusă şi neştiută.

Marghioala, *tanti Mari* a zilelor de azi, la aproape treizeci şi patru de ani ai ei, părea de peste cincizeci. Alcoolul şi viaţa searbădă, pustie, irosită prin şantiere şi cu bărbaţi care o foloseau la fel cum îi folosea şi ea pe ei, au stins în femeie tot licărul vieţii, trupul acela greoi şi rotund fiind o povară şi pe care îl alimenta haotic, descontrolat cu tot ce găsea, mâncare, dulciuri, peste care turna alcool de orice fel, alcool să fie, la orice oră din zi şi din noapte.

O viaţă fără sens iar acum, acum când găsise de ce şi de cine să se agaţe, acum când se simţea, sufleteşte, ca o bâtrână care simte nevoia să se tragă la casa ei, la rostul ei şi să-nceapă să îngrijească de nepoţi, acum este aruncată peste gard, pur şi simplu aruncată din viaţa fiicei sale.

Ştia că merită tot ce i se întâmplă dar nu se aşteptase să doară atâta şi nu credea că va găsi în copila aceea, pe care ea o vedea tot la trei ani, tot mică şi neajutorată ca o maimuţică urlătoare, nu credea că va găsi în fiinţa aceea, sânge din sângele ei, atâta ură, atâta învrăjbire şi atâta răceală.

Era în faţa ei Pafnutie şi nu Tudoriţa. Clar!

Şi tanti Mari se-avântă, în soarele fierbinte al lunii august, spre birtul unde-şi găsise un ţăruş de care să se agaţe, arzând, nu atât de căldura soarelui înfipt bine în cer la orele dimineţii, cât după un păhăruţ de ţuică sau rom, orice ar fi putut să-i încălzească sângele-ngheţat în inimă de frigul cu care o-nvăluise singura fiinţă ce credea sau voia ea să creadă că o mai ţinea în viaţă.

Era mamă! Mai ales când bea!

*

Iarnă grea în oraşul de la poalele munţilor. Zăpada, până dincolo de genunchi, obliga oamenii să stea în case pe lângă calorifere, cu ochii zgâiţi la telenovelele ce-au monopolizat timpul gospodinelor, frecvent motiv de scandaluri matrimoniale când bărbaţii vedeau în farfurie mâncăruri arse, treburi făcute de mântuială şi pe jumătate, femeile uitând de ele şi familii, prinse în mrejele vieţii altora, vieţi date zilnic cu pipeta, picătură cu picătură.

Dacă nu vedeai două săptămâni episoadele, pentru că te internai sau ţi se strica televizorul şi vecinii se făceau că n-aud soneria la uşi, oricum nu pierdeai nimic. După alea paisprezece, cinsprezece zile, nimic nou nu apărea în desfăşurarea evenimentelor sau, şi mai bine, câteva personaje pe-acolo aveau obiceiul să viseze bucăţi mari din trecut, adică din trecutele şi pierdutele episoade. Se trăia *era telenovelelor*, a primilor ani de un soi de libertate isterică de după zeci şi zeci de ani întregi de comunism.

Oraşul de munte părea părăsit, privind de sus din vârfurile mai animate şi pe unde mişunau turiştii, schiorii şi amatorii de distracţiile oferite cu dărnicie, pe bani grei, de către firmele de turism care încercau să prospere, profitând de noul val de turişti, veniţi odată cu libera circulaţie, nu doar a mărfurilor cât şi a persoanelor.

Peste drum de birtul unde se aciuase tanti Mari, puţin timp clientă, de ceva vreme ospătăriţă, femeie de serviciu, deseori companie pentru unii destul de beţi să mai aibă pretenţii, la cei câţiva lei pe care-i dădeau pentru o clipă de plăceri, în Casa Copilului se pregăteau documentele ieşirii din instituţie a celor care au împlinit optsprezece ani.

Printre cei care şi-au visat, şi-au rămas cu visul, să îşi serbeze majoratul în atmosferă plăcută, familială şi care aşteptau cu bagajele la uşă nişte hârtii ce-i scotea în stradă, se afla şi Tudoriţa.

I-au dat o valijoară din acelea de carton învelită în vinilin cafeniu. Şi, cu hârţoagele în mâini, s-a trezit dincolo de poarta Casei Copilului.

Fără să-i spună nimeni un *la mulţi ani* de ziua ei ce tocmai fusese cu două zile în urmă. Şi n-a ştiut nimeni. Niciodată n-a vrut să se ştie acolo când este ziua ei şi chiar dacă se ştia şi cineva îi spunea ceva ce suna a felicitare, se enerva şi ţipa la toţi, toată ziua. Devenea isterică, nu putea accepta că trec anii, zilele ei de naştere fiind de mult amintiri triste deoarece contrastau cu acelea pe care i le pregătea tati, ziua prinţesei lui fiind cea mai specială zi din an, mai specială decât Crăciunul, decât Anul Nou, decât Paştele, decât oricare altă zi.

Îşi amintea casa împodobită, aerul şi atmosfera de sărbătoare, dimineaţa aceea de decembrie, când natura îşi dădea tot concursul în a o bucura de ziua ei cu multă şi multicoloră zăpadă căci, deşi totul era alb, mai mereu de ziua ei ieşea soarele, ori aşa îşi amintea ea că era afară, zăpada albă cu sclipiri în luminile curcubeului. Şi cum cobora ea, prinţesa sărbătorită, la masa împodobită şi încărcată cu bunătăţile preparate de madam Ofelia, la mijloc tronând tortul de ciocolată cu lumânărelele aprinse şi cu numele ei, scris frumos peste crema apetisantă cu bombonele colorate, fireşte de cicolată şi ele. Şi toţi care erau de faţă, chemaţi special pentru asta, cântau cu glasuri în toate tonurile acel *mulţi ani trăiască, la mulţi ani,* căruia îi ducea dorul de cinci ani şi, gândea ea cu obidă, îi va duce dorul tot restul vieţii de-acum înainte.

Tudoriţa strângea în palme mânerul valizei cu cele câteva haine ponosite şi pe care o izbea de genunchi într-un mod mecanic, neştiind în ce direcţie s-o apuce.

Nici micul dejun nu-l mâncase, nu putuse înghiţi nimic. Nu-i fusese foame. Acum o leşina golul din stomac. Mai mult de frică decât de foame.

Zări birtul de peste stradă. Îl ştia. Se îndreptă într-acolo cu paşi repezi înfigându-se cu putere în zăpada înaltă şi moale, înotând în nămeţi şi dând din mâini, cu valiza împingând zăpada care se aduna în faţă şi-o împiedica să vadă înainte şi, mai mult rostogolindu-se ca un balon umflat cu heliu într-o zi de vară, decât mergând, zbârcindu-se şi strângându-se sub un decembrie bogat în zăpadă şi doar atât, Tudoriţa privea înainte spre birt, tot mai aproape, tot mai aproape de ceea ce îşi jurase că nu va face, că nu va ajunge să...

Era ajun de Sfântul Nicolae şi, uite darul pe care i-l făcea viaţa şi statul, o libertate la care visase cinci ani şi acum nu ştia ce să facă şi cum s-o trăiască, s-o simtă, să se bucure de ea. Era ca şi cum cineva îi dăruise o păpuşică ori o altă jucărie pentru copile de şase ani.

Îi venea să se-ntoarcă şi să se roage de toţi cei de-acolo din Casa Copilului să o primească înapoi, era speriată, foarte speriată şi distrusă sufleteşte că nu are de ales, că ajunge, fără să vrea asta, acolo unde nu şi-a imaginat că va ajunge, la mama ei, cu mama ei, cu fiinţa aia care a părăsit-o, căreia nu i-a păsat de ea cincisprezece ani. Nici măcar după vizita la Casa Copilului nu mai revenise.

Ştia Marghioala, ştia bine că nu are unde merge, la cine trage fata ei, ştia şi aştepta momentul să fie ea cea care se roagă, fata aceea încrezută, băţoasă care o ignorase atunci în vară, ea şi întruchiparea bărbatului cu care o concepuse, acel Pafnutie, omul în faţa căruia se simţise mereu incomodă, ca şi cum nu era suficentă pentru el tinereţea ei, uşurinţa cu care i se dăruise, ca şi cum ea nu-l merita pe el, boşorogul rablagit de-atunci, deşi încă putea să se mai ţină pe picioare pe vremea aceea.

Ştia şi Tudoriţa, simţea toate aceste gânduri, o intuise în secunde pe fiinţa care venise acolo să-şi reclame dreptul de mamă înainte de-a-l pierde legal, la majoratul fiicei sale.

Până să-şi ordoneze şi să-şi ducă gândurile învălmăşite la capăt, fata ajunse în faţa uşii cârciumii. Îşi făcu loc prin zăpada pe care nu se obosise nimeni să o dea la o parte, intrarea părând astfel un soi de coborâre la subsol.

Puse mâna pe clanţa îngheţată şi se bucură că are mănuşile alea de pânză altfel, cu siguranţă i-ar fi rămas pielea palmei pe fierul sticlos.

Apăsă cu putere şi intră în birtul care mirosea a iarnă şi-a rachiu ieftin. La ora aceea doar trei oameni jerpeliţi, nedormiţi şi de departe ai străzii, sorbeau zgomotos zeama cafenie din nişte pahare lucind unsuros în lumina chioară a singurului bec din tavan, care înghesuia întunericul zilei de iarnă lipindu-l în umbre îngheţate de pereţii coşmeliei.

*

Se trezi în puterea nopţii cu senzaţia că-i cutremur. Căscă ochii încercând să desluşească, în lumina portocalie ce intra prin geamul murdar de la becul din faţa cârciumii, siluetele încolăcite care, în zvârcolirea lor, zgâlţâiau patul din toate încheieturile.

Cu greutate realiză că mamă-sa se zbuciuma, gâfâind înfundat, sub trupul mătăhălos al lui Gicu, iubitul chefliu, fost camionagiu, acum pensionat pe caz de ... bani. Că, de când cu patima alcoolului, pierduse Gicu *covrigul*, aşa-i spunea volanului, ce-i asigura traiul lunar. Ş-odată cu serviciul fugise şi nevasta cu băiatul, noră şi nepoată cu tot.

S-a dus femeia lui înapoi în satul de unde o luase în urmă cu mai bine de douăzeci şi cinci de ani.

- Aşa se strică una lume la bătrâneţe, spunea tot el, înjurând-o cu năduf pe femeia care-i îndurase, zece ani din douăzeci şi cinci, aburii alcoolului, pumnii şi apucăturile lui de mare fustangiu.

Sub nasul ei, Tudoriţa zări îmbârligătura de picioare, şodurile numai fleici de slănină tremurândă ca piftia, două trupuri unsuroase frecându-se acolo într-o baltă de sudoare, imaginea asta asezonată cu un miros acru de transpirație și alte alea.

Dacă-i scapă lu' ăsta ștremeleagu' de unde-o fi băgat, îmi intră dracu-n ochi, își luă Tudorița seama. *Ba-n ...,* gândi cu groază și-nchise repede gura ce-i rămăsese căscată, strânse tare din fălci și-și subție buzele lipindu-le cu disperare, totodată strângând și pleoapele la imaginea care i se derula în minte și care se suprapusese brutal peste imaginea, și așa dezgustător de animalică, ce-o trezise dintr-un somn adânc.

Simțea arsuri din stomac până-n gură, și-o cumplită senzație de vomă, după cina prea grasă pe care o-ngurgitase ca-ntotdeauna, îmbucând repede și-nghițind aproape nemestecat, cum se obișnuise de la orfelinat.

Dacă vomez aici peste ei, dracu' m-a luat! gândi ea și strânse și mai tare maxilarele, atât de tare că-i trosniră măselele.

Cei doi îmbârligați se opriră un moment din zgâlțâit și gâfâit, apoi, după câteva secunde de pândă din toate părțle, Tudorița controlându-și cât putu respirația, strângând și mai tare buzele și pleoapele, cei doi iubăreți ascultând, fiecare pe partea lui cu urechile pâlnie, atenți la gogoașa ce respira aparent regulat lângă ei, și care părea cufundată într-un somn adânc, zgâlțâiturile și icniturile se porniră mai aprig, gâfâielile tot mai dese, mai pătimașe.

Tudorița, aproape sufocându-se tot ținându-și repirația ce-i venea din străfunduri, prinse un moment când cei doi amorezi se rostogoliră de-ajunse bila roșcalie de mamă-sa deasupra bărbatului, și se răsuci și ea în așa fel că ajunse cu spatele spre ei, cu fața la marginea patului, cât mai la margine se putea.

În sfârșit reuși să respire-n voie, să dea drumul aerului ce-i încremenise-n plămâni, amețind-o împreună cu zgâlțâiala, duhoarea și imaginile văzute, peste care se-ncăpățânau să rămână celelalte, imaginare, alea în care bărbățoiul ăla scăpa cu totul în ea, pierzându-se peste tot, făcând-o să se-nfioare imaginându-și, simțind parcă, și-și strânse picioarele aducându-și-le spre bărbie într-o instinctivă și firavă încercare de apărare, căutând cu mâinile pe lângă pat să simtă solul, să simtă că, la o adică, dacă e nevoită, se poate rostogoli jos fără să pățească mare lucru, distanța de la pat la covorul de pe jos fiind foarte mică, de lățimea a vreo două palme ale ei. Și rămase cu genunchii la gură, cu fața spre exteriorul patului, mâinile atârnând pe lângă margine, cu cea dreaptă aproape sprijinindu-se în covorul aspru.

Tudorța adormi, în mod straniu, excitată și avu numai coșmaruri, sărind de la o imagine la alta, vise pline cu femei și bărbați împerechindu-se și care, așa înlănțuiți unii cu alții, ca niște câini înțepeniți în cățele, o urmăreau pe ea din încăpere în încăpere s-o prindă, s-o trântească pe jos și să-i pună poalele-n cap, străpungând-o printre picioarele groase și noduroase, numai duluri, duluri de slănină, care-i tremura cum tremurau fleicile celor doi azi-noapte.

I se năzărise, în coșmarul său, că Gicu se lăsase greu peste ea, după ce terminase cu mamă-sa și că încerca să o aibă fără pic de rușine, acolo, pe loc, cu mamă-sa uitându-se la ei râzând fără glas. Vedea capetele celor doi aplecate asupra ei, gurile alea imense rânjind, din care-i șiroiau peste față valuri de vomă sau asta credea ea că trebuia să fie. Și visul se prelungi într-o senzație oribilă de spaimă, scârbă, de sufocare, ca și cum acel ceva vâscos ce curgea din ei ar fi înecat-o, astfel că lipsa de aer o făcu să horcăie încercând să ia o gură de aer. Și se pierdu într-o liniște și un întuneric profunde.

Tudorița pică într-un soi de leșin, somn, o stare fără gânduri, imagini, senzații, ca o paralizie, ca de moarte.

Ultimul ei gând fu că murise subit, nemaisimțind nimic, nemaiștiind nimic.

*

De când Tudorița venise să locuiască cu mamă-sa în cele două camere ce aparțineau birtului, date de stat cu chirie și aflate chiar în curtea din spatele cârciumii, despărţite de local printr-un hol şi unde se-nşirau, de-a lungul străzii, multe alte încăperi, locuinţe ce făceau parte dintr-o clădire lungă cu un singur etaj, restul acestora având intrarea direct din stradă, fata nu avusese neplăcerea de a trăi o asemenea noapte.

Nu înţelegea, încă aproape adormită dar tremurând de spaima a toate câte le trăise şi visase, de ce mamă-sa nu-şi dusese amorezul în camera ei, în patul ei de târfă şi beţivă dar nu mai conta, era prea oripilată de cele văzute şi trăite în noaptea aceea.

Tudoriţa nu auzi când intră Marghioala în cameră. Vocea mamă-sii o scutură cumva dar nu se mişcă, se prefăcu adormită, stând aşa, vârâtă sub plapumă deşi nu pricepea ce vrea femeia aia de la ea aşa de dimineaţă.

Nu părea real. Continua să creadă că doarme şi voia doar ca totul să fie un vis, atât vocea mamă-sii cât şi tot ce se întâmplase în noaptea aceea. Ea ştia că Marghioala niciodată nu o deranja până după ora doisprezece ziua, că avea mereu treabă dimineaţa în birt cu puzderia de clienţi care veneau să *se dreagă*, să poată lua de la capăt o nouă zi de muncă în şantierele patriei.

- Hai de mănâncă, îi şopti Tudoriţei, care se prefăcea în continuare că doarme cu plapuma-n cap, aşa cum dealtfel făcea mereu, ca să n-o deranjeze lumina lăptoasă ce intra pe fereastra mică, nespălată niciodată şi care dădea în strada din care se intra în birtul unde încă mai lucra mamă-sa ca... de toate.

Trecuseră trei ani de când stăteau, mamă şi fiică împreună acolo, Tudoriţa nefăcând nimic toată ziua, mamă-sa mai mult ameţită şi veşnic ocupată, ba cu cârciuma, ba cu clienţii, zi şi noapte.

Avea *tanti Mari* obiceiul să aducă în camera ei perechi de prieteni, cheflii ca ea, după ora închiderii, mereu după ora doisprezece noaptea. Acolo se petreceau adevărate orgii, se umplea camera de fum de tutun prost, de miros de transpiraţie amestecat cu cel de ţuică, se strângeau şi se lăbărţau lălăind şi clătinându-se pe picioare până pe holul din care se ieşea, pe o uşă în birt, cealaltă uşă dând în curtea clădirii. Aşa că mai mereu, betivanii ieşeau şi-n curte şi-ncingeau hore, jucau, râdeau, se luau la bătaie, chefuiau după legea dictată de alcoolul din creierii lor.

Se plângeau vecinii care, e drept, nu erau nici ei mai breji, oameni amărâţi, adunaţi de pe străzi şi vârâţi prin clădirile alea sordide, cu o chirie mai mult simbolică, rămaşi pe-acolo de pe vremea când miliţia aduna vagabonzii de pe străzi, îi trimitea forţat la muncă prin fabrici sau la muncă de ocnaş la Canal.

Tudoriţa, sperând să scape de mamă-sa, mai ales după noaptea aceea cumplită pe care nu mai putea s-o şteargă decât moartea din mintea ei, se prefăcea în continuare că nu o aude. Şi chiar nu o mai auzea. Era mai mult adormită aşa că, se lăsă pradă liniştii, o linişte ce se aşternuse ca o ceaţă, una mai deasă decât fumul rămas de peste noapte de la ţigările fumate sau uitate nestinse.

Foame nu avea cum să-i fie după greaţa ce-o chinuise toată noaptea şi încă-i mai venea să vomeze, mirosul de ouă şi cârnaţi prăjiţi, ce se-mprăştiase prin camera ei, strângându-i stomacul şi mai tare.

Scrâşnind din dinţi mai mult de teama de-a nu voma acolo în pat, băgând capul şi mai tare în plapumă de teama de-a nu o auzi iar insistând cu mâncarea ei, Tudoriţa strigă tare în liniştea încăperii:

- Pleacă de-aici cu aia, nu mi-e foame, nu vreau să mănânc, nu pot, mi-e rău!

- De ce, Tudoriţo, de ce ţi-e rău? Întrebă, prefăcut, Marghioala.

- Mai întrebi? Se răsti Tudoriţa enervată la culme, aruncând plapuma, dezvelindu-se de tot, rămânând într-o pijama groasă, din finet şi scoase un ”uuufff” ridicându-se în capul oaselor. Ce dracului ai făcut azi-noapte, măi femeie? Cum ai putut să vii peste mine în pat cu ăla? Ce, nu era destul loc la tine, aţi înebunit? Atât de beţi aţi fost că aţi greşit camera?

- Nu, mă, nu de beţi, nuu, da' era ailantă cameră plină cu alţii, cu Frusina ş-al iei, cu Maria şi gagicu, mai ierau vro trei, patru oameni acolo, beţi, fumau, se cinsteau cu ţuică, unde dracu' să mă fi dus să mă culc? Se miră femeia cu o naivitate de necrezut.

- Păi, mă..., tu nici măcar n-ai dormit că, dacă voiai să dormi, de ce n-ai venit singură? Cum poți să aduci peste mine hăndrălăul tău, zi, cum?

Tudorița fierbea de nervi, se ridicase în picioare și-și arunca de pe ea pijamaua groasă fără să-i pese de frigul din încăpere, că nimeni nu făcuse focul în soba mică, improvizată de unul din hăndrălăii mamă-sii în urmă cu trei ani, atunci când venise fata de la Casa Copilului, că nu putea sta biata copilă în frig în miez de iarnă.

- Mă, fată, io știu că nu e bine așa, eu am viața mea, nu știu ce să fac și cum să fac să-ți fie ție bine, să fii mulțumită. Niciodată nu ești mulțumită. Io așa am trăit, mă mulțumesc cu ce am, rabd și tac și fac ce pot. Ești mare...

- Da, sunt mare, am douăzeci și unu de ani și de ziua mea, zilele trecute ai făcut chef la tine cu curve și hăndrălăi și-atât! Mie, mie ce mi-ai dat? O țuică și-o gogoașă!

Și restul nopții n-am putut dormi nici eu și precis nici restul cartierului din cauza voastră. Numai la tine te gândești! Plec, rosti Tudorița, și-și căută valijoara aia cu care intrase, în urmă cu trei ani acolo, în birtul ăla nenorocit. Plec și nu vreau să mai aud de tine, de viața asta, de nimic niciodată, mă auzi? Și să nu mă cauți, să nu mă cauți, să nu...

- Ia uite, gata, prințesa s-a șifonat! O ironiză Marghioala pe fiică-sa deși știa, vedea limpede că fata va pleca. Își dorea să plece, era sinceră cu ea însăși. O dorea cât mai departe, nu mai putea suporta imaginea aia ce-i amintea de Pafnutie, omul care o legase de un trecut peste care nu putea trece, un trecut prezent prin ființa căreai îi dăduse viață. Nu, nu voia să moară fata ei, o voia bine, sănătoasă și fericită dar departe, cât mai departe de ea și viața aia a ei, aia pe care o știa ea și care îi plăcea ei s-o trăiască așa.

Sigur că nu așa ar fi vrut să fie viața lor, nu era vinovat nimeni că propriul său copil era nesuferit, nu doar pentru ea. Toți cei care o cunoșteau aveau sentimentul acela straniu de ceva rece, ca lângă un șarpe. Nu neapărat teamă, mai mult repulsie, neîncredere, nesiguranță.

Fata asta avea ceva rău, malefic în ea şi, chiar dacă Marghioala nu putea gândi în termeni filosofici, aşa practică şi comună cum era, putea simţi că Tudoriţa era ceva dincolo de ce ştia ea că e normal, uman. Simţea ş-atât, nu putea, se temea şi nu putea să meargă cu gândul mai departe, nu putea să judece, s-o judece.

Era, fata ei, ca o piază rea, era un fel de fiinţă venită de dincolo de puterile sale de înţelegere, semăna numai supărare, nefericire, crea situaţii tensionate, nu râdea, avea răspunsuri tăioase la orice, nu ştia de glume, fugea de oameni, iubea singurătatea şi întunericul, se iubea, în mod vădit, numai pe ea, se ocupa numai de problemele care i se păreau ei cele mai importante, pe care le impunea odată cu propriile ei idei despre orice şi doar atunci când catadicsea să vorbească.

Pentru Marghioala era o uşurare să plece Tudoriţa. Lângă fata asta, doar simţind-o prin preajmă, femeia trăia o continuă stare de agitaţie, de spaime, de parcă trăia în casă cu o fantomă, cu fantoma lui Pafnutie.

Certuri din astea erau aproape zilnice între ele, mai ales a doua zi când, spăsită după câte o noapte de chef în care Tudoriţa urla, din camera ei, la beţivii aduşi de mamă-sa, să tacă, să o lase să doarmă, Marghioala aducea mereu un castron cu *ceva bun* de mâncare, sperând să o îmbuneze pe fiică-sa, aşa că discuţia lor de acum era ca un fel de *déjà vu*, nici nu o mai auzea dar se înfurie şi simţi că nu mai poate gândi, înţelege, că nu mai poate vedea cu claritate, nu mai auzea limpede, era într-una din crizele ei din care, odată ieşită, nu reuşea să-şi mai amintească nimic legat de toată perioada cât fusese dusă din realitatea asta într-o altă lume, una fără sens, fără să lase nicio amintire.

Simţea doar un singur lucru, simţea, nici măcar nu era un gând, era o senzaţie, o dorinţă, o necesitate vitală, instinctivă de a fugi de-acolo, de a termina cu femeia asta definitiv, lăsând-o în mizeria vieţii ei ratate şi să se ducă unde o vedea cu ochii.

Tudoriţa o privi pe mamă-sa ca pentru ultima dată, cu o uşoară ne-dumerire, văzând-o că se vâră la loc în pat şi atunci realiză, în întunericul, acum tot mai subţiat din încăpere că, pe canapeaua aceea murdară, sub plapuma făcută grămadă spre perete, încă mai zăcea adormit Gicu, hăn-drălăul Marghioalei, cel cu care se iubise toată noaptea şi n-o lăsaseră pe ea să doarmă.

Scârbită îşi luă valijoara în care înghesuise de câteva zile nişte lucruri ale ei şi, fără să se mai uite spre patul peste care se lăsase parcă o linişte mormântală, rosti cu voce joasă:

- Adio!

Gata îmbrăcată, plină de nervi, Tudoriţa ieşi din încăpere apoi traversă ca în vis camera mamă-sii, dechise uşa zmucind-o şi trecu prin holul în care mai dormeau, claie peste grămadă la ora aia, câţiva beţivi, ba se mai zăreau şi nişte picioare groase ieşind de sub nişte fuste.

Cu grijă, păşind uşor, atentă să nu calce pe careva pe mâini sau pi-cioare, fata ajunse, din câteva salturi, la uşa locuinţei.

Întorcând capul cu scârbă, Tudoriţa trânti uşa în urma ei şi, din hol, se-ndreptă spre uşa care dădea direct în birt, refăcând astfel, dar în sens in-vers, acelaşi drum pe care-l făcuse cu trei ani în urmă.

Ieşi repede, aproape alergând, în aerul îngheţat al unui decembrie în care împlinise douăzeci şi unu de ani. Era un decembrie care sfârşea un an dintr-un şir de ani urâţi pentru Tudoriţa, simţind că defapt acum începe pentru ea adevărata viaţă, o viaţă cum şi-o dorea de la treisprezece ani, de când au dus-o la Casa aia a Copilului, o orfană neajutorată.

Nimic din copila aceea nu mai rămăsese, nimic slab, nici teama, nici nesiguranţa.

Era decisă să ia viaţa în piept, să fie ceea ce visa să fie, nu ştia exact ce dar cu siguranţa mai presus de oricare dintre cei care treceau acum pe lângă ea, ajunsă în centrul oraşului după mult timp de mers pe jos, mai presus decât cei care, din maşinile lor mici o stropeau cu zăpada înmuiată de pe lângă trotuare.

Animată de lumina unei zile parcă un pic mai senină ca celelalte, ca toate celelalte, Tudoriţa păşea cu capul sus, fără să-i pese de zloată, de nimic.

Pentru ea ziua asta era cu siguranţă o zi deosebită, specială, o zi a libertăţii depline, o zi în care începea să fie ea aşa cum era, fără să-i pese de nimeni şi de nimic, decisă să lupte cu dinţii şi cu toate puterile să răzbească, nu prin nămeţii ameninţători care-o despărţeau de staţia de taxi spre o destinaţie necunoscută, nu, ci să treacă peste absolut orice şi oricine, pentru a ajunge unde simţea, ştia ea că merită să ajungă să fie şi să ştie că este.

Capabilă de orice, Tudoriţa îşi pregătise cu minuţiozitate plecarea asta, aparent în grabă. Premeditase totul, luase banii mamă-sii, ăia puşi de-o parte, dăduse de ei tot căutându-i căci ştia că-i are ascunşi pe undeva. Apoi lua de câte ori putea şi din birt. Deschidea sertarul şi băga mâna fără jenă când n-o vedea nimeni, cu atât mai puţin mamă-sa. Strânsese destui cât să-şi găsească o chirie, o gazdă undeva pentru câteva luni la marginea oraşului acela, destul de scump în toate dar plin de oportunităţi, cu lume bună, cu turişti, cu şanse în tot ce-ţi doreai.

Asta până reuşea să ajungă să lucreze ceva, pe unde-o fi şi ştia că oraşul ei îi va oferi şanse, rămânea doar să aleagă. Încă nu avea limpede în cap ce urma să lucreze, avea un liceu terminat, nu încercase la facultate cu nota la bacalaureat aşa de mică iar bani pentru o facultate cu taxă nu avea. Nici cine să o întreţină nu era.

Dar ce mai conta facultatea dacă se avea pe ea şi voinţa aceea ce pornea ca un şuvoi de lavă dintr-un vulcan? Se simţea gata să izbucnească, deja începuse să iasă din ea însăşi, odată cu plecarea de lângă femeia aia care-şi spunea *mamă* şi pe care nu o putea suporta, nici ierta vreodată pentru că o abandonase şi pentru multe altele pe care nici nu căuta să le mai înţeleagă.

Nu simţea decât ură şi dezgust faţă de tot ce vedea în fiinţa ce-o adusese pe lume şi făcea efroturi disperate să nu se urască şi pe ea pentru că semănau fizic atât de mult.

Dar nu, nu semănăm totuși așa de mult, încerca Tudorița să se convingă singură, *femeia aia este mult, mult, mult mai scundă și mai grasă... Nu semănăm, nu!*

Și subiectul a fost închis în mintea ei, gata!

După un drum destul de lung cu taxiul prin orașul ticsit de mașini, cu toată zăpada ce îngreuna circulația, Tudorița ajunse la adresa pe care o avea scrisă într-un carnețel, o adresă a unui bloc de garsoniere, destul de departe de centru, în partea opusă a *orașului vechi,* chiar foarte departe de locul unde trăise cu mamă-sa trei ani, aici aflându-se într-un cartier nou, construit imediat după revoluție, ceea ce se ghicea ușor, fie și doar după arhitectura clădirilor.

Urcă la etajul trei și sună. Ieși o femeie înaltă, uscățivă. O privi intrigată apoi chipul i se lumină puțin.

- Tu ești Tudorița, daa, te recunosc, intră, hai, intră, spuse repede femeia, schițând un zâmbet pe fața aceea ca de hârtie creponată, de culoare cenușie.

- Bună ziua, da, am venit, așa cum v-am spus luna trecută, rosti Tudorița cu voce copilăroasă alintându-se, amintindu-și că tot așa o cucerise pe femeia asta care intrase în birt mai mult din întâmplare.

Femeia confundase localurile în căutarea unei cunoștințe cu care-și dăduse întâlnire în zona aceea a orașului. Tudorița o lămuri pe femeie unde se află și, la privirea interogativ-mirată ale acesteia, fata se simți oarecum obligată să scuze prezența ei în acel local spunând că și ea e în trecere pe-acolo, că este în căutarea unei chirii, ea urmând să lucreze la o mare firmă în colaborare cu altă firmă, una din străinătate, acum că, după revoluție, drumurile spre restul lumii se deschideau tot mai ușor și se ramificau tot mai mult.

Așa ajunse, femeia rătăcită în birtul acela, să-i ofere Tudoriței adresa ei, spunându-i că, dacă nu găsește chirie în altă parte, ea are o garsonieră chiar în blocul unde stă și ea, tot într-o garsonieră.

Şi femeia continuă să explice că a cumpărat două garsoniere, una şi fiicei sale pentru când vine în concedii din Germania, unde locuieşte de ani buni, încă de pe vremea comunismului. Se dusese fata la studii şi a rămas acolo unde s-a şi căsătorit de vreo patru ani. Când vine cu familia în vacanţă, ei se duc sus la munte la cabană, garsoniera fiind mereu pregătită pentru a fi închiriată.

- Aşadar nu ai găsit...

- Ba da, vreo trei săptămâni am stat în altă parte dar e departe de serviciul meu, minţi ea cu seninătate.

- Ah, deja şi lucrezi? Întrebă femeia cu priviri senine, prietenoase.

- Daa, de-atunci am început, mă bucur că m-au angajat la sfârşit de an, lucru ce nu prea se întâmplă, nu-i aşa? Zâmbi Tudoriţa maliţios, neuitând să-şi lase ochii în jos, în felul ei de fetiţă neajutorată, ruşinoasă, pudică şi aparent atât de fragilă.

- Atunci o să fii fericită în garsoniera ta, nu vei avea probleme, ai acolo de toate, tu doar să te instalezi, draga mea, zâmbi, femeia, diavolului cu ochi de îngeraş şi, luând nişte chei dintr-un suport de pe peretele holului, ieşiră amândouă pe scară. Coborâră la parter unde se afla garsoniera ce, de-acum, urma să fie casa Tudoriţei, numai a ei singură.

- Părinţii tăi cum sunt? Sper că bine, mi-ai spus că stau undeva la ţară, departe de oraş. Acum, cu zăpezile astea nu prea au ce face pe-afară prin curte, mai mult în casă la căldurică, nu-i aşa?

- Da, continuă Tudoriţa minciunile începute acolo la birt, ea tot cu ochii roată atunci, ca nu cumva să apară mamă-sa şi s-o dea de gol deşi o ştia ocupată să servească unul dintre clienţi prin camera ei în spatele birtului. Sunt bine, mulţumesc, le-am spus că mă mut aici, au deja adresa, speram să nu se fi ocupat garsoniera, râse ea drăceşte şi-şi roti ochii prin încăperea largă, exact cum făcea mamă-sa când intra în câte o nouă casă, cameră, oriunde, să vadă ea, să ştie ea toate cele.

- Bine, draga mea, uite aici cheile, chiria este pentru două luni, adică ştii tu, e o lună avans, siguranţa noastră a proprietarilor, nu trebuie să...

- Da, daa, ştiu cum este, mi se pare perfect normal, rânji Tudoriţa punând teancul de bani pe măsuţa de lângă uşa ce da spre holul din care se intra în toate, în baie, în bucătăria micuţă şi cochetă, în camera mare, luminoasă şi cu gratii la ferestre, aşa cum erau toate locuinţele la parter, lucru firesc, acceptat şi care dealtfel dădea mai multă siguranţă celui dinăuntru.

***

PARTEA II

Ducesa

Trecutul nu numai că te ajunge din urmă, el te poate depăşi luându-ţi-o înainte!

*

Rodul împreunării dintre un alcoolic scăpătat şi-o copilă semianalfabetă, fugită de-acasă de pe la paisprezece ani, Tudoriţa luase ce putuse din fatidica împerechere, printre altele, nimfomania maică-sii şi dragul de băuturi spirtoase a tatălui.

De mică adora să-şi frece jucăuş bucişoarele pe genunchii boşorogilor prin cârciumi sordide, acolo unde tată-său se *cinstea* cu amicii, sorbind tacticos din lichidul acela, *doi ochi albaştri*, simbolizând două prune care, în realitate era produsul unor reziduuri şi a tot felul de excremente fermentate, vândute beţivilor ca ei fără teamă sau scrupule privind *sănătatea şi siguranţa consumatorului*.

Aceştia nu mai erau demult consumatori ci consumaţi de patimă.Ce mai conta cât de repede şi în ce fel ajungeau la groapă?

Tot *două prune* turna pe gât şi Tudoriţa, chiar dacă nu avea mai mult de şase ani.

Când boşorogul libidinos, la care se nimerea în poală, ducea păhăruţul spre buzele groase, tremurânde şi băloase, Tudoriţa îşi apropia faţa de-a moşneagului, urmărind cu ochi sticloşi traiectoria lentă şi tremurată a păhăruţului plin, urât mirositor. Ochii ei se-ntâlneau, prin sticla micului pahar, cu ai bătrânului, astfel moşneagul *îşi rupea de la gură* dându-i mai întâi fetii să soarbă, ce mai rămânea, dacă mai rămânea, scurgându-se printre buzele alea groase şi albăstrii care chiar semănau cu două prune ce păreau, însă, mult prea coapte şi storfocite.

Grupul acela de bătrâni forma un tot. Semănau unii cu alţii izbitor, cum erau ei chirciţi, cu nasurile mari şi vineţii, buzele tumefiate, la fel de albăstrite de parcă băuseră cerneală, cu urechile lor clăpăuge şi păroase, trăind doar ca să moară toţi pentru aceeaşi patimă: *doi ochi albaştri.*

*

Fericită în garsoniera ei mirosind, încă, a vopsea proaspătă, cotrobăia prin dulapurile din micuţa bucătărie, cerceta fiecare colţişor, pipăia fiecare obiect ca pe un bun al său căci al său era cât timp locuia acolo şi plătea pentru asta.

Următorul pas este să încep să lucrez. Am douăzeci şi unu de ani, sunt tânără, am viitorul în faţă, am liceul, nimănui nu îi pasă de nota cu care l-am terminat şi nici unde l-am făcut. Important este să lucrez, să am un salariu, să îmi fac viaţa mea, numai a mea, singură! Să nu îl dezamăgesc pe tati care, sigur mă vede şi mă veghează de acolo din ceruri şi pregăteşte, împreună cu Doamne-Doamne, o viață de vis pentru mine, viața pe care el mi-a promis-o și pe care era sigur că sunt capabilă să mi-o fac singură. Am nevoie doar de nervi tari, de curaj și... de niște ceva dulce acum!

Râse și, tremurând de poftă, căută febril în geanta de umăr pe care o aruncase neglijent pe unul dintre cele două fotolii largi, acoperite cu câte un pled pufos, gri. Găsi imediat o ciocolată mare, din cele mai fine, din aceea cu alune, luată dinainte, asigurându-se mereu să aibă la ea dulciuri de calitate, care să o ajute să fie puternică, să nu simtă cumva stările acelea ciudate de leșin, pe care le avea dintotdeauna, mai ales în ultimul timp.

De la stările astea, deși la analizele de sânge nu i-a ieșit nici măcar anemie, i-a venit ideea să sperie pe toată lumea pe care o cunoștea, cu precădere noii săi vecini, că suferă de o boală fără leac și foarte dureroasă, pe care i-au descoperit-o de puțină vreme dar care este deja în fază avansată, **scleroză multiplă**, că îi este tare frică de viitor și că nu știe ce va fi cu ea restul vieții sale, că se tratează dar că îi este greu să lucreze deși caută serviciu și va lucra pentru a se putea întreține și să-și plătească tratamentele de care are nevoie, cu toate că boala asta a ei, știe, nu se va vindeca niciodată.

Astfel că familiile vecine cu ea în blocul mare de garsoniere, fiind printre primele legături pe care a avut grijă să și le facă în noua ei viață în care și-a propus să cucerească lumea, o compătimeau și o căutau cu telefoane, o căutau acasă și o invitau la ei la masă, tratând-o cu delicatețe și grijă mare, ca pe un membru de familie al fiecărei case pe unde poposea să profite cât putea de bunătatea celor dispuși să o ajute cu tot ce ea ar fi avut nevoie, de la bani la alimente, haine, orice.

Căuta atenție și mai ales dorea ca lumea toată să știe că ea e acolo, că există și că, dacă ea a poposit între ei, apoi sigur că *pentru ceva* s-a întâmplat acest lucru.

Printr-o vecină mai apropiată, Angela, tânără şi ea, fiica unor profesori de liceu şi care locuia la fel, singură, studiind la una din facultăţile din oraş, Tudoriţa află de un loc de muncă foarte uşor, un anticariat.

Se decise să se prezinte acolo şi, la propunerea vecinei, s-au dus împreună, Angela cu scopul de a o ajuta pe Tudoriţa prin faptul că îl cunoştea pe proprietarul Anticariatului.

Acesta se avea bine cu părinţii fetei, nu doar pentru că, de acolo profesorii îşi cumpărau cărţile cele mai vechi şi, fireşte căutate, pe care el le păstra pentru ei când îi picau în mână ci şi pentru că, fiind un bătrânel singur, foarte cumsecade şi deosebit de cult, fireşte, deseori fusese invitat la cină sfârşiturile de săptămână la familia aceasta drăguţă de profesori, seri în care apărea uneori şi Angela, fiica lor drăgălaşă, mereu politicoasă, zâmbitoare şi atât de bine educată.

Când a zărit-o pe Angela că vine însoţită de o altă fetişcană, anticarul le-a ieşit în întâmpinare zâmbind.

- Bună ziua, salută Angela.

- Bună ziua, draga mea. Ce vânt te aduce... ?! Şi privi cu insistenţă spre Tudoriţa, care se dăduse mai în spate, aproape se ascunsese pe după Angela.

- Eu ştiu de la tata că aveţi nevoie, cel puţin pentru un timp, de un ajutor aici în anticariat, spuse fata privindu-l pe bătrân în ochi, sincer şi curat.

- O, daaa, mi-ar prinde bine un ajutor, am multe, foarte multe cărţi şi spaţiul este mic, tare mic aşa că aş dori să pot să aşez cărţile, să le aranjez şi să le cataloghez cumva pe cele care încă nu am ajuns să le trec la catastif şi apoi, om vedea..., rosti el cu bucurie şi speranţă în glas.

Dacă Angela îi adusese pe cineva, cu siguranţă acest cineva era de încredere şi putea să facă ceea ce avea el nevoie.

Defapt nu era mare lucru de făcut, fiind nevoie de răbdare şi meticulozitate. Şi, fireşte, ceva cultură, ca cel ce lucrază acolo, să poată preţui cartea pe care o va ţine la un moment dat în mână, nu doar să o treacă într-un catastif şi să o arunce ca pe orice altceva în raft, alături de alte şi alte cărţi, pentru anticar, fiecare, extrem de preţioasă.

Tudoriţa şi-a început serviciul încă de a doua zi. Îi plăcea şi nu prea, o cam plictisea scrisul acela în caietul mare, titlurile pe care nu le auzise, nu obişnuia să citească, nu avea acea tragere de inimă spre alte lumi în afară de lumea ei.

Cu timpul, însă, răsfoind cărţile învechite, deşi ea nu cumpără nici una, auzind oamenii vorbind între ei şi care, căutând anumite cărţi, parafrazau, aproape recitând cu pasiune şi cu aer solemn, texte din respectivele cărţi, ea devine interesată de faptul că mulţi dintre autorii căutaţi sunt, în marea lor majoritate morţi de mult şi, de aici încolţeşte ideea de *nemurire* în capul ei, astfel că începe să copieze pe un caiet fraze de autori care i se par mai frumoase, văzând cărţile cele mai căutate, unele dintre ele având chiar subliniate cu creionul sau pixul, fragmente întregi, curpinzând cuvinte frumoase, nu prea pe înţelesul ei dar o atrăgeau, cum atrage lumina lămpii moliile în nopţile de vară.

Într-o dimineaţă de decembrie, bătrânul anticar a fost găsit mort de Tudoriţa, căreia i s-a strâns puţin inima când a văzut uşa Anticariatului încuiată, întunericul din interior, zăpada din faţă necurăţată, fără obişnuita cărare, paşii bătrânului care venea mereu cu noaptea în cap să deschidă şi să se bucure de o oră de linişte acolo, singur printre cărţile lui.

Ningea abundent însă, oricât ar fi nins de tare, tot ar fi fost un semn că cineva a intrat în anticariat dar în dimineaţa aceea nu intrase nimeni, se simţea un gol, pustiul şi întunericul din interior azvârlea, parcă, spre exterior suliţele unei tăceri înfiorătoare.

Presimţiri prosteşti, gândi Tudoriţa descuind uşa cu cheia ei, pe care o avea încă din prima zi de lucru, pentru orice eventualitate şi pe care, până atunci, nu o folosise niciodată, omuleţul acela fiind mereu acolo când sosea sau pleca ea.

Când a păşit înăuntru şi a aprins lumina, l-a zărit pe bătrânul anticar aşezat pe scaun la masa de lucru, cum îi spunea el biroului pe care trona o maşină de scris veche, ca un soi de podoabă, alături de mai multe cărţi, ustensile de scris, caietele lui mari în care adunase, de-a lungul anilor, titluri de cărţi ale unor oameni ce dăinuiau şi azi şi care, prin paginile cărţilor lor, zilnic păreau că bântuie printre rafturi, dând interiorului acea atmosferă de mister şi linişte, întreruptă când şi când doar de şoaptele celor care intrau căutând o anume carte sau doar ca să vadă noutăţi.

Noutăţi într-un anticariat suna oarecum paradoxal, nou fiind doar pachetul care sosea cu alte şi alte cărţi vechi, unele chiar foarte vechi.

Şi acolo, pe scaunul lui din lemn simplu, cu capul pe masă, cu mâna încleştată pe coperta unei cărţi, stătea nemişcat bătrânul, alăturându-se, poate, acelora pe care de o viaţă îi *urmărea* doar prin cărţile lor.

Doi ani a lucrat acolo Tudoriţa şi a plecat cu o atitudine nouă şi ciudată pentru ea, *curiozitatea faţă de autorii cărţilor*, acelor cărţi care deveneau, cu cât trecea timpul, mai valoroase, dar şi cu un caiet doldora de fraze şi idei frumoase, pe care le tot recitea seara înainte de culcare, visând la lumi încă neînţelese pentru ea dar cumva ghicite, dorite, poate visate cândva.

Ca un fel de predestinare sau pur şi simplu doar o coincidenţă, după aproape trei luni de stat acasă, Tudoriţa aude de un alt loc de muncă, tot legat de cărţi, de data aceasta fiind vorba de o librărie.

Această librărie era aproape de casa ei, fiind situată chiar la parterul blocu-lui de vizavi, peste alee, blocul acela de locuinţe construit mai recent şi care avea, în toată partea de jos magazine de tot felul, lângă fiecare scară sticlind geamuri largi şi frumos împodobite cu mărfurile expuse pentru a ademeni cumpărătorii, de la încălţăminte, haine, la jucării şi obiecte de uz casnic.

Tudoriţa pleacă de la librărie după şapte ani şi nu cu mâna goală; ca şi de la anticariat, de data aceasta nu cu un caiet ci cu mai multe caiete, toate pline cu fraze şi istorioare copiate din cărţile *bune* pe care le răsfoia, tot aşa, fără să cumpere vreuna.

Primeau la librărie, de două ori pe săptămână, vrafuri de cărţi, titluri cunoscute, autori renumiţi, pe care le vindea *pe sub mână, la pachet* cu alte cărţi, de la cele de bucate, la tot felul de cărţi pe care, separat, cititorii nu le-ar fi cumpărat.

*

CAPITOLUL 1

Internetul

Între timp omenirea se îndrepta cu paşi uriaşi spre o nouă eră, cea a Internetului, distanţele şi timpul căpătând alte dimensiuni, fiind percepute diferit, éra a ceea ce urma să dea mii de oportunităţi celor care ştiau să scoată *apă şi din piatră seacă* şi terminând definitiv cu nostalgicii care se încăpăţânau să rămână într-un trecut greoi, ca un soi de mocirlă în care, nu puteai păşi înainte, nici înapoi doar, poate, să te scufunzi încet, încet. Noile medii de socializare pe care le foloseau, atât tinerii cât şi oamenii mai în vârstă, pe lângă instituţiile statului, cele private, multe în scopuri profesionale, altele doar pentru comunicare, relaţionare, făceau furori în rândul tinerilor, incendiaseră vieţi, lansând spre viitor vise şi speranţe, astfel că totul în jur se schimba de la o zi la alta, în toate domeniile, acest bulgăre al evoluţiei umane, de acum de neoprit, dându-şi drumul înspre cele mai de jos zone ale existenţelor omeneşti, sub toate aspectele lor.
Tudoriţa nu putea să lipsească de la acest *festin* în care viitorul, societatea şi evoluţia tehnologiei păreau să fi apărut special pentru ea, astfel că reuşeşte să devină cunoscută sub diferite nume, cu profiluri false în H5, cel mai cunoscut profil al ei fiind *Ducesa,* o tânără care nu putea fi văzută uşor pentru că nu se arată mereu la webcam iar dacă o făcea, asta se întâm-

pla mai rar, numai cu cei foarte apropiați, de care era sigură, arătându-și
însă doar zonele intime și numai atunci când practicau sex online, nicio-
dată fața sau restul corpului, niciodată ea, din cap până-n picioare.

În schimb avea câteva fotografii spectaculare cu *o ea întreagă*, o blondă
superbă ca un model, o frumusețe parcă din altă lume și un farmec de-
osebit, o voce senzuală la telefon, vocea fiind a ei, cea reală și care, prin
fraze pompoase, copiate din cărțile răsfoite în cei nouă ani, adunați, de
muncă la anticariat și librărie, reușea să amețească bărbații până îi aducea
în situația de a exploda, lucru care realmente se întâmpla de foarte multe
ori, ei terminând ejaculând, uneori și numai după câteva vorbe schimbate
cu Ducesa lor.

Tudorița reușea să impresioneze la fel de intens și femeile până la lacrimi,
ascultându-le văicărelile, insatisfacțiile amoroase, visele neîmplinite și
dându-le sfaturi de atoateștiutoare în ale iubirii, vieții de cuplu sau chiar
despre cum se cresc și educa acei copii ajunși la adolescență și care creează
probleme părinților prin atitudini de răzvrătire, negativism, stări con-
tradictorii, apucături pe căi greșite, multe fiind domeniile unde Ducesa
părea să stăpânească bine pe fiecare dintre ele sub toate aspectele, indifer-
ent de sexul sau vârsta celor cu care stătea ea de vorbă ore în șir pe Internet
sau la telefon.

Își deschide un blog în Blogspot și Ducesa face furori prin modul cum
știe să le vorbească oamenilor despre iubire, prietenie, fraze pompoase,
aceleași fraze copiate din cărți scrise de autori cu nume grele în literatura
universală, frazele acelea copiate de ea, acum folosindu-le să impresioneze
prin *cultură și sensibilitate*, prin calități pe care în realitate nu le avea.

Trece de la H5 la Facebook, își face *blog personal* și își adună acolo toți
fanii, toate cunoștințele de pe H5, Yahoo Messenger, MSN și de pe unde
mai rătăcea ea în Internet.

Aici încearcă și reușește să adune simpatii, compasiune, prietenie, firește doar de o parte, adică cei care o citesc, ea fiind cea care doar le merita, în mintea sa, nefiind datoare cu nimic, gândea, nimănui.

Toți îi datorau ceva, orice, ea având nevoie de toate acele expresii ale sentimentelor umane pe care reușea să le trezească, după caz, în oricine ajungea pe blogul său.

Astfel începe să se vaite la *lumea ei* din Facebook, în blogul personal, pe la toți prietenii, spunându-le public, într-o postare, că ar avea o recădere gravă a vechii sale boli: *scleroză multiplă*, descoperită la douăzeci și unu de ani.

Și a adăugat că, după ani de tratament, cu stabilizări și recăderi, acum, când credea că va fi mai bine, a ajuns la spital de urgență crezând că va rămâne paralizată și, continuă ea în postare:

*- Asta îmi mai lipsea, pe lângă un **infarct** provocat de o **fostă** foarte bună prietenă, care a profitat de bunătatea mea, înșelându-mă cu bani pe care mi i-a cerut împrumut și niciodată nu mi i-a mai dat înapoi, ducându-mă cu vorba, promițându-mi că vom pleca împreună în altă țară, acolo unde, credeam eu, aș fi putut avea o șansă mai mare **să fac ceva măreț pentru semenii mei**, ca apoi, așa-zisa mea prietenă să dispară fără un cuvânt, mutându-se în străinătate doar cu soțul ei.*

Se jeluia și publica tot felul de texte artificiale sau fraze gata făcute, culese de prin Internet, în care spunea că ea o iartă pe femeia care i-a dorit răul dar că se teme pentru propria ei viață, că, pe lângă boala aceasta care nu are leac și care o chinuie zi și noapte, se simte și că, realmente, este amenințată și în pericol mereu iar infarctul acesta, care nu putea fi ceva normal la vârsta ei a umplut paharul.

Cerea ajutor, cerea înțelegere, jeluindu-se de drama ei, spunând că nu era bine să i se mai provoce alte și alte probleme de sănătate, care puteau afecta și mai mult boala ei cronică, *scleroza multiplă*. Repetând mereu că nimic nu îi garantează ce se va întâmpla cu ea, cât va rezista din cauza bolii dar mai ales din cauza celor care o atacă și nu o lasă în pace pe Internet.

Au curs atunci zeci și sute de încurajări, mesaje, telefoane, oferte de tot felul, de la bani la lucruri bune, excursii, ieşiri în oraş la restaurante, orice numai să fie Ducesa lor bine.

Toţi, absolut toţi, bărbaţi şi femei erau realmente îngrijoraţi de starea Ducesei lor şi, speriaţi de diagnostic, curgeau zilnic, de la primele ore până noaptea târziu, mesajele de încurajare şi cuvintele lacrimogene, în care toată lumea îl ruga pe *Doamne-Doamne* să aibă grijă de *îngerul* lor, care nu poate să păţească nimic niciodată pentru că, spuneau toţi, ce s-ar face dacă ea, Ducesa, nu ar mai fi acolo zi şi noapte cu ei să le bucure existenţa cu cuvinte atât de frumoase, atât de pe înţelesul lor, ca şi cum ar veni din sufetele şi minţile lor, ca şi cum ea, zâna şi îngerul lor le-ar fi trăit la toţi, pe rând, vieţile şi ar fi ştiut şi simţit la fel, ca fiecare dintre ei, ceea ce simţea fiecare în realitate.

Copleşită şi nevenindu-i să creadă, aproape sufocată de avalanşa de iubire şi devotamentul sincer care se revărsa peste ea, nemaiprididind să răspundă fiecăruia în parte, a obosit şi a decis să nu mai răspundă separat ci să facă o singură postare pentru toţi, un text frumos şi bine ticluit în care le mulţumea şi, la finalul celor scrise, le-a pus acolo câte un *emoticon* din stările cele mai bune, umplând, la finalul textului, statusul cu bezele, pupicei şi inimioare, plecăciuni şi steluţe.

Atunci Tudoriţa şi-a dat seama că de aici şi de acum, lumea va fi la picioarele ei exact ca în cele mai frumoase şi incredibile vise ale sale.

Cuvântul cheie pentru a învinge şi cuceri o lume era *compasiunea* sub toate aspectele sale.

Găsise cheia spre lumea pe care voia să o supună şi unde să vâre această cheie, cum să o răsucească precum un cuţit într-o rană, să facă din durere să-i picure ei, nu sânge ci lacrimi de recunoştinţă, faimă, bani, ajungând acolo de unde credea că venise, în înaltul cel mai înalt, în cer dar vie şi fericită, fireşte.

Nimic nu este întâmplător, îşi spuse ea copiind cuvintele şi aşternându-le ca pe un *covor cu bune intenţii* pe post de status, un fel de salut în Facebook, aşa, în loc de *bună dimineaţa*.

De aici totul a curs şnur. Ca pe roate. Lumea s-a mobilizat. Fiecare frază, cuvânt, imagine erau preluate, răspândite prin întregul Internet, încendiind acele profile ale unor oameni care aveau nevoie de astfel de îndemnuri, de cuvinte, dând un scop şi un sens celor mai insignifiante existenţe.
Erau şi ei. Existau prin Ducesa lor.

*

- Săr'mâna, tanti Dorina! Andra este acasă? Nu mi-a răspuns la telefon şi nici nu a intrat azi pe Facebook, nu am văzut-o, sunt puţin preocupată, rosti precipitat, mutându-se de pe un picior pe altul, Tudoriţa, în faţa uşii unde o femeie micuţă, slăbuţă şi toată numai zâmbet o privea intrigată, văzând-o atât de agitată pe prietena fiicei sale.
- Nu este acasă şi a fost ocupată cu pregătirile de plecare, ştii că în toamnă, după nuntă, se mută cu Dinu în Franţa.
- Da, ştiam, răspunse tăios Tudoriţa. Neliniştii sale îi luase locul invidia, aceeaşi invidie pe care o simţea faţă de Andra dintotdeauna, care crescuse odată cu ea şi mai ales de când prietena ei cea mai bună avea un iubit şi urma să se căsătorească, să plece în altă ţară, să îşi facă o viaţă, adică să o părăsească pe ea!
I se părea nedrept, urât din partea Andrei faptul că îşi trăieşte viaţa fără ea, de acum şi mai departe de cât simţea că devenise, mai ales de când se îndrăgostise de Dinu, adică de mai bine de doi ani. Şi plecau tocmai în Franţa!
Se simţi trădată, minţită, se umplu de ură şi un dor de răzbunare înflori direct din trunchiul de răutate pe care îl avea în ea din născare.
Ştia că nu poate să îi facă niciun rău Andrei pentru că niciodată nu a avut puterea să o supună, să o intimideze, să o manipuleze iar acum cu atât mai mult cu cât nu este singură şi, ea, Tudoriţa, nu mai reprezintă aproape nimic pentru prietenia lor care înflorise încă în primul an de când a ieşit de la Casa Copilului.

Îşi dădu seama că defapt nici în ea şi nici în Andra, prietenia lor nu a crescut odată cu ele, aceasta rămânând la stadiul când ele, fete tinere, se întâlneau şi-şi turuiau vrute şi nevrute, o prietenie de tinere fără prea multă experienţă, mai ales în ceea ce o privea pe Andra.

Acum Tudoriţa era dată la o parte, Andra demult renunţând la a mai crede în fosta ei prietenă şi nu o prea căuta, nu simţea nevoia să-i vorbească, să mai fie nici măcar o umbră din ce a fost între ele la început, cum era înainte de-a o cunoaşte bine de tot pe Tudoriţa.

Dar Andra cea educată şi, poate şi dintr-un strop de milă, păstra aparenţele unei prietenii de complezenţă iar Tudoriţa se agăţa de orice numai să nu o piardă de tot pe fosta ei *cea mai bună prietenă*. Aşa îi plăcea să gândească şi să creadă că este Andra.

Dacă nu a putut să o supună, să o îngenuncheze, Tudoriţa hotărî că Andra merită să fie considerată *cea mai bună prietenă*. Era ca un titlu nobiliar pe care ea, în mărinimia ei i-l acorda Andrei în sine-şi.

Din partea Andrei nu erau semne că ar înţelege privilegiul oferit, purtându-se cu fosta amică doar politicos şi, uneori, chiar generos de amabil, firesc însă, fără prefăcătorii.

Dintre ele două, cel mai des o căuta Tudoriţa, ea având nevoie de persoanele puternice, independente căci o motivau să-şi facă planuri, alte şi alte planuri pentru următoarele zile, săptămâni, luni chiar.

Fără luptă, fără o împotrivire, nimic din ceea ce obţinea ea, nu avea însemnătate. Îi plăcea să domine, să îngenuncheze, să controleze, să facă şi să desfacă destine.

Cu Andra nu a reuşit niciodată acest lucru de când se ştiau ele. Aşa că Tudoriţa avea trăiri paradoxale, urând-o cu toată fiinţa ei pe *cea mai bună prietenă*.

Şi asta pentru că se simţea umbra celei pe care ar fi vrut să o poată domina.

Andra avea viaţa ei, timpul ei, prietenele ei, acum avea, prin Dinu, viitorul său soţ, familii prietene, ieşea mai mereu în oraş cu alte şi alte persoane, împreună cu iubitul ei şi Tudoriţa aştepta zadarnic, zile în şir, un semn de la fosta ei prietenă. Căci *fostă* era demult doar că Tudoriței i-a trebuit ceva vreme să înțeleagă faptul că nu toată lumea gravitează în jurul ei. Cel puțin a înțeles până la urmă că Andra, cu siguranță nu.

- Am să-i spun Andrei să te sune, rosti blând femeia din ușă și o privi cu înțelegere, zâmbind cald, pe ființa care urzea deja planuri de răzbunare pentru trădarea căreia credea că i-a fost victimă.

- Aaa, nuuu, lăsați, tanti Dorina, o să o sun eu mai pe seară, lăsați-o să își vadă de pregătirile ei, vă rog. Mulțumesc frumos, mai spuse ea și făcu stânga-mprejur luând-o la goană pe scări în jos spre ieșirea din bloc, la aer, la cât mai mult aer. Se sufoca de nervi.

Am să le arăt eu lor! Așa, deci! Ea se pregătește de nuntă, pleacă la dracu s-o ia în lumea largă și eu ce?! Cum rămâne cu promisiunile ei de atâta vreme? Ce scârboasă și mincinoasă! Și cum are ea curajul să mă mintă și să facă totul pe ascuns? Chiar mă crede așa proastă? Se ambala și se enerva și îi venea să-și smulgă părul din cap tot trăgându-se de coada aia a ei, veșnic împletită.

Am s-o las fără prieteni și pe ea și pe Dinu al ei, pe fraierul ăla care defapt știu că ar da orice să se culce cu mine dar eu nu îl bag în seamă tocmai pentru că țin la Andra și îmi este prietenă. Dar uite pe cine respectam eu! Nenorocita! Nerecunoscătoarea care e ea, ce repede a uitat când a rămas borțoasă cu iubițelul ei și eu am ajutat-o cu bani să avorteze, să nu afle nimeni, mai ales mă-sa, că, bolnavă de inimă cum e, putea să moară, dracu! Și acum uite ce-mi face! Las' c'o să vadă ea și toți prietenii ei, ai lor!

Și se liniști ca prin farmec. Avea iar de lucru, planuri și intrigi de pus la punct. De data asta foarte, dar chiar foarte serioase!

Să distrugă, asta dorea, să rupă și să facă bucăți vieți, exact cum a simțit ea la ușa Andrei când a aflat grozăvia că prietena ei cea mai bună o părăsește fără să o anunțe, că face totul pe ascuns și mamă-sa, fără să-și dea seama a dat-o de gol pe fiică-sa.

Nu putea accepta că visul lor făcut împreună de demult, îl realiza Andra cu iubitul ei, lăsând-o în drum pe ea ca și cum ar fi un nimeni și nimic și pleacă cu soţul tocmai în Franţa, ţara visurilor ei. Căci era visul ei, nu al Andrei, ea fusese cu ideea să meargă acolo, la Paris, să devină *cineva*. Ea, nu Andra şi uite, fosta ei prietenă i-a furat visul şi fuge cu el cu tot acolo unde, defapt, trebuia să ajungă ea, Tudoriţa.

Acasă, Tudoriţa deschise calculatorul unde, pe Facebook avea, la schimb cu al ei, un profil fals, o fată blondă, tânără, delicată, sensibilă şi dulce, singură şi foarte amabilă, o anume Tania.

Mai avea un alt profil dar de bărbat, un anume Horaţiu, tânăr sportiv, cu alură de şmecher dar foarte inteligent, doar avea la informaţii personale că a absolvit o facultate de Drept şi încă alte câteva experienţe şi din domeniul informaticii.

Privi gânditoare pe rând ambele profiluri şi mintea ei *începu să ţeasă o pânză deasă ca de păianjen.*

Schimbă apoi, dar în laptop, la alt profil unde era, de data aceasta o brunetă de vreo treizeci de ani, Ana, foarte senzuală şi foarte singură şi ea, ca toţi ceilalţi *falşi*, dealtfel ca ea care, realmente, era singură. Acum simţindu-se şi mai singură, şi mai neîndreptăţită. Era ea în toate acele destine, nume, vieţi inventate. Avea nevoie să se simtă *mai multe persoane, erau în ea însăşi mai multe persoane* şi se comporta în Internet exact aşa, ca mai multe persoane.

În laptop mai avea *de rezervă* un profil al altui bărbat, Radu, un *pretendent oficial* al Anei căci îi *declarase* de multe ori şi *public* că o iubeşte, să pară cât mai real dar, în ultimul timp se pare că se tot certau şi, mai mult ca sigur, sătui de atâtea conflicte, lipsă de comunicare şi înţelegere între ei, căutau alte perechi fiecare.

Aşa voia Tudoriţa să fie şi aşa era. Doar era stăpâna destinelor în Internet. *Acum este acum,* rosti cu voce tare, Tudoriţa. *Cum să fac eu să îl bag pe fir pe unul din prietenii reali ai lui Dinu, pe Andu, cu Ana, că el are la patruzeci de ani, deci mai în vârstă, iar pe soţia celuilalt prieten bun al lui Dinu, pe smiorcăita aia de Sanda, să o fac să se îndrăgostească de halterofilul Horaţiu? Voi reuşi! Ştiu cum! Şi la nuntă Andra va avea o singură domnişoară de onoare, pe mine! Iar Dinu va rămâne fără prieteni. Poate aşa nici nuntă nu vor mai face şi, clar, nici în Franţa nu mai au de ce să meargă!*

Se puse pe treabă!

Îi avea pe toţi prietenii buni ai Andrei şi ai lui Dinu în Facebook aşa că îi fu uşor să trimită cereri de prietenie, cu câte o făţucă zâmbitoare decentă, lui Andu din partea Anei, făptura nevinovată care caută doar o prietenie dezinteresată, legată de pasiunea comună pentru Cosmos a amândurora, la fel cum uşor i-a fost şi să trimită o cerere de prietenie a lui Horaţiu către Sanda căci aveau în comun aceeaşi pasiune, sportul, Sanda fiind o asiduă clientă a unui cunoscut club de fitness din oraş.

Nu-i păsa dacă Sanda ar dori să-l vadă la sală în carne şi oase pe Horaţiu, *până acolo mai este*, gândi ea surâzând.

Primul pas a fost cel mai greu, şi-a spus Tudoriţa bucuroasă că a reuşit să-i adune. Planul funcţionează perfect. Omul e animal slab şi uşor de prostit. Acum să vedem ce urmează. Fiecare va posta câte ceva special, personal, cu direcţie spre noul prieten, ceva sentimental dar nu foarte siropos, mai degrabă o frază scrisă de un scriitor celebru, ceva care să pară impersonal dar care, acel ceva să ajungă în suflet şi să mişte acolo corzi sensibile, acolo unde, clar, într-o căsnicie de câţiva ani, chiar şi numai doi, trei ani, nu se mai simte la fel.

A venit seara şi nimic în profile şi nici mesaje în privat ale noilor prieteni. Tudoriţa era extrem de agitată, dezamăgită, chiar speriată. Credea că i-au descoperit planul, că îi vor întinde vreo cursă, că o vor face de râs. Trăia strări cumplite de frică şi emoţie pentru ce ar urma să se întâmple dacă planul ar reuşi dar şi dacă planul nu ar reuşi, ba mai mult, ar fi dată în vileag.

Dar nu au cum să ştie că sunt eu, este imposibil. Nimeni nu ştie că am atâtea şi atâtea profiluri şi nume şi feluri de a fi false, că am la fiecare profil sute de prieteni, că vorbesc cu mii de oameni din atâtea profiluri şi ca bărbat şi ca femeie, că am o grămadă de îndrăgostiţi de mine, o grămadă de îndrăgostite de mine. Este o absurditate să mă tem că aș putea fi descoperită de proștii ăstia!

Se liniști Tudorița înfulecâd o bucată mare de piept de curcan rece, direct din frigider și bând pe nerăsuflate jumătate din paharul uriaș de cola, în care turnase și niște coniac.

O săptămână a trecut până să aibă vești din afară, adică certitudini și pe care numai Andra i le putea spune și confirma.

Între timp, pentru că două dintre personajele din jocul ei erau defapt ea, Tudorița, nici nu prea avea nevoie de multe informații, doar să știe finalul, care final era deja aproape clar pentru ea și asta pentru că, atât Andu cu Ana, noua lui prietenă în Facebook, cât și Sanda cu noul său amic, Horațiu, purtau discuții tot mai intime, mai lungi, mai fierbinți. Toate astea nu puteau duce la nimic bun pentru cele două familii.

A fost extrem de suprinsă să constate că toți patru au devenit relativ repede, în nici o oră, prieteni virtuali și chiar și-au lăsat mesaje de mulțumiri și fățuci, nu doar zâmbitoare cât și pupici, din partea bărbaților mai ales.

Avea talent Tudorița, experiență în a face și desface jocuri de tot felul în Internet când era vorba de îndrăgosteli.

Tudorița rămase, însă, surprinsă de persoanele reale căci ea, din falsele profiluri era foarte deschisă la relații de tot felul, punându-se ușor în pielea personajelor sale însă, nu se așteptase la o primire atât de caldă din partea unor persoane reale care erau căsătorite, cu atât mai puțin din partea lui Andu, care acum părea vrăjit de Ana și a Sandei, care deja cocheta cu Horațiu, acești oameni, aparent îndrăgostiți de perechile lor legale, arătându-și, defapt, adevărata față, fără să știe cu cine stau de vorbă, cui își mărturisesc fanteziile lor sexuale căci, până aici ajunseseră.

Tudorița se distra pe cinste și se umfla în ea însăși pentru talentul său și răutățile puse la cale din răzbunare.

Sună telefonul.

- Alo, răspunse Tudoriţa.

- Servus, tu, spuse Andra, ce faci?

- Andra, tu eşti?! Ce surpriză!

- Cum surpriză, ce, nu îţi apare numele meu la apel?!

- Nu m-am uitat cine sună, am răspuns pur şi simplu; mă sună mereu atâta lume..., spuse Tudoriţa, înghiţind aproape nemestecată ultima bucată de carne din pieptul a ceea ce odată a fost un curcan. Şi bă999; bău şi restul de coca-cola cu conica din paharul uriaş.

- Ce faci, mănânci, o întrebă Andra auzind-o înghiorţăind.

- Aaa, am termiat, haha! Sunt sătulă.

- Să îţi fie de bine, dragă. Uite, mi-a spus mama că ai fost la noi şi voiam să îmi cer scuze că nu te-am invitat şi pe tine în oraş atunci. Scuze, deja a trecut o săptămână şi tot am zis să sun... Am fost, atunci când ai venit tu la mine, cu Dinu şi cele două familii, prietene bune de ani şi ani ai lui şi ai familiei lui, ştii, părinţii prieteni, copiii copilărit împreună, grădiniţă împreună, şcoală, bla, bla... Dar tu îi cunoşti prea bine, sunt atâţia ani, eşti prietena tuturor, ştii.

- Da, mă, ştiu, lasă că ştim bine cum este, că şi noi...

- Da, Tudoriţa dar trebuia să te chem şi pe tine chiar dacă nu erai cu cineva, nu scrie nicăieri să vii cu o pereche. Şi realitatea este că tu ai putea avea o pereche dar nu vrei. Hahaha! Şi Andra râse sincer, convisă că aşa este.

- Ei, şi tu! Nu că nu vreau dar nu am găsit, ca tine, *sufletul pereche*, deh!

- Lasă că vii numai tu, dacă vrei în seara asta la noi şi de acasă mergem la bar. Doar e weekend, ne distrăm. Dar nu prea ştiu ce s-a întâmplat cu Sanda, nu vine nici Andu cu nevasta... Ceva li se întâmplă cam de vreo câteva zile.

- Ce? Nu mă speria! S-au certat cumva? Ştii ceva? Aţi fost împreună mereu..., ţineţi legătura, voi ieşiţi zilnic, se prefăcea Tudoriţa speriată şi foarte preocupată pentru toţi.

- Mă, nu ştiu, sincer; m-au sunat pe rând, ieri Andu, azi Sanda să-mi spună că au treabă în acest weekend. Toți. Ciudat, nu? Ce mi se pare aiurea este că toți patru păreau cu fundul în sus. Sper să fie totul bine, o fi ceva în aer, haha, e de la vreme. Pe mine chiar mă doare capul dar credeam că e de la atâta stres cu toate astea... și plecarea. Ah, plecarea, că uitasem să îți spun, mergem spre iarnă...

Și aici Andra tăcu. Nu mai rosti un cuvânt, pomenise fără să vrea despre visul lor de fete tinere, acum femei în toată firea, așa că lăsă fraza în aer.

Nici Tudorița nu spuse nimic, nu avea niciun rost, știa că ea nu are loc acolo, nu cu ei. Și fără cineva, singură ea nu ar fi putut pleca nicăieri din orașul pe care-l știa de o viață. Oricum, ea ajunsese la ideea clară că dacă vrea, poate ajunge *cineva* oriunde, mai ales aici, în orașul ei.

- Bine, Andra, sper din suflet că toți sunt bine, că lucrurile se vor aranja cu prietenii voștri, cu toate. Rosti sec cuvintele astea, nici nu o mai interesa restul conversației. Aflase ce voia să știe ea, reușise, restul chiar nu mai conta pentru ea acum.

- Dar vii diseară, da? Te așteptăm pe la nouă. Plecăm imediat, nu stăm în casă și, sincer, habar nu am când ne întoarcem. Spre dimineață cred. Luăm un taxi și tot așa ne întoarcem, să putem petrece în voie. E bine, da?

- Așa rămâne, la nouă sunt la voi. Nici nu urc, vă aștept jos, răspunse ea cu ton neutru.

- Bine, la nouă! Paaa!

Este ora trei după masa. Am timp să văd ce mai fac și azi cu perechile astea, cu cele noi. Ceva s-a întâmplat, nu poate fi o coincidență, nu există așa ceva, mai ales că s-a văzut clar, toți patru au comunicat, s-au plăcut, haha, au vorbit, ba chiar au exagerat, aici e meritul meu. Sunt bună, îmi vine să mă pup, chicoti Tudorița îmbujorată de victorie.

Imposibil să nu fi văzut și restul, nevata lui Andu, soțul Sandei. Au fost prinși, s-au dat ei cumva de gol, sunt sigură. O fi scandal pe la ei pe-acasă. Dar e Internet, lumea vorbește, e libertate, frate!

Tudorița exulta de fericire. Toate păreau să îi meargă din plin, să dea roade ura ei, răzbunarea fiind pe cale să se materializeze. Planul își urma cursul firesc.

Logica mea nu dă greș, își șopti ea. Niciodată!

*

După încă alte câteva zile, iar telefonul.

- Servus, Tudorița!

- Andra, bună! Ce faci? Cum sunteți? Întrebă Tudorița cu un ton nevinovat, candid.

- Tu nu ai auzit nimic?

- Nu, ce să aud? Despre ce vorbești? Tudorița bănuia la ce se referă Andra dar voia să trăiască emoția victoriei spusă de cea mai bună prietenă a ei, rămasă acum complet singură la prețioasa ei nuntă cu *sufletul pereche*, singuri amândoi, fără prietenii lor de o viață, fără bucuria la care visau; dimpotrivă, despărțirile altora, când tu faci nunta par și poate chiar sunt de *rău augur*.

- Andu se desparte de soție. Măcar nu au copii. Dar erau de peste cinsprezece ani împreună. Nu înțeleg ce s-a putut întâmpla...

- Era de așteptat, a răspuns Tudorița cu răceală. Omul acela era cam afemeiat, se uita și la mine cam insistent.

- Mie nu mi s-a părut... Nu știu... Nu pot să cred. Și asta nu e totul, dragă!

- Ce mai e? Oftă, aparent speriată Tudorița. Ce s-a întâmplat?

- Nici în familia Sandei nu e în ordine. Ceva e și acolo. Nu știu, am strania senzație că, vorba aceea, "dracul și-a vârât coada" tocmai acum în prag de nuntă, nunta mea. Deși nu despre mine este vorba ci despre două familii frumoase care păreau trainice. Mă sperie, Tudorița dragă! Dacă mi se întâmplă și mie așa, ca din senin?! Că, practic din senin s-a rupt totul între prietenii noștri. Au rămas prietenii noștri dar știi cum este, mereu ești pus cumva în situația să alegi și este cumplit de greu și dureros pentru toți. Înțelegi? Mă înțelegi?

- Andra, înțeleg foarte bine poziția voastră, a ta și a lui Dinu dar nu este vina voastră pentru viețile altora. Voi vedeți-vă de viața și nunta și viitorul vostru.

Apoi întrebă așa, într-o doară ca un fel de lovitură de grație:

- Voi chiar în Lyon veți locui? Deja aveți acolo stabilite locurile de muncă, am înțeles, casă....

- Acum nu îmi vine să vorbesc despre noi dar da, avem totul ca și rezolvat acolo. Dar este așa trist aici și acum... totul. Nici nu mă pot bucura de nimic. Și nici Dinu. Nimeni din familia lui și a mea. Of!

Tudorița era amețită de fericire, o bucurie amețitoare, bolnavă. Reușise. A rupt două familii.

Așadar se poate, își spuse ea. *Ce vreau eu cu adevărat, se întâmplă. Știam!*

*

Într-o seară de mai, dă nas în nas cu un bărbat în vârstă, ea având în jur de treizeci de ani iar el, a aflat nu mult după întâlnirea lor, cincizeci de ani.

Problema Tudoriței, pe care nu o considera *o problemă*, era că avea nevoie să fie mereu în preajma bărbaților mai în vârstă ca ea, să se simtă ocrotită, iubită, adorată, adulată, omul acela, oricare ar fi fost el, să îi stea la picioare.

Dorea să retrăiască acele sentimente de putere asupra lor exact așa cum trăise în epoca aceea a copilăriei, în care tatăl său îi era umbră, fiindu-i absolut tot ceea ce dorea ea și când avea ea nevoie.

Biluță o iubea ca un adolescent și în adorația lui, în fiecare zi mulțumea cerului că a dat un așa mare noroc pe capul lui, să ajungă să aibă lângă el, pentru el, în casa lui asemenea *podoabă de femeie.*

El nu știa că Tudorița a acceptat iubirea lui, invitația de a se muta la el, ajutorul lui în toate doar pentru că nu mai avea serviciu, nici chef și nici putere să mai caute vreunul, nu mai avea bani, rămăsese în urmă două luni cu chiria la garsonieră și doamna aceea, proprietara, din simpatică şi bună cum fusese, se transformase într-un soi de *baba Cloanţa* care, aproape zilnic, o suna sau îi bătea la uşă să o întrebe de banii ei pentru garsonieră şi ce are de gând să facă, dacă lucrează undeva, dacă mai stă, dacă nu vrea să îşi caute în altă parte altă locuinţă mai ieftină, mai pentru posibilităţile ei.

Cuvintele proprietarei o răneau profund pe Tudoriţa, care ar fi dat cu ea pe scări în jos sau, dacă ar fi locuit la etaj, ar fi aruncat-o pe fereastră, pentru că o făceau să se simtă un nimeni şi un nimc în faţa acestei fiinţe în acele clipe când îi vorbea, e drept, foarte politicos dar din ce în ce mai insistent şi cu un o voce tot mai aspră.

Astfel că, în ochii Tudoriţei, femeia aceea nu era atunci altceva decât cineva foarte mic, fără importanţa şi care se înfăţişa în faţa ei jignind-o, meritând numai dispreţul său.

Tudoriţa se considera o victimă şi se simţea veşnic atacată, urmărită, persecutată, nu îi trecea prin minte că femeia aceea îi închiriase garsoniera doar pentru bani, nu pentru ochii ei bulbucaţi. Nu se gândea că dacă nu ar fi fost ea chiriaşa, cu siguranţă ar fi fost altcineva, pentru că acesta era scopul închirierii, proprietarul să nu ţină o locuinţă goală dacă putea scoate un ban închiriind-o.

Tudoriţa, disperată, cu gândurile aiurea, după ce intrase într-un magazin să-şi cumpere câteva lucruri, lenjerie intimă, cum obişnuia să facă mereu când era foarte stresată, greşeşte drumul şi dă nas în nas cu Biluţă.

Îl minte că ea are maşina parcată în altă parte, că a greşit străduţa spre parcare când defapt, cu preocupările ei, tot uitându-se pe unde calcă, fără să vadă însă nimic, a luat-o aiurea pe alei, îndepărtându-se de strada principală de unde trebuia să ia un autobuz spre casă.

Tudoriţa nu avea nici carnet de conducere, nici maşină, nu avea nimic la ora aceea, nu avea nici măcar o direcţie clară, o portiţă de scăpare din situaţia precară, material şi social, prin care trecea.

Era în acea stare în care intra uneori când o apucau crizele ei de natură psihică și ajungea, de regulă, să se interneze ca, după trei, patru săptămâni să iasă cu nervii un pic mai întăriți, cu o rețetă și o pungă de medicamente în geantă, pastile și picături, un tratament destul de puternic, menit să îi țină în frâu problemele ei dintotdeauna căci de copil a suferit de tulburări de comportament și de personalitate, lucru pe care tatăl său l-a neglijat, făcând ca bolile ei să evolueze tot mai mult.

Doar ajunsă la Casa Copilului, cei de acolo au constatat la Tudorița acele probleme care ieșeau la iveală de câte ori se ivea o situație conflictuală provocată de împrejurări, copii care se certau între ei, se băteau sau situații provocate chiar de ea când îi venea așa, din senin să se arunce pe jos sau să urle, aproape sărind la bătaie dacă cineva îi atingea patul, sau din greșeală o atingeau pe ea, ori o întrebau indiferent ce și nu era ea în *toane bune*.

Tudorița niciodată nu era în toane bune dar cu timpul a învățat să-și mascheze atitudinea față de ceilalți, ura pe care o simțea față de oricine, fără un motiv anume, veninul acela otrăvind-o pe dinăuntru, în același timp trezind în ea gânduri, planuri, făcând-o să aibă o stare de beatitudine, euforică, visând la lucruri pe care numai tatăl ei i le vârâse în cap și pe care ea le credea tot mai realizabile odată cu trecerea timpului, că va veni o vreme în care ea va ajunge cea mai respectată, specială, puternică și adorată ființă de pe lume.

Tudorița sărea mereu în extreme, având stări euforice și certitudinea că este cineva deosebit de important, unică în întreaga lume, perfectă și nemuritoare ca, după un timp, să se prăbușească în cele mai negre gânduri și stări, pe care nu și le putea înțelege, nici reda în cuvinte dacă ar fi trebuit să le exprime cumva, cuiva.

Tatăl ei îi spunea toate acele lucruri frumoase, ca din povești, făcând-o să se simtă regina lumii, numai din dorința de a o ajuta să se dezvolte frumos, cu un *ego* și o atuostimă ridicate dar care, datorită problemelor psihice ale copilei, deveniseră din ce în ce mai exacerbate astfel că, actualmente, femeia din fața lui Biluță era, în acele momente, în starea cea mai deplorabilă, undeva la subsolul propriei existenţe, atât moral cât şi material.

Vulnerabilă acum, fără nicio perspectivă din nicio direcţie, fără niciun orizont, fără nicio speranţă, Tudoriţa a fost, în acele momente, o pradă uşoară pentru un om ca Biluţă, care nu era un cuceritor, nici nu avusese în viaţa lui succes la femei.

S-a căsătorit o singură dată până la cei cincizeci de ani ai săi şi destul de târziu, pe la patruzeci de ani, cu o femeie de treizeci şi cinci de ani, nu au avut copii, nu aveau nimic împreună, ea, la fel ca Tudoriţa, singură, fără niciun ajutor, fără familie, fără prieteni, lipindu-se de el din nevoie.

După cinci ani a divorţat de femeia lui fără discuţii, tribunale, certuri, ea plecând pur şi simplu pentru că se îndrăgostise de altul.

Defapt ea găsise pe cineva care îi oferea şansa unei vieţi într-o altă ţară, undeva pe o coastă a Mediteranei, femeia urmând să trăiască aventura vieţii ei lângă un om activ, nu unul atât de prea *de casă* ca Biluţă.

Omul nu a fost deloc surprins, pentru că ajunsese să o cunoască pe fosta lui soţie foarte bine, vedea limpede că femeia aceea dorea o viaţă aventuroasă fiind, de când a cunoscut-o, mare iubitoare de chefuri, cu grupuri şi grupuri de prietene şi prieteni care, de foarte multe ori îi stricau lui liniştea sfârşiturilor de săptămână.

Oarecum a fost chiar bucuros că femeia lui a plecat, nu l-a afectat prea tare deşi o vreme i-a simţit lipsa prin *puterea obişnuinţei*.

Dar, vorba aceea, cum ”nimeni nu este de neînlocuit”, Biluţă şi-a continuat viaţa reluându-şi vechile obiceiuri, tabieturi, plimbările prin oraş, vizitele lui prin muzee, mersul la pas şi destul de greoi spre cabanele din munţi, unde se oprea o oră - două să bea o bere meritată, considera el, după un drum parcurs voinceşte însă cu atâta greutate căci el era durduliu bine, aşa fiind de tânăr, mic de statură, rotunjor, apoi, cu anii, burta i-a crescut şi i-a completat imaginea, adeverind ceea ce se spunea, anume că *numele este predestinat*.

Deşi *Biluţă* nu era numele din actul lui de identitate, l-au poreclit aşa şi aşa îl ştiau şi-l strigau toţi de mic copil, de când, rostogolindu-se ca o minge prin curtea casei în satul unde crescuse, părinţii şi bunicii, vecinii, toţi râdeau cu drag văzându-i agilitatea şi elasticitatea, incredibile pentru un copil atât de grăsunel, cu picioaruşele şi mânuţele lui mici dolofane, care puteau suporta, în joaca lui, greutatea unui corp destul de greu pentru vârsta sa.

Biluţă era veşnic un om vesel, pus mereu pe glume şi, când a rămas fără nevastă, el nu i-a purtat pică femeii de care a avut grijă suportându-i obiceiurile, chefurile,

apucăturile, nu a putut să o urască, convins fiind că soarta lui este să trăiască singur.

Dar în acea zi, când el şi Tudoriţa au ajuns să se lovească burtă în burtă pe trotuarul strâmt din cauza maşinilor parcate aiurea, Biluţă şi-a schimbat fulgerător atitudinea, a renăscut subit în el dorinţa de viaţă, s-a trezit bărbatul şi pofta lui de a poseda, a deţine, a avea, a ocroti, a iubi.

Biluţă s-a îndrăgostit *la prima vedere*, după banala expresie care, banală sau nu, în cazul lui era perfect adevărată, lucru la care nici în cele mai frumoase vise nu ar fi avut curajul să viseze.

Toată perioada cât a stat cu Biluţă, Tudoriţa nu a renunţat la relaţiile ei din Facebook, omul lângă care stătea fiind perceput de ea ca un tată, un fel de rudă de care avea nevoie pentru toate dar faţă de care nu simţea nicio obligaţie de niciun fel.

Biluţă era cu douăzeci de ani mai în vârstă ca ea, aşadar ea gândea că era în dreptul său să fie răsfăţată, să fie tratată regeşte, să fie adulată şi să aibă toată libertatea în toate.

Biluţă retrăia viaţa cu fosta nevastă, e drept, cumva diferit, având însă senzaţia unui *déjà vu* alături de Tudoriţa care, nu doar că, de multe ori pleca seara la chefuri cu prietene, prieteni, cu *gaşca,* spunea ea, dar stătea aproape toate nopţile în sufragerie, pe canapeaua întinsă şi pe care o ridicau numai atunci când apărea şi el ca să vadă vreun film, ceva la televizor, deseori găsind-o adormită acolo, cu laptopul ei pe jos, stins pentru că i se terminase bateria.

Şi aşa au trecut aproape trei de viaţă fadă, pentru ea, lângă un om pe care nu ajunsese să îl cunoască aproape deloc pentru că nu o interesa, ascunzându-l de lumea ei, cea pe care doar ea o ştia, trăind şi comportându-se, atât afară pe unde hălăduia cât şi in internet, ca o femeie singură, liberă să facă ce vrea, cum vrea şi când vrea.

Tudoriţa se folosea de Biluţă doar pentru un trai liniştit, sigur, el oferindu-i totul, siguranţa unui acoperiş, suportându-i toanele, smiorcăielile, depresia de care se tot văita, crizele de nervi.

El îi asigura tot ce avea nevoie, cumpărându-i întotdeauna cele pe care ea i le scria în liste lungi de cumpărături, de la mâncare până la obiecte de igienă, farduri, parfumuri, haine, lenjerii intime.

Tudoriţa, într-un moment de *vitejie*, specific felului său de a fi, schimbă firul poveştii existenţei sale şi îşi aduce aminte că viaţa ei nu era asta cea pe care o dorea şi o trăia acum ci alta, una în care ea era *cineva important* şi adulat de ceilalţi, de toţi.

Ea simte că a venit momentul să se mişte, să facă ceea ce visa dar doar se limita în a le scrie prin bloguri şi în discuţiile ei interminabile cu prietenii, prietenele din Internet.

Astfel că îşi pregăteşte o sacoşă cu lucrurile sale cele mai bune, caută unde ştia că ţine Biluţă economiile, el neavând încredere să-şi depună banii la bancă, ia tot ce găseşte acolo, trânteşte uşa fără să se uite înapoi şi vâră cheia apartamentului în cutia poştală de la parterul blocului.

Avea planul făcut dinainte, astfel că se duce glonţ direct la o adresă, undeva în centrul oraşului şi unde ea închiriase un apartament luxos, mare, luminos, aşa, după gustul ei, lăsându-l pe Biluţă sărac şi prostit, nemaiînţelegând nimic din viaţa lui după fuga Tudoriţei.

CAPITOLUL 2

Coşmaruri

Se trezi Tudoriţa singură singurică în casa cât un pumn, unul ca al basarabencei de mamă-sa, pumnul acela de femeie-bărbat, noduros, cu vădite semne de artrită sau ce-o mai fi pe-acolo prin şi în degetele alea cârnăţoase şi late ca două lopeţi, fiecare cu câte cinci prelungiri atât de ciudate.

Văzându-se ea singură, îşi roti căpăţâna cu părul vâlvoi până-i trosniră oasele gâtului de la ceafa groasă *de ceferist*, cum o alinta tăticul când, beat, o vâra în baie cu forţa, să-i frece jegul de pe genunchi şi coate, care jeg era defapt abureala ce i se aşeza lui pe ochii apoşi, tot mai lichizi de la ţuica *două prune*, dragostea lui.

Fireşte, a doua dragoste, prima şi cea mai mare fiind Tudoriţa, căci nimeni nu ar fi putut fi *princesa* în inima aia fleşcăită şi îmbătrânită, nimeni şi nimic n-ar fi putut trona în toate cele patru cămăruţe ce de-abia mai pompau un sânge şi acela parcă tot mai albastru, începând să capete culoarea celor două prune, nu c-ar fi fost el vreo crenguţă de arbore nobil, aşa cum lăsa fiică-sa să se creadă şi acum, la atâta vreme după moartea lui, nu.

Cămăruţa, gândi Tudoriţa, *cămăruţa aia încuiată mereu de el, de*

Biluță, ce-o fi în cămăruța aia?
Cu ochii ei îngropați în slănină, agățați de clanță și-ntrebându-se speriată *ce-o fi, ce-o fi*, udă fleașcă din cap până-n papucii de casă de concentrare și emoție, lăsându-se învinsă de curiozitate, ca femeile din povestea aceea cu Barbă-Albastră, se târî spre ușa ce părea că păzește un secret de care depindea viața ei.
Și se trezi de-a binelea! Visase iar prostia aia cu cămăruța secretă, cu amărâtul ăla de apartament al lui Biluță unde, în realitate nu existau decât două camere, dormitorul și sufrageria, apoi baia cu bucătăria.
Visul ăsta oribil era un coșmar care se repeta nopți în șir când Tudorița trecea prin situații stresante, sfârtecată de emoții puternice, nervi, depresie.
Erau acele zile și nopți când ar fi vrut să fie acolo cu Biluță, la el, lângă el. Simțea nevoia de amărâtul ăla pentru că mereu s-a simțit protejată și adorată lângă el, de el, chiar dacă ea nu își ascundea disprețul, dezgustul, repulsia fizică față de tot ce însemna acel omuleț.
Ea avea nevoie de adorație, de iubire necondiționată, obținute toate fără efort, fără să facă absolut nimic, ea doar să fie, să continue să existe.
Era atât de simplu atunci. Doar că atâta libertate și siguranță, atâta adorație libidinoasă, dulceagă, lipicioasă, acestea toate ajunseseră să o scârbească, să-și dorească orice altceva, orice numai nicio altă zi acolo, în casa aia, lângă bila aia vie, nu!
Îi reveni iarăși în minte ziua când a fugit și s-a dus departe de Biluță, în altă zonă a orașului, repetând figura cu fuga de mamă-sa, atunci când, la douăzeci și unu de ani a închiriat prima ei locuință singură, o garsonieră, firește cu banii furați din munca maică-sii și din birtul în care se aciuase.
Cu două luni înainte de a fugi și de data asta, Tudorița, dependentă financiar de Biluță, ea nevrând să meargă la muncă, invocând problemele psihice de care suferea din copilărie, printre altele și o depresie care, în ultimile luni o țintuia realmente în pat toată ziua, incapabilă să facă ceva, orice în afară de drumul la frigider și baie, apoi înapoi în pat, se

hotărăşte, cu ultimile puteri şi frânturi de voinţă, să dispară de acolo.
I se derulau prin minte scenele când urmărea unde punea Biluţă
economiile lui, cum cotrobăia şi fura ea din portofelul lui ban cu ban şi
punându-i, ascunşi bine, deoparte.
Plănuind totul cu minuţiozitate, Tudoriţa şi-a luat inima în dinţi, con-
vinsă că aşa o să redevină iar bătăioasă şi cu chef să ajungă unde visa şi ştia
ea că-i e locul, cu banii furaţi din portofel, împreună cu economiile lui
Biluţă, asigurându-şi astfel traiul pe câteva luni bune, a închiriat, cu ceva
vreme înainte de fugă, doar pentru ea singură acel apartament luxos cu
mobilă bună, cu un dormitor unde se lăfăia un pat larg, uriaş, exact aşa
cum şi-l dorea, cum îl căuta peste tot şi care era cam ca cel din copilărie.
Şi l-a înfăţat cu lenjerie nouă, cumpărată special de ea, cu imprimeuri ce
umpleau încăperea în roşul unor uriaşe petale de flori de mac, la fel ca
atunci când avea câţiva ani şi patul ei de prinţesă arăta ca o mare de sânge
cu miros adormitor.

Trează bine de tot, îşi dădu seama că visase din nou că era la Biluţă în
apartament, că era aceeaşi din ultimile ei luni acolo, o biată femeie
delăsată, cu o depresie cumplită, aceeaşi neîngrijită, nefericită, uriaşă şi
hămesită, aceeaşi pierdută, ruptă de lume, de realitate şi care făcea doar
câteva drumuri pe zi în spaţiul apartamentului minuscul, de la pat la
masă ori la bucătărie scotocind prin frigider, cârând în poala cămăşii ei
de noapte o grămadă de pacheţele cu tot felul de alimente, în special dul-
ciuri, apoi la baie, iar în pat, iar la bucătărie, la baie, în pat şi somn, tot
timpul somn şi mâncare, somn, adică o epavă căci asta ajunsese în ultim-
ile luni de viaţă lângă acel om.
Îşi aminti cum se târa pe coate spre marginea patului, turtindu-şi bucile
învineţite de arcurile ce străpunseseră toate straturile saltelei, împungând
şi gata să iasă prin tapiţeria rărită, suportând de prea mult timp atâta
greutate.

Îşi ţinea poalele cămăşii de noapte cu ambele mâini şi, prăbuşindu-se în mijlocul patului desfăcea pacheţelele pe rând înfulecând fără să se uite ce bagă în gură.

Făcea ghem ambalajele aruncate pe lângă ea şi le azvârlea cât putea de departe de pat, căscând de-i trosneau fălcile. Icnind se aşeza apoi cât mai comod pe perna umedă şi rece, perna aia fleaşcă de traspiraţie, care nu apuca să se zvânte niciodată. Adormea până să apuce să ajungă în stomac ultimul dumicat înghiţit aproape nemestecat.

Când schimba Biluţă lenjeria la săptămână, imediat cum punea Tudoriţa capul pe noua faţă de pernă, simţea umezeala aia cleioasă cu care începuse să se obişnuiască, asociind-o ideii de somn şi atât.

Nu existau gânduri de după nişte pleoape închise şi grele ca plumbul. Doar visele o speriau, imaginile care se derulau şi scoteau din ea icnete, gemete, litri de apă sărată, zvârcoliri ce făceau patul să scârţâie înfiorător, atât de straniu noaptea încât, Biluţă, sărea mai mereu în picioare, la fel de speriat ca femeia ce părea că agonizează lângă el. Doar că, spre deosebire de ea, bărbatul era treaz şi nu mai putea adormi până dimineaţa. Degeaba o trezea el încercând s-o liniştească, s-o facă să înceteze cu toate manifestările acelea stranii ca ale cuiva posedat de demoni, Tudoriţa, deşi părea că înţelege, în următoarele secunde reîncepea să se chinuie, să se tânguie, să se zbată, să vorbească, să râdă, să plângă, să treacă prin aproape toate formele de stări emoţionale, fapt ce-l obosea pe Biluţă care, vlăguit de nesomn, de la o vreme se mută cu totul în sufragerie, lăsându-i Tudoriţei camera, patul şi toţi demonii pentru ea.

De data aceasta, de ceva vreme, el era cel care dormea în sufragerie, nu Tudoriţa călare pe laptop, râzând şi sclifosindu-se în Internet cu toată lumea.

Tudoriţa se răsuci speriată, nu mai ştia ce este vis şi ce era realitate, care este ea şi care închipuirea ei.

Privea cu ochi încă rătăciţi prin dormitorul larg, lua pe rând fiecare obiect, dulapul de haine, noptiera, întinse mâinile, se studie bine în oglinda-perete din faţa patului, văzu în ea macii lenjeriei dar asta nu o ajută prea mult, mereu a avut acest fel de cearşafuri, cămăşile ei de noapte, obiectele toate aveau florile astea, tocmai ele o derutau, nu mai ştia care e ea din toate cele care au fost până atunci, dacă este în prezent sau iarăşi a ajuns în trecut, retrăind momente dintr-o copilărie fără griji. Teama o aduse oarecum mai aproape de realitate şi privindu-şi mâinile le văzu mari, late, recunoscu inelul pe care nu i-l mai înapoiase lui Biluţă şi pe care el dăduse aproape trei salarii, acela fiind, în mintea lui, inelul de logodnă, de căsătorie, de cum s-o fi numit relaţia aceea a lor. Ştia el că ea nu suportă verighetele, că adoră pietrele, obiectele mari, bijuteriile uriaşe, *să zgârie cu ele retina invidioaselor*, cum spunea draga lui Tudoriţa. *Am visat c-am visat c-am visat*! Se sperie femeia şi se umplu toată de traspiraţie, fiecare por al pielii ei părând un soi de fântână arteziană în miez de vară, aruncând şuvoaie de apă spre cerul fără un nor, pârjolit de un soare ce nu se vedea, fiind undeva în adâncul creierilor ei.

Simţea cum părul năclăit de sudoare se face una cu pielea capului, cămaşa de noapte conturând fiecare buclă de slănină, sânii lăbărţaţi acoperind-i genunchii căci se ridicase în şezut şi stătea aşa încordată, şiroind de ape, ca o statuie într-o piaţă romană.

Turiştii mai lipseau! gândi ea atunci că ar fi bombănit Biluţă, care nu era lipsit deloc de simţul umorului.

Doar că el nu era acolo să spună ceva, orice. Nu mai era. Şi Tudoriţa ar fi vrut să fie. Să se fi trezit în momentul acela în unul din acei trei ani în care a fost pe cât de nefericită pe atât de fericită.

Dar nu ştia asta atunci şi acum era prea târziu şi pentru regrete.

Deschise larg ochii cu privirile înceţoşate lipite de uşă. Era aceeaşi ca în fiecare dimineaţă, ajungând să o viseze noapte de noapte, era secretă, ca un seif căruia nu-i ştia cifrul să-l poată deschide.

De data aceasta, deşi tremurând ca varga, zgâlţâindu-se cu pat cu tot, Tudoriţa, în cămaşa ei de noapte fleaşcă de sudoare, cu părul vâlvoi şi, pe după ceafă şiroind râuri-râuri apă din trupul uriaş, transpiraţia ţâşnind din trupul acela mare prin toţi porii, se târî spre capătul patului în faţa căruia uşa aceea, nefiresc de albă, părea că se lăţeşte ca o gură de lumină înghiţind tot apartamentul, cu ea cu tot înăuntru.

Tot mişcând ba dintr-o bucă, ba din alta, reuşi să ajungă la capătul patului. Se ridică cu greu, clătinându-se, în piciare şi se îndreptă hotărâtă spre uşa care o tortura de luni întregi, decisă să o deschidă, să vadă ce se ascunde în spatele ei.

Puse mâna transpirată pe clanţă şi împinse. În primul moment nu reuşi să vadă decât un soi de ceaţă lăptoasă ca cea din cămăruţa din birtul unde stătuse trei ani cu mamă-sa. Când reuşi să se orienteze vizual, obişnuidu-se cu ceaţa aceea, Tudoriţa putu să facă un pas în faţă trezindu-se într-o încăpere care, pentru ea era imposibil să fie acolo. Era exact camera ei, încăperea aceea în care, ultima ei noapte fusese cea mai cumplită dintre toate, când mamă-sa se iubise în acelaşi pat unde dormea ea, cu Gicu, matahala aceea de camionagiu alcoolic ce devenise parte din familie, amantul Marghioalei.

Tudoriţa, siderată, încerca să pătrundă prin ceaţa, nu doar cea din încăpere ci şi cea care, subit, i se pusese pe ochi, parcă întunecându-i privirea, creierul, conştiinţa.

Reuşi să mai facă un pas în încercarea de a ajunge la patul unde dormise ea trei ani, să dea de-o parte plapuma aceea a ei, care părea că acoperă ceva, un corp uriaş, să o arunce cât colo şi să vadă ce-i sub ea. Cine?

Când încercă să facă alt pas, se împiedică de nişte picioare care parcă apăruseră din neant în faţa ei pe jos şi se prăbuşi, aşa mare şi lată cum era, peste marginea patului spre care tot încerca să ajungă. Nu reuşi să se agaţe de nimic şi rămase pe jos, pe burtă, zbătându-se tot mai speriată dar şi curioasă, luptându-se să se ridice, să termine odată cu misterul acela, să înţeleagă ce căuta în casa lui Biluţă camera ei, cine era acolo vârât sub plapuma ei, în patul ei, ce era cu picioarele acelea de pe jos care o trântiseră de se zguduise toată în cădere.

Se agăţă cu mâinile de scândura marginii patului de lemn şi putu să salte capul să vadă mai bine, mai de aproape. Mâna îi alunecă, de parcă marginea aceea ar fi fost unsă cu untură sau cu vaselină, ceva vâscos, întunecat şi urât mirositor. Dealtfel, în toată încăperea, încă de când intrase, simţi acea duhoare de vechi, de mortăciune, ca într-un pod al unei case de demult, părăsită, plin de trupuri uscate de şobolani morţi, după o iarnă fără hrană.

Tudoriţa se târî tot mai aproape până ajunse cu pieptul ei uriaş lipit de marginea de lemn a patului, se ridică în genunchi încercând să ignore picioarele deşi ar fi vrut să vadă ale cui erau.

Poate vreun beţiv adormit, unul din cei pe care-i aduce mama nopţile să petreacă, gândi ea şi continuă să se salte tot mai sus, să se aplece spre plapuma care o atrăgea ca ceva de care depindea viaţa ei, ca şi cum acolo, sub ea ar fi fost răspunsul la toate întrebările ei de când se ştie şi până în clipa pe care o trăia atunci.

Aproape trecând cu pieptul ei imens peste maginea patului, sprijindu-l de plapuma largă şi lată, aruncată peste toată suprafaţa acelui blestemat pat, întinse mâinile grăsune şi tremurânde spre umflăturile ce se zăreau ghemuite acolo, cu gândul să pipăie mai întâi, să nu cumva să sperie pe cineva sau să se sperie ea sau..., nu ştia de ce dar nu avea curajul să prindă plapuma aia de margini şi să o ridice pur şi simplu. Nimic nu mişca în cămăruţa aceea decât ea, nimic şi nimeni nu părea să fie acolo deşi era clar că cineva dormea în patul ei, că pe jos erau beţivii, cel puţin unul, sigur, doar se împiedicase de nişte picioare şi nu puteau fi desenate, ele existau şi erau prelungirea unui corp, cum era logic să fie.

O linişte sufocantă, ceţoasă şi urât mirositoare apăsa atomosfera aceea mormântală care o făcea pe Tudoriţa să se simtă ca într-o criptă.

Şi totuşi curiozitatea nu îi dădea pace, voia să ştie, să vadă, să termine odată cu misterul. Aşa că îşi luă inima în dinţi şi apucă plapuma direct din mijloc trâgând-o spre ea, o apucă de pe spinarea cuiva căci era o umflătură acolo şi era aproape, putu să ajungă să prindă şi să smulgă. Şi leşină. Nu mai văzu nimic decât întuneric, un ţiuit puternic îi străbătu creierul, ochii se dădură peste cap, se prăbuşi peste patul acela în duhoarea de nesuportat şi imaginea se rupse ca o bandă veche de magnetofon, lăsând auditorii într-o linişte asurzitoare.

Iar, ţipă Tudoriţa, de data asta tare, atât de tare că răsună tot apartamentul ei uriaş, luxos, cel din centrul oraşului, închiriat cu banii furaţi de la Biluţă după trei ani de convieţuire dulce amăruie cu omuleţul *tată* căci amant nu l-a simţit niciodată, bărbatul ei nu a putut să fie, sentimentele sale pentru el fiind mereu aceleaşi.

Iarăşi cămăruţa şi iarăşi misterul nedesluşit?! Ce mi se întâmplă, Doamne?! Imploră ea cu mâinile împreunate uitându-se spre tavanul dormitorului, camera aceea mare şi luminoasă în care trona patul uriaş, înflorat şi frumos mirositor, ca un câmp vara, plin cu flori de mac.

Când voi desluşi eu visul ăsta, cine mi-l poate mie explica, ce se întâmplă cu mine de tot revine şi revine, noapte de noapte în ultimul timp, acest vis? Şi de ce nu reuşesc să ajung să văd tot, să termin odată, să pot să văd, să mă liniştesc, să ies din camera aceea şi să închid uşa aia blestemată odată pentru totdeauna, cum am făcut atunci când am fugit de-acasă de la mama, când am plecat şi gata?! Se frământa Tudoriţa, simţind că o ia cu leşin de foame, de emoţii şi de câtă apă cursese din ea în spasmele coşmarului.

Acum trebuie să schimb şi lenjeria, îşi spuse ea dându-şi jos cămaşa de noapte udă toată că puteai să o storci şi sigur ar fi curs picături de sudoare din ea.

După ce rămase în pielea goală, în picioare lângă pat, începu să adune lenjeria, să tragă de cearşafuri, de faţa de plapumă, de feţele de perne şi să arunce totul pe jos.

Obosită, se opri la un moment dat şi nu mai rezistă. Aşa goală, se duse la bucătărie, deschise frigiderul şi-şi luă o tăviţă, preparată de cu seară, plină cu prăjituri. Îşi turnă apoi o ceaşcă din cafeaua gata făcută căci maşina ei de cafea era programată să îi prepare în fiecare dimineaţă cafeaua la ora şase, ca atunci când trebuia să meargă la serviciu.

Poate ar trebui să vorbesc cu cineva, cu psihologul meu despre toate astea. Şi aşa nu va şti nimeni, nu vor zice că sunt nebună, este clar că eu nu sunt nebună, sunt vise de noapte dar mă supără că se repetă şi nu reuşesc să ajung să desluşesc misterul din încăpere. O fi vreun semn? O fi vreo prevestire? O fi ceva ce eu nu ştiu şi urmează să se întâmple? Asta vreau să aflu, ce înseamnă toate astea. Nu ştiu dacă să merg mai întâi la o ghicitoare sau să mă duc direct la psiholog, stătu Tudoriţa pe gânduri, luând cu amândouă mâinile şi vârând în gură, hulpav, prăjiturile cremoase, sorbind cu zgomot, pofticioasă, după fiecare guguloi dulce şi plin de creme cu arome de tot felul ce-i aluneca aproape nemestecat pe gâtlej înspre stomac, din lichidul maroniu, aromat şi cald, căci maşina ei de cafea o ţinea fierbinte mult timp după ce se termina programul de preparare. Avea cafetiera aceea adusă cadou de un iubit al ei, direct din Germania şi care era de nouă generaţie, dintre cele mai bune. Încă era foarte practică, nu avea de gând să o schimbe, funcţiona impecabil şi era şi o amintire care o făcea să se simtă bine, orgolioasă pentru cucerirea ei de mai demult.

Pe atunci locuia încă în garsoniera cochetă, cu o cameră largă şi în care trona *veşnicul pat uriaş,* dealtfel singurul amănunt pe care îl căuta şi care o determina să rămână sau nu într-o casă, patul mare, larg, uriaş. Oriunde ar fi ajuns, cu oricine ar fi rămas peste noapte, ea căuta ca totul să se consume într-un pat căruia să nu-i atingă marginile, să o facă să se simtă în siguranţă. Iar dacă, în motelurile pe unde mai rătăcea nopţile, ar fi putut, ar fi cumpărat ea un pat aşa mare şi tot ea ar fi luat şi lenjeria preferată, cea cu flori uriaşe de mac pe un fond alb strălucitor.

Patul, în viaţa Tudoriţei însemna *acasă, adică siguranţă,* multă vreme din viaţă petrecându-şi-o în pat, astfel că acest obiect era, pentru ea, elementul cel mai important într-o casă, oricât de mică ar fi fost locuinţa aceea.

Îşi aminti de acel *iubit* al ei care locuia în Germania, cum se cunoscuseră ei doi la cofetăria de lângă librăria unde Tudoriţa lucrase şapte ani şi în care ea, în pauze, zilnic îşi lua porţia de dulciuri şi o altă cafea, e drept nu atât de bună şi aromată ca cea de acum, făcută la cafetiera germană, dar avea grijă ca, cel puţin, să toarne în ea zahăr cât mai mult, să fie dulce. Într-o dimineaţă l-a văzut când a intrat şi, urmărindu-l cu privirea în timp ce sorbea alene din paharul ei de suc de portocale, cafeaua terminând-o cu mult înainte, ea şi-a dat seama că el îşi căuta un loc la o măsuţă, toate fiind ocupate la ora aceea când, muncitori sau angajaţii de prin alte magazine serveau, în jurul orei zece câte o cafea, o prăjitură, un sandwich, ceva diferit de ce-şi aduceau de acasă pentru prânz.

- Hei, domnu', strigă Tudoriţa când el dădu să iasă din cofetărie, domnule, heeei, insistă ea.

Bărbatul se opri oarecum mirat, cu un picior în aer, aproape afară din local. Se uită în spate spre interiorul cofetăriei şi o văzu pe femeia care dădea din mâini şi-i arăta un scaun gol, cel de lângă ea.

Erau acolo doar două scaune, restul din patru fiind luate de cei care veniseră împreună şi doreau să stea toţi la o masă, chiar dacă erau şase sau mai mulţi. Lipeau măsuţele unele de altele şi stăteau de poveşti la cafea şi ţigară, până trecea timpul şi mai scăpau de munca la blocul de peste drum, care se ridica precum alte şi alte blocuri şi clădiri, astea destinate marilor firme din oraş, unele pentru birourile viitorilor angajaţi.

- Ah, dumneavoastră m-aţi strigat? Întrebă bărbatul zâmbind şi se strecură printre scaunele aproape lipite şi măsuţele pline cu ceşti şi pahare, scrumiere şi câte un rest de sandwich, prăjitură, rămase pe farfurioare.

- Uite aici un loc, nu pleca, cere ce doreşti, îi zâmbi Tudoriţa cu ochii ei bulbucaţi şi obrajii bucălaţi, dând din cap să-şi aducă în faţă, pe umăr, coada ei aurie şi groasă de păr cu care reuşea să trezească imagini senzuale, insinuante, părul fiind acea podoabă a femeii care trezea instincte sexuale, animalice, mai ales dacă emana un parfum dulce, special, necunoscut, misterios, aşa ca al ei.

- Mulţumesc, vă mulţumesc, domnişoara...?! Se adresă el înclinându-se în faţa ei, privind-o pe sub sprâncene cu nişte ochi mari, alungiţi, negri şi întrebători, în timp ce-şi trăgea scaunul pregătindu-se să se aşeze.

- Tudoriţa, sunt Tudoriţa, domnişoara Tudoriţa repetă ea cu ochii la omul acela ce nu părea să aibă mai mult de patruzeci de ani, cu părul grizonat, un bărbat brunet, înalt, bine făcut, alură de sportiv şi care, zâmbind, dezvelea nişte dinţi albi, strălucind şi mai tare în contrast cu rozul buzelor senzuale, cărnoase şi frumos arcuite, *ca de copil bosumflat, gata să plângă*, îşi spuse în gând Tudoriţa, nemaisăturându-se să se desfete cu imaginea din faţa ei, bărbatul simţindu-se oarecum stingherit de privirea aceea pătrunzătoare şi care-l cerceta fără jenă, insistent, prea insistent, părând că vrea să vadă tot, până dincolo de costumul impecabil, până dincolo de piele.

Atunci şi acolo află Tudoriţa că el se numeşte Daniel, că este căsătorit, are doi copii, o fată de şaisprezece ani şi un băieţel de unsprezece ani şi că locuieşte cu familia în Germania. Şi atât cât priveşte viaţa lui particulară. Tudoriţa ar fi vrut să ştie cum arată şi cum se numeşte soţia lui, toate amănuntele privind viaţa intimă a acestui bărbat care o cucerise pe loc dar ştia să aştepte cuminte, fără să dea impresia că vrea ceva sau mai mult decât i se oferă.

Au rămas prieteni, şi-au dat numerele de telefon şi, de câte ori venea cu marfă în ţară, oriunde ar fi avut treabă, el dădea o fugă şi pe la Tudoriţa. Se întâlneau în garsoniera ei luxoasă, acolo unde el îşi petrecea noaptea, urmând ca a doua zi să ia drumul înapoi, cu camionul lui, spre Germania, întorcându-se la casa şi familia sa, la viaţa lui.

Când îl suna soţia să-l întrebe pe unde este şi să-i ureze *noapte bună*, fireşte el îi spunea că e la un motel, cine ştie pe unde, inventa ce-i trecea prin minte, Tudorița, lipită de el, cu capul pe umărul amantului și, cu mâinile la gură, în cămășuța ei de noapte, cea sexy și transparentă, scurtuță și roșie ca un mac, abia se abținea să nu izbucnească în râs, auzind minciunile rostite pe un ton atât de serios de bărbatul care urma să o facă fericită toată noaptea.

Privită din exterior, relația asta părea imposibilă dar nu știa nimeni, nici de relație, nici nu ar fi înțeles careva cum era posibilă o astfel de relație. Și totuși, cu Tudorița totul părea posibil. A vrut acest bărbat și îl avea.

După un timp, însă, nu știa cum să scape de el, devenise plictisitor, era doar un camionagiu, nu era prințul ei pe cal alb, cel pe care îl visa și-l aștepta, convinsă fiind că există și că într-o zi va veni să-i ofere toate plăcerile lumii, lumea toată să i-o pună la picioare, așa cum era ea convinsă că merită.

Încet, încet, Tudorița a rărit întâlnirile căutând zeci de pretexte ca el să nu mai ajungă și în orașul unde locuia ea, în cursele lui tot mai dese din Germania în țară, să o lase să respire, să își reia viața ei de femeie singură, independentă și nopțile ei pe Internet cu iubiții care o așteptau acolo cuminți dar înfocați și nerăbdători, cu viața reală de noapte prin barurile orașului lângă bărbați necunoscuți și imposibil de recunoscut a doua zi după o noapte de orgii sau într-un motel sordid de la marginea orașului. Aproape niciodată, în ieșirile ei nocturne, nu aducea bărbații în garsonieră.

Au fost câteva excepții dar doar acei bărbați speciali și care au rămas în sufletul și mintea ei, fiecare pentru ceva anume, bun sau rău.

Și cu Daniel a fost ceva diferit, special dar și-a dat seama că acel om niciodată nu va ajunge cu ea mai departe de pat, astfel că a preferat să încerce să îl uite și nu i-a fost greu, ba chiar foarte ușor, trecând rapid de la iubire la dispreț, văzându-l acum ca pe un biet omuleț cu un servici amărât, un fustangiu care e mereu numai pe drumuri.

I se părea aproape imposibil să nu o fi înșelat și pe ea, în drumurile lui, când nu mai ajungea și în patul ei, fiind nevoit, de multe ori, să se întoarcă cât mai repede la firmă, în Germania.

Prefera viaţa aceea de libertate în care să se trezească ea singură în patul ei, să mănânce ce vrea, cât şi când vrea, fără să mai ţină cont de bunele maniere, plăcându-i la nebunie şi doar astfel putându-se sătura, mâncând cu mâinile din alimentele solide, prăjituri, fripturi, salate amestecate cu carne de pui sau peşte, orice dar să fie singură când mânca, pentru ca să-i tihnească mâncarea, să se bucure cu adevărat de tot ceea ce băga în ea, fără să îi pese de kilograme, de calorii, de nimic în acele momente.

Că după aceea se ura şi nu ştia ce să mai facă cu câte a vârât în burtă, numai ea ştia. Ea şi nimeni altcineva.

Era o luptă cruntă pe care o ducea de multe ori, zile dar şi în nopţile când, după chaturi lungi, senzuale, numai sex tot timpul, se ridica greoi şi dădea fuga să-şi ia porţia de calorii, de *bunătăţi*, fie că erau fripturi, cutii uriaşe cu îngheţată şi frişcă, porţii uriaşe de tort de ciocolată, un adevărat festin, neputând să lipsească paharul mai mult de jumătate plin cu whisky sau vodcă, lichior ba chiar o sticlă întreagă de cabernet, depinzând de ce avea ea chef atunci să bea, excitându-se astfel mai mult decât se excitase în orele în care reuşea mereu să zăpăcească cu vocea şi cuvintele ei cel putin doi, trei bărbaţi, pe rând, fireşte şi din profile diferite.

Ştia că majoritatea lor o preferau pe Ducesa dar ea avea iubiţii ei, unul în special, un bărbat logodit, nu ştia ea prea bine şi nici nu îl credea când omul o asigura că nu este nimic serios între el şi acea presupusă iubită.

El o asigura mereu că se vedea cu femeia aceea doar în vacanţele lui pentru că, lucrând în altă ţară, nu ajungea decât odată pe an *acasă*, el lucrând şi trăind undeva prin Anglia, lângă Londra, cel puţin aşa susţinea bărbatul, aşa arăta şi în Facebook în pozele pe care le publica, mereu el singur sau cu amici de-ai lui, niciodată cu femei.

Tudoriţa nu avea decât să îl creadă măcar pe jumătate, mai ales că îl plăcea foarte mult şi se potriveau în multe aspecte, aveau gusturi comune, erau asemănători, mai ales privind ideile despre viaţa de cuplu, sex, iubire, prietenie. Ovidiu, căci aşa se numea bărbatul pe care Tudoriţa chiar îl dorea şi îl iubea în felul ei, o căuta rar, ştia cum să se poarte cu ea ca să o stârnească dar nici nu întindea coarda ca să nu rişte să o piardă.

El, ca marea majoritate dintre cei cu care purta discuţii foarte intime, nu o ştia fizic pe Tudoriţa, vedea în Facebook la profilul Ducesei poze cu o femeie de vreo douăzeci şi cinci de ani, blondă, superbă, cu un păr lung, auriu, cu ochi verzi albăstrui, alungiţi, cu sprâncene arcuite, cu buze roşii, o faţă ovală cu o bărbie rotunjită, fină, cu urechi mici în care jucau parcă în lumină nişte cerceluşi cu diamante.

Avea fata aceea un corp de sirenă, părea decupată din reclamele pentru sălile de sport, aceste locuri devenind foarte căutate, fiind mereu ticsite cu femei şi bărbaţi, tineri sau mai puţin tineri care doreau să îşi menţină condiţia fizică sau să ajungă la o greutate cât de cât sănătoasă

Tudoriţa avea fotografii pentru fiecare profil al ei în Facebook, aşa cum avusese şi continua încă să mai aibă, deşi intra tot mai rar, la săptămâni, în H5. Şi atunci doar ca să mai *adune victime* ale farmecului ei, nou apăruţii prin platforma de socializare căreia, încet dar sigur îi lua locul Facebook.

Era una din *acele nopţi*. Tudoriţa lenevea în patul ei mare cu laptopul în braţe bântuind prin Internet, pe Facebook mai ales dar încă era devreme, prea devreme pentru ceea ce căuta ea.

Se ridică şi-şi luă din frigider obişnuita tăviţă cu bunătăţi. După ce se sătură bine, se duse în baia largă să-şi epileze părul care începuse să-i crească pe picioare. Se epilă şi sub braţ apoi îşi smulse câteva fire de păr din barbă, e drept că nu se prea vedeau ele, fiind atât de decolorate, mai albicioase ca zulufii care-i ieşeau rebeli de sub căciuliţă, pe vremuri, când trăia tăticul ei şi locuiau amândoi în *casa lor princiară*.

Ieşi din baia luminoasă, stinse lumina peste tot şi aprinse o veioză care emana o culoare roşiatică, senzuală, dădu drumul la muzică în calculatorul aşezat pe masa din camera mare căreia îi plăcea să-l numească *salon,* ea stând tolănită în dormitor, cu uşa larg deschisă, putând astfel să vadă parte din sufrageria în care avea o mobilă stil vechi, bine îngrijită, o bibliotecă micuţă, practic nişte rafturi pe care tronau câteva cărţi, este drept, scrise de autori buni, majoritatea străini, cărţi cu nume foarte bine cunoscute în lumea literaturii universale, traduse şi la noi, studiate în facultăţile de filologie de către viitori profesori sau aspiranţi ai altor meserii legate de lumea literară.

Putea vedea şi parte din masa pe care avea calculatorul deschis pe un program unde avea o listă cu melodiile ei preferate şi care erau multe, ţineau o noapte dacă le-ar fi lăsat să curgă.

Bâţâia din picioare, se tot mişca şi se tot răsucea pe toate părţile, muta laptopul dintr-o parte în alta a corpului ei uriaş ce ocupa trei sferturi din patul în care parcă nu-şi găsea locul. Ar fi avut cu cine vorbi, ar fi avut pe cine suna, ar fi putut face ce voia dacă ar fi ştiut ce vrea. Dar era într-o stare de aşteptare şi nu ştia ce aşteaptă, surescitată şi emoţionată fără motive aparente, cumva parcă urma să se întâmple ceva ce i-ar fi putut face atât bine cât şi rău.

Pur şi simplu avea una din acele stări psihice în care o apuca anxietatea, apoi criza se prelungea în adevărate *atacuri de panică* şi astfel, în acele momente se agăţa de orice, de oricine numai să nu se simtă, cum dealtfel era, singură.

Când nu mai putea, sărea la cutia cu medicamente din sertarul noptierei de lângă pat, lua doză dublă cu două, trei guri de whisky, vin, ce avea în momentul acela în paharul veşnic lângă ea şi reuşea să adoarmă un timp fără vise dar, de cele mai multe ori, se trezea speriată, ca şi cum ar fi trecut cu mare greutate peste un mare, foarte mare pericol. Ce fel de pericol, nu ar fi ştiut să explice.

Niciodată nu avea o explicaţie pentru stările ei care ajungeau la paroxism, în ultimul timp tot mai des, astfel că se automedica, lua doze mari din

pastilele prescrise de psihiatrul pe care îl vizita din ce în ce mai des.
Psihiatrul şi psihologul la care se trata de ani buni o ştiau şi încercau, cu
tact, să o convigă să renunţe la a se automedica dar fără rezultat. Ea se
prezenta la control doar pentru câte o nouă reţetă de medicamente, nu
pentru a vorbi despre stările ei, nici pentru o eventuală psihoterapie.
Avea nevoie doar de medicamente, de *drogurile* ei, cum le numea ea
râzând când îi trecea criza.

Acum aştepta o noapte fantastică, o noapte în care decisese să rămână în
casă, *dăruindu-se* cât se putea, cât voia ea, adoratorilor săi.

Deschise sertarul noptierei şi luă o pastilă din cutia ei cu *droguri*, sorbi o
gură de whisky şi pastila alunecă pe gât rapid. Tudoriţa trecu uşor, de
data asta, pe lângă criza care se pregătea să vină, făcând slalom printre
gândurile ei tulburi şi pierzându-se într-o stare de beatitudine, o
ameţeală şi căldură internă plăcute, dându-i, mai bine spus redându-i
acea senzaţie şi certitudine de putere, de încredere, speranţa că va ajunge
să vadă o lume întreagă cine este ea, să audă o lume întreagă de Ducesa,
femeia care a ajuns aici pe pământ pentru un scop, ea defapt sacri-
ficându-se pentru a face pe alţii fericiţi, în concepţia ei narcisistă.

Tudoriţa luase toate apucăturile mamă-sii, în special dorinţa sexuală,
mereu cu ochii după bărbaţi, predominând, însă, dorinţa aceea atât de
puternică de-a duce o viaţă de lux, cu nume răsunător, cunoscut de toată
lumea, cu plecăciuni şi pupături de mâini, cu pălării cu boruri largi, de
sub care doar vârful nasului şi o buclă din părul auriu să se poată zări din
fuga maşinii decapotabile în freamătul străzilor, în soarele verilor, acolo
la poale de munte, în oraşul plin cu turişti, oameni bogaţi, bărbaţi tineri,
frumoşi şi cu bani, fix după deviza ei!

Şi toate astea din urmă, vârâte în cap şi de bătrânul ei tată, încă de pe vre-
mea când era o copilă şi se râzgâia în braţele şi pe genunchii lui Pafnutie,
probabil la fel de convins că fata lui va fi ceea ce ea credea de pe acum că

este.

Iar dacă bărbații ăia tineri, frumoși și cu bani nu prea se înghesuiau la ușa ei, îi inventa! Avea imaginație cât pentru zece Ducese, nu una, și avea de unde, internetul era plin de fraieri iar ea știa foarte bine să mânuiască toate posibilitățile pe care i le oferea lumea online.

Cu toate acestea, avea tot mai des momente când se ura, își ura respirația, singura care-i însoțea ritmic inspirarea și expirarea aerului.

Ura bătăile inimii pe care le simțea ba în tâmple, ba în ochi, de atâtea ori în palme, chiar și-n tălpile picioarelor fierbinți.

Ura toate aceste lucruri, singurele pe care nu le putea controla și care deveneau tot mai enervante, se-ntâmplau tot mai des, mai ales noaptea când nu putea să adoarmă nici după o patetică zbuciumare în a-și smulge singură, cum-necum un orgasm.

O lua cu transpirații și tremurături și, ca să se liniștească cumva, se ridică din patul ăla *obraznic de larg,* cum îi spusese, râzând excitat, Dănuț, încă din prima lor noapte, înfățat în lenjerie cu flori mari, roșii de mac. Păcat că erau biete imprimeuri. Poate că dacă s-ar fi culcat peste petale proaspete și vii, printre florile acelea ar fi reusit sa adoarmă cumva. Drogată.

Ce proastă sunt! gândi Tudorița uitându-se în toate părțile de teama de-a nu fi vorbit singură cu voce tare și s-o fi auzit careva, că sigur mereu cineva e cu ochii cât cepele pe ea, cu urechile pâlnie sau lipite de paharul sprijinit în peretele comun să audă ei, ceilalți, muritorii de rând ce face ea și singurătatea ei, ce fac *ele* în fericirea lor invidiată de toți. Toți ăia suprasaturați de plozi, neveste scandalagioaice, mieunături, lătrături, ciripit sau alte zgomote atât de patetice și inutile pentru urechile ei fine.

Dintr-o smucitură deschise laptopul care trona în mijlocul patului uriaș.

Ia să văd, pe cine mai înebunesc în noaptea asta? Rânji ea, așezându-se crăcănată, cu laptopul între picioare.

Strânse pleoapele și cu degetul arătător împunse un nume. Întâmplător sau nu, se nimeri să fie chiar *Ovidiu al ei.*

Deschise uşor ochii mijindu-i, parcă pentru a prelungi tortura celui vizat, parcă pentru a-şi prelungi senzaţia aia de plăcere care nici după lupte grele de una singură tot nu reuşea s-o atingă, nu ca acum, nu aşa intens.

Imaginea bărbatului apăru pe ecranul mare al laptopului surâzând, încă aranjându-şi părul răvăşit în perne. Se vedea clar că fusese trezit din somn dar nu părea supărat ci se aşeză comod în mijlocul patului cu laptopul în braţe şi surâdea sperând, ca de fiecare dată, ca în fiecare noapte să se hotărască Ducesa lui şi să i se arate în toată splendoarea ei de femeie tânără, în patul ei despre care ştiuse din prima discuţie că este enorm. Spera ca acum, acum să o vadă, să zărească şi chipul vocii caline ce-l tulbura până la orgasm noapte de noapte.

Aştepta surâzând fotografiei de profil din care de-abia ghicea o formă de cap cu bucle peste nişte umeri largi, o fotografie boroasă în sepia, sugerând vechiul, stil şi decenţă când defapt nu era decât o cortină sub care se ascundea adevărata femeie, cea care nu putea fi zărită, rareori auzită, femeia misterioasă căreia îi plăcea să stârnească şi să înebunească bărbaţii până la limita suportabilului.

Unii nu rezistau atâtor luni şi luni de provocări şi promisiuni astfel că încercau să rupă acea pânză de păianjen, să fugă, să o uite dar femeia ştia cum să-i aducă înapoi.

Pe unii îi lăsa să plece iar ei se-ntorceau singuri şi spăsiţi înapoi la *stăpână*, alţii erau ţinuţi în frâu cu vorbe dulci, promisiuni şi câteva momente de sex la telefon, gemete şi chicoteli, scâncete şi lacrimi de emoţii erotice.

Avea Tudoriţa un repertoriu inepuizabil, vocea o ajuta imens în jocurile sale nocturne la telefon, mintea ei ţesea tot felul de imagini cu care alimenta poftele celor ce roiau pe internet în jurul unei fantome.

Ea se lăfăia în patul mare şi ronţăia bomboane, ciocolată, bea cacao, ciocolată caldă la trei, patru dimineaţa, se răsfăţa cu pui rece din frigider, cumpărat fript gata. Viaţa ei era un festin zi şi noapte. Şi aşa adăuga amoruri, amorezi şi kilograme.

Veneau după amiezele de odihnă în care închidea tot, calculator, telefon, tot şi trăgea jaluzelele făcând întuneric în cameră apoi intra la duş, îşi spăla şi îşi ungea tot corpul din ce în ce mai opulent, mai lăbărţat.

Redevenea ea, cea pe care absolut nimeni nu o ştia, nici măcar nu o putea ghici, cea pe care nici ea însăşi nu o recunoştea, nu o privea în oglindă. Dealtfel nici nu putea să o vadă, să se vadă pentru că oglinda din baie era aburită complet şi pentru nimic în lume nu ar fi şters-o cu prosopul ca să se poată privi.

În momentele acelea se ura de moarte, se detesta şi îşi propunea zilnic să schimbe tot, să renunţe la tot, să înceapă ceva, orice dar să înceapă o viaţă reală, una cum a fost înainte, chiar dacă era un Biluţă, altul, nu conta, important era să fie adevărat, să fie cu ea, lângă ea, să nu o judece, să nu o privească nicicum sau aşa, cu milă, cu greaţă ori compasiune, intrigat sau cine mai ştie cum, să nu o privească şi să o compare, cum a păţit cu Bogdan, *o greşeală de-o noapte mai de demult,* îşi spunea ea.

Dar lasă că şi ea l-a făcut în toate felurile după ce s-au trezit din beţie şi aşa, mahmuri, au început să-şi strige lucruri.

Cel mai mult i-a plăcut faţa lui când i-a spus că este un impotent şi că, nu din cauza burţii ei n-a ajuns el unde trebuia ci pentru că e un creionaş, ba încă unul neascuţit, mic, aşa de mic încât nu există ascuţitoare pentru aşa ceva. Şi o bufni râsul amintidu-şi.

Râse şi el, bărbatul care aştepta.

- De ce râzi? Auzi el vocea caldă, şoptită, insinuantă a Tudoriţei.

- Te-am auzit pe tine râzând, chiar voiam să te întreb eu de ce râzi, susură bărbatul cu voce groasă, răguşită, surescitat, nerăbdător. Şi... aştept, te aştept, adăugă el cu emoţie în glas, tremurând din toate încheieturile.

Avea femeia asta darul de-a trezi în el tot ce era bărbat, tot ce putea să-şi imagineze mai incitant, mai sălbatic şi diafan totodată.

- Sunt aici, ce, nu mă auzi? Se miră ea copilăreşte, ingenuu, simulând că nu realizează ce joc face şi cât răscoleşte cu felul ei de-a aborda bărbaţii.

Ştia foarte bine ce spune, ce face şi ce se întâmplă cu omul pe care-l vedea, ea având acest privilegiu, putând să-i vadă, ei însă neputând-o zări. Nici unul nu ştia cum arată Ducesa lor chiar dacă mulţi, foarte mulţi o ştiau doar sub acest nume şi fără întrebări îl acceptaseră încântaţi cu toţii, femei şi bărbaţi.

Nici măcar nu ştiau ce vârstă are, credeau absolut tot ce le spunea ea. Vocea ei îi convingea, oricât de suspicioşi ar fi fost.

Avea, la profilul din, deja vechiul H5, dar şi în Facebook, doar fotografia aceea boroasă din care se putea ghici o faţă rotundă, conturul unor ochi mari, părul lung, umerii largi şi un decolteu bogat, o fotografie care imita stilul anilor '60.

*

Văzând cât succes are ea ca *Ducesa*, fără să mai folosească prea mult alte şi alte nume, a lăsat-o mai uşor cu joaca de-a personalităţile, se lupta cu ele mai pe tăcute, nu mai crea atâta tam-tam pe Internet.

Ştia că toţi o adorau pentru că le repeta de zeci de ori pe zi cât de frumoşi, deştepţi şi speciali sunt ei toţi acolo în oceanul acela al internetului.

Simţea ea că doar aşa reuşeau toţi să respire, să-şi ridice oasele din pat, să frece duşumele, cratiţe, să-şi tragă zilele de păr spre un *înainte* cu faţă de *apoi*, aşteptând cuminţi, supuşi, flămânzi îndemnul, laudele, cuvintele alea care-i ridicau la un cer unde nu era nimeni ori poate o proiecţie a acelui *ego* exacerbat al ei, al Tudoriţei.

Era Dumnezeul care le croia vieţile, zeiţa viselor care le spăla creierele şi aşa mult prea sărace, nobila şi delicata autoproclamată *Ducesa* şi care le dicta ce şi cum să simtă, să consume, că doar se născuseră aşa, păpuşi din cârpe şi, vai cât le lipsea păpuşarul potrivit, cel ca ele, împreună formând un tot într-un spectacol absurd, o tristă comedie din care ceilalţi, neştiuţii de pe margine, nu pricepeau niciodată nimic pentru că, defapt, nu era niciodată nimic de priceput din tot nonsensul acela.

Dar cui îi păsa, dacă acolo în online, Ducesa, împreună cu toţi ai ei erau fericiţi, se iubeau, se certau, plângeau, îşi jurau credinţă veşnică şi iubire până la moarte?

Toţi, bărbaţi tineri, bătrâni, fete, femei, toţi îi erau la picioare, o urmau în fiecare frază, cuvânt, ridicare din sprânceană, peste tot în internet pe bloguri şi reţelele sociale.

Aici devenise zeiţă, sfătuitoare, mare preoteasă, înţeleaptă, ştiindu-le pe toate, făcând şi desfăcând destine cu puteri nebănuite, omniprezentă în vieţile celor ce-şi puseseră, virtual, viaţa în mâinile ei.

Patetici, gândea ea. Însă avea nevoie de pateticii ăştia, de adulaţia şi supunerea lor imbecilă pentru orgoliul şi ambiţiile ei hămesite.

Ar fi murit fără toate astea, nici nu putea să-şi imagineze viaţa altfel. O uitase definitiv pe Tudoriţa şi viaţa dinainte, o omorâse cu răceală pe cea din trecut şi chiar cu o bucurie sălbatică, aşa cum şarpele se târăşte mai abitir atunci când îşi lasă vechiul veşmânt pentru unul nou, strălucitor. Fiecare cuvânt, frază sorbite de adoratorii săi din virtual erau, pe rând, câte o lopată de pământ aruncat peste sicriul unde zăcea anosta şi insignifianta, necunoscuta şi patetica Tudoriţa împreună cu trecutul ei, acel oribil trecut pe care l-a preschimbat, ca în poveşti, într-unul numai câmp cu maci şi norişori rozalii.

Cred tot, tâmpiţii ăştia, dă-le minciunele cu mămăligă şi ei îşi închipuie că mănâncă fazan, râdea în sinea ei de atâtea ori femeia care nu mai păstra nimic din ce avusese înainte, nici nume, nici lucruri, nici persoane, cunoştinţe, nici măcar locuinţa vechii Tudoriţa, coşmelia aia de casă, defapt două camere dintr-un lung şir de case, cu veceu şi bucătărie comună într-o curte largă, unde stăteau cu chirie mulţi adunaţi de stat şi aciuaţi acolo dacă aveau un minimum de pensie, orice fel de venit pentru a plăti o chirie.

*

Despre mamă-sa nu ştia nimic. Voia să uite de ea de tot şi cu adevărat uitase până şi cum arăta deşi o vedea în oglindă de câte ori se privea ea împletindu-şi coada, de acum tot mai rară, părul ei blond-roşcat căpătând nuanţe tot mai închise, aproape cenuşii, prin care se vedea pielea capului pe alocuri, mai ales în creştet, acolo unde începea cărarea, ca un soi de început de chelie.

Şi aici semăn cu ea, cât o urăsc! Scrâşni din dinţi Tudoriţa.

De foarte devreme începuse să-i cadă părul, podoaba ei care făcea furori nopţile prin baruri şi în paturi de motel când îşi învelea iubitul ocazional în pletele sale aurii. Cel mai tare se vedea golul de deasupra frunţii, pe care îl tot acoperea cu şuviţe mai scurte, gen breton deşi nu purta breton, nu îi plăcea. Era disperată, nu găsea remedii pentru asta.

Şi atunci dădea vina pe genetică, pe faptul că mamă-sa era exact la fel, cu o cheliuţă deasupra frunţii dar Marghioalei nu-i păsa. Tudoriţa, însă, era înebunită de spaimă şi ruşine. Evita să se mai uite prea mult în oglindă, mai ales când îşi făcea coada, renunţase, încet, încet şi la coadă, şi-a mai tăiat din păr şi-l purta mai *încurcat*, să deruteze la *prima vedere*.

Avea nevoie să cucerească instantaneu, apoi ştia ea cum să facă să ajungă să nu fie uitată, avea alte arme pentru a lega de ea bărbaţii din viaţa reală, pe care-i voia mai mult timp în viaţa ei, arme de seducţie, tot moştenite genetic şi care ştia, erau mult mai puternice şi în faţă cărora nu mai conta un început de chelie.

Însă, dacă, prin nu se ştie ce asociere de idei, ajungea cu gândul la femeia care îi dăduse viaţă, creierul Tudoriţei se bloca, o lua cu leşin şi, oriunde s-ar fi aflat, pe stradă, într-un magazin, trebuia să se aşeze pe ceva, undeva.

Deseori o visase moartă, o văzuse pur şi simplu întinsă, nemişcată într-un sicriu, înconjurată de lume, oameni necunoscuţi ei, o văzuse aşa şi alunga imaginea ca pe un gând oribil, ca pe ceva ameninţător, ca pe o prevestire, ca pe o ameninţare, ca şi cum, dacă o visa, sigur urma să i se întâmple ceva rău în ziua aceea sau în următoarele.

Prefera să şi-o imagineze continuându-şi viaţa cu amantul ei în coşmelia-birt, trăind, ca pe o *zi a marmotei,* aceleaşi lucruri, trăbăluind, printre înghiţituri de ţuică, prin birtul slinos, povestind aceleaşi mizerii din viaţa ei cu aceiaşi muncitori şi oameni ai străzii intraţi, unii să înfulece rapid masa în pauza de prânz, dacă nu-şi luaseră de-acasă ceva de-ale gurii dar, defapt mai mult să dea pe gât şi două-trei păhărele de ţuică, să treacă mai repede ce mai rămăsese din ziua de lucru.

Ceilalţi, amărâţii străzilor venind după rămăşiţele şi stropul de pe fundul păhăruţelor, pomeni din ce o fi şi s-o îndura careva să le dea dar şi pentru o jumate de oră de căldură la un chiştoc de ţigară, adunat de jos de pe lângă cele două mese sau tejghea.

*

Stătea lungit în pat lângă trupul acela al femeii care, deşi nesatisfăcută sexual, nu reacţionase cum făceau altele, ea aşteptând ca el să spună ceva, orice iar ea să aibă motivul să-l consoleze şi să-i explice cum e cu plăcerea şi orgasmul la femei, să-l facă să înţeleagă că nu trebuie să fii un taur ca să satisfaci o femeie dacă ştii să fii tandru şi să alegi metoda potrivită pentru femeia cu care ajungi în pat.

Îl simţea inhibat, speriat, ruşinat, vedea în el, dincolo de ceea ce exprima faţa lui, mişcările corpului bărbatului, neputinţa lui, simţea că undeva exista un motiv pentru care el se prăbuşea la cel mai mic eşec, devenea cârpă, pur şi simplu se desumfla ca un balon şi rămânea nemişcat, tăcut, părând că ar dori să fie în pământ sau la mii de kilometri în acele momente, nu lângă o femeie pe care nu a putut să o satisfacă sexual.

- Îmi pare rău şi să ştii că nu te pot minţi, nu este prima oară că mi se întâmplă, de aceea ajung foarte rar să încerc să fac dragoste cu vreo femeie, rosti el sincer, cu voce tremurată.

- Bogdan, stai liniştit, nici tu pentru mine nu eşti primul bărbat care are astfel de *derapaje* şi, de cele mai multe ori sunt convinsă că eu sunt cauza pentru care el, bărbatul acela, indiferent care ar fi el, nu ajunge să întreţină cu mine o relaţie sexuală, nu se excită suficient ca să putem să ne bucurăm de acele momente ce ne fac să mai uităm de problemele cotidiente, rosti ea cu voce calmă, liniştitoare, aproape şoptind cuvintele.

- Dar faci o greşeală să crezi că tu, Lorena, ai putea fi vinovată în faţa unui bărbat care nu este capabil să..., şi vocea lui se frânse.

- Ei bine, uite că eu trăiesc o astfel de dramă când mi se întâmplă, aşa că te pot înţelege.

- Dar nu din cauza ta nu am putut...

- Înţeleg. Însă un motiv există şi trebuie să ajungi să-l găseşti, să-l lămureşti în tine, să ştii exact de ce ţi se întâmplă, pentru că totul este doar psihic.

- Nu văd aşa lucrurile, mai ales că mi s-a spus, şi nu odată şi nu de o singură femeie că sunt foarte... *mic*, un nedezvoltat din acest punct de vedere, înţelegi, căăă..., tuuu înţelegi, că nu aş putea satisface în viaţa mea pe nimeni niciodată cu... , şi tăcu ruşinat uitându-se spre zona unde, acoperit de cearşaf, era acea parte a corpului său, motivul, credea el, al dramei existenţiale pe care era sortit de natură să o trăiască până la capătul existenţei sale de bărbat.

- Eroare, Bogdan. Greşeşti. Ştii cum se spune şi că este adevărat că că nu contează mărimea ci felul cum ştii să faci dragoste, modul cum ştii să faci o femeie să se simtă femeie, să ştii să trezeşti în ea dorinţa şi să ştii cum să i-o potoleşti, îi spuse femeia privindu-l adânc în ochi, surâzând complice, roşie la faţă de o fecioarelnică ruşine pentru că, tot spunându-i despre aceste lucruri, ea simţea dorinţa crescând în trupul şi sângele care rămăseseră ca o oală uitată pe foc, gata, gata să dea pe dinafară conţinutul din ea. Se temea ca bărbatul să nu intuiască excitaţia ce-o cuprinsese şi încerca să-şi domolească pornirea animalică, dorinţa aceea crescând incontrolabil în ea vorbindu-i cu voce domoală, şoptită şi calmă, mascând astfel trăiri pe care cu greu şi le putea controla.

Bărbatul de lângă ea era bine construit fizic, natura fiind darnică în ceea ce priveşte exteriorul, cu excepţia acelei zone intime care contrasta cu ceea ce părea a fi un adevărat cuceritor.

Frumos în adevăratul sens al cuvântului, sensibil, delicat, inteligent, atent, cu alte cuvinte având multe din calităţile bărbatului visat de orice femeie, Bogdan era depăşit de situaţia sa iar psihic nu îl ajuta cu nimic să fie consolat de femeia care părea că înţelege ce i se întâmplă.

El nu putea uita o altă femeie, pe cea dorită de o viaţă, aşa i se părea lui că de când e pe lumea asta, femeia aceea îi era destinată lui. Iar când a ajuns cu ea în pat, lumea lui s-a prăbuşit şi de atunci, de atâta amar de vreme, el nu îşi revine.

Nu a vorbit niciodată cu nimeni despre asta, nu a explicat nimănui de ce i se întâmplă ce i se întâmplă, nici unei femei care, dezamăgită de faptul că potenţa lui ca bărbat nu era la înălţimea exteriorului de care majoritatea se îndrăgosteau pe loc. Şi toate plecau dezamăgite, supărate, simţindu-se păcălite fără să înţeleagă, pentru că nu le interesa omul din om ci doar rezultatul firesc atracţiei pe care ele o simţeau faţă de acest bărbat.

Bogdan şi-a dat seama că este prima oară când vorbeşte cu cineva despre aceste lucruri la care el doar se gândea şi şi le spunea singur, din ce în ce mai disperat, mai departe de lumea reală, o lume imposibilă pentru el, convins fiind de aceasta cu atât mai mult cu cât anii treceau şi nimic nu părea să se schimbe, dimpotrivă, el pierzându-şi încrederea în omul din el, în bărbatul care era acolo dar pe care el nu avea curajul să îl caute, nici măcar să încerce să admită că exista acel bărbat undeva pierdut în sub-conştientul său.

Ştia că în multe situaţii de acest gen lucrurile se pot îndrepta şi că totul se poate rezolva sau distruge, că totul este la nivel psihic, că rolul cel mare îi revine creierului dar deja trecuse prea mult timp să mai poată lupta cu fantasma acelei femei care i-a luat cu ea tot, încrederea în el, speranţa într-o viaţă normală, i-a luat sufletul, puterea de a simţi, iubi, vedea realitatea cum era ea realitatea.

- Poţi vorbi despre asta, Bogdan? Poţi să cauţi în tine să descoperi cam de unde ţi se trage ţie această frică de eşec? Că eu cred că ţie îţi este frică de a nu putea şi de aceea chiar nu poţi. Totul, aşa cum ştii, este la nivel cerebral, nu există imposibil când este vorba de a dori şi simţi, de a iubi, mai ales a iubi, şopti ea punându-şi mâna ei rece pe umărul lui căzut într-o parte, partea dinspre ea. Aproape că îl luase în braţe. El se lăsă atins, mângâiat uşor, imperceptibil de acele degete lungi, fine şi reci care-i dădeau o stare de bine, de linişte.

- Lorena, eu am avut o tristă experienţă, a fost o singură noapte dar a fost cât o viaţă care a început într-o seară şi s-a terminat, viaţa aceea a mea, în câteva ore.

- Bogdan, sunt aici, te ascult, spune-mi tot ce simţi că poţi tu spune, eu te simt, te înţeleg şi sunt aici, ai încredere, îi spuse ea zâmbindu-i blând, continuând să-i mângâie uşor umărul ca şi cum ar fi dorit ca el să realizeze că este sprijinit, nu doar moral ci şi fizic, de ea, de femeia care putea şi voia să îl înţeleagă.

- Am fost la un bar într-o noapte acum mulţi ani. Eram un tânăr timid şi prostuţ iar când era vorba de fete, mă topeam de ruşine, îmi venea să o iau la goană de câte ori se apropia de mine câte una. Şi tu ştii cum e la baruri, noaptea mai ales, că se bea, lumea se distrează, perechile se sărută până se sufocă în văzul lumii deşi, cum bine ştii, barurile au jocuri de lumini, nu poţi vedea prea bine şi nici nu se uită nimeni, fiecare ocupându-se de propria sa pereche ori căutându-şi una.

Eu eram, ca de obicei singur. Beam o bere la pahar, nu îmi plac băuturile spirtoase. Şi s-a apropiat de mine un grup de fete. Erau trei mi se pare şi erau cam ameţite. Râdeau, se înghionteau şi se împingeau pe rând, una pe alta spre mine. Eu stăteam la bară, nu la măsuţă. Ele insistau să ajungă la mine dar nu toate, se certau care să vină, părând că nici una nu avea destul curaj să mă abordeze. Ele habar nu aveau că eu eram deja mort de ruşine şi emoţii că am fost observat cel puţin, că m-au văzut, că vor să-mi vorbească.

Le urmăream zbaterea aceea, lupta lor și discuțiile aproape perceptibile, cu tot zgomotul din bar, auzind frânturi și înțelegând că niciuna nu are curajul să-mi vorbească direct. Până la urmă a decis să se apropie de mine cea blondă.

Erau două brunete și una blondă. Cea care s-a apropiat de mine era mică de înălțime, rotunjoară, cu părul valuri de aur, așa părea în luminițele din bar, cu o față strălucitoare, niște buze roșii, o rochie strălucitoare, totul la ea strălucea, și ochii ei, care atunci mi s-au părut negri, descoperind apoi la ea în casă că îi are verzi.

Mi-a spus că o cheamă Tudorița. Că îi place de mine și că dacă vreau să continuăm petrecerea la ea acasă.

Am răspuns pe loc că da. Și asta a fost pieirea mea. Acasă la ea am ajuns numai noi doi. Nu aveam pe atunci mașină, așa că am luat un taxi și în câteva minute am ajuns în patul ei mare dintr-un dormitor uriaș. Ce a urmat îți poți lesne imagina, doar ai trecut și tu prin asta, rosti jenat Bogdan.

- Ei, erai tânăr, ea..?!

- Tânără și ea, nu știu, în jur de vreo treizeci de ani, cu ceva mai mare ca mine, cred eu. Am încercat, eram vrăjit de ea. Îmi plac la nebunie femeile voluptoase și plinuțe, ea fiind una din cele pe care le visam fără să le fi întâlnit vreodată. În ea, în imaginea vie a ei, acolo în pat lângă mine era ea, făptura care îmi stăpânea dintotdeauna imaginația și dorința de-a-mi trăi restul vieții lângă o asemenea femeie.

M-am îndrăgostit de ea fulgerător încă din bar. Din clipa când am văzut-o cum face pașii aceia mici spre mine, ea, mică și durdulie, cu un pahar în mână și cu cealaltă gesticulând nu știu ce spre prietenele ei care râdeau în spate, acoperite de cei ce se plimbau spre și dinspre ringul de dans și de zgomotele muzicii la modă pe atunci.

Nu am putut fi la înălțimea dorințelor ei și au apucat-o niște crize ciudate.

Eu mai întâi m-am speriat că o să îi fie rău dar ea defapt mă privea cu ură şi mi-a strigat lucruri care nu se mai pot şterge din mintea mea, practic mi le-a tatuat pe creier. Şi mă ard şi azi...

M-a dat afară din casă la ora patru dimineaţa, mi-a aruncat hainele pe hol spre uşă şi mi-a strigat să ies. Am luat pe mine pantalonii şi mi-am încălţat pantofii, restul l-am adunat de pe jos şi am ieşit fugind pentru că mă aşteptam să arunce cu ce ar fi nimerit în mine, atât era de turbată, complet descontrolată.

Au trecut zilele, lunile, anii au trecut. Eu nu am mai revăzut-o pe Tudoriţa dar nu am putut să o uit. Am fost atât de aproape de destinul meu, de visul meu, am atins cu mâinile cerul şi cerul mi-a căzut în cap pentru că am venit pe lumea asta defect.

Avea şi are dreptate Tudoriţa, sunt un neterminat, o eroare a naturii, un avorton, sunt tot ce mi-a strigat ea în noaptea aceea, mai rosti Bogdan şi, ca un copil, începu să plângă în hohote şi cu sughiţuri.

- Bogdaaan, staai, linişteşte-te, te rog, rosti hotărât Lorena. A trecut, gata! Nu eşti nimic din tot ce a putut să spună fiinţa aceea îngrozitoare.

- Lorena, tu nu ştii, nu ştii cât de dor mi-era de ea, aş fi preferat să mă fi omorât ea atunci decât să trăiesc cum am continuat să trăiesc după ce am cunscut-o pe ea, aşa rea şi nemiloasă şi sinceră cum am simţit că este.

- Dar nu a fost decât incapabilă să te înţeleagă, rosti Lorena abţinâdu-se să-i spună adevărata ei părere despre Tudoriţa aia, că era o mincinoasă, o răutăcioasă superficială, sadică, o femelă fără minte, pusă pe distracţii fără să-i pese de cel care i-ar fi adus plăcere, şi care n-a avut milă când s-a simţit, deşi nu a fost, păcălită de bărbatul pe care-l adusese în casa ei doar pentru a-l folosi şi atât.

- O visam noaptea, o căutam pe internet, după imaginea pe care mi-a aminteam clar că o avea, faţa aceea, corpul ei, părul, oh, părul ei atât de..., of, am căutat-o ani şi nu am dat de ea sub nicio formă.

- Mai bine că nu ai mai dat de ea, Bogdan, nu ar fi ştiut să aprecieze sentimentele tale, crede-mă. Eu ştiu ce spun pentru că sunt femeie şi nu am niciun interes să te mint. Suntem rele şi răzbunătoare, egoiste, multe dintre noi, foarte multe. Să ştii asta.

- O iubeam, continuă bărbatul părând că nu o mai aude pe Lorena, pierdut în amintiri, retrăind acele momente, acele sentimente reaprinse, care-l mistuiau acum cu o şi mai mare forţă, tot vorbind despre ea, depre Tudoriţa. O iubeam cu patimă. Cu cât era mai inaccesibilă, mai de negăsit, cu atât doream să îmi aparţină. Îmi scăpase printre degete ca apa, ca argintul viu. Şi a luat şi carnea de pe ele cu ea, rămânându-mi doar oasele, mă descărnase, mă sleise de puteri, mă uscase şi m-a stors de toată energia şi puterea şi viaţa. Rămăsesem doar un spirit, ăla al iubirii prosteşti, obsesive, spirirtul bolnav al unui prost care iubeşte un drac de femeie. Şi mă simţeam cam cum s-ar simţi un înger privind cum se iubesc ei, oamenii, acolo jos, înciudat şi fript de invidie că nu pot, că nu mă lasă, că nu e dat, că nu..., şi eu pe ea, dar nici pe alta, că-mi luase de tot sufletul, mi-l luase fără să fi făcut vreun contract cu diavolul din ea, mi-l furase, cum fac ei dracii, şi-acum se-mpopoţona cu două suflete, poate cu mai multe, că era ca o mâţă, cu multe vieţi, cu toate vieţile pământului în ea. Aşa o simţeam şi sunt sigur că exact aşa era. N-o mai puteam atinge, a fost odată, o singură dată şi eram atât de prostit de fericire că cel puţin am atins-o chiar dacă... Eram nebuneşte îndrăgostit de pletele alea, de carnea albă, de aroma trupului aparent fragil dacă o priveai în ochi, dacă îi priveai expresia feţei, fragil chiar aşa uriaş, flasc şi noduros cum era dar atât de ea, încât n-am putut să mă bucur prea mult de nimic, am trăit totul cu ea dar doar pentru ea, mi-a luat şi minutele alea, gata, mă uit ca prostul la cicatricile din suflet şi încerc să desluşesc acolo noaptea aia, povestea care s-a scris atunci toată, cu începutul şi sfârşitul. Atât a fost! Restul e obsesie. Ştiu dar ce să mai fac acum?!

Şi se opri. Spusese totul dintr-o suflare, parcă să scape de el, de amintirea ei, de tot ce avea în el sau ar fi vrut să aibă şi mai scosese şi ce mai avusese, aerul şi un strop de aromă de trup de femeie tânără, un drac ce-mprumutase, în locul mirosului de pucioasă, parfumul mirului sfinţit.

*

A doua zi devreme, Vlad, ajuns în faţa blocului unde locuia Tudoriţa simţi cum inima începe să îi bată nebuneşte, nu de emoţia care demult nu-l mai tulbura, nu acea emoţie şi bucurie ce duraseră atât de puţin, prea puţin chiar şi pentru un om *superficial*, cum îi spunea ea mereu că este el, nu.

Era emoţia ruperii, eliberării, era clipa adevărului şi spera, dorea, mai mult decât credea şi spera, dorea ca ea, femeia aceea, acea biată femeie să-nţeleagă o secundă şi să priceapă ce este în realitate, cine şi cum.

În faţa uşii ei rămase cu ochii pironiţi în vizorul prin care parcă simţea că-l priveşte, că-l observă şi aşa era, Tudoriţa îl văzuse pe fereastră venind, aşteptându-l încă înainte de-a se lumina de ziuă.

Nopţi în şir se frământase pentru că nu îi răspundea la telefon, nici la mesaje, nici nu mai era prezent în Internet pe nicăieri, de parcă intrase în pământ pentru ea. Era o linişte chinuitoare şi Tudoriţa nu ştia ce să creadă, la ce să se aştepte deşi vedea clar că Vlad nu mai este cel care a fost în urmă cu mai bine de o jumătate de an.

Era surescitată şi când l-a văzut venind, nu ştia dacă să se bucure că n-a murit sau să urle că mai e în viaţă. Nu ştia nici ea cum va reacţiona, ce va face, ce-i va spune.

Bărbatul bătu la uşă, nu folosi cheile pe care era decis să i le restituie, nu mai avea nevoie de ele, de nimic.

Uşa se deschise smucit până să apuce el să-şi retragă degetul de pe lemnul rece.

Se uită la faţa ei umflată, ochii ei bulbucaţi, acum şi mai umflaţi, de plâns poate, de nedormită, nu ştia şi nu-l interesa, începutul de chelie din frunte, acolo unde părul se desparte-n cărarea de pe mijlocul capului, chelie mascată neglijent, că o luase aşa, pe nepregătite chiar din pat, la şase dimineaţa. Ea doar ce se ridicase din aşternut şi, repede cu ochii pe fereastră, parcă presimţind că venea. Şi-l văzu.

Acum el era în uşă, afară, ea sprijinindu-se cu un aer voit blazat, mascând, astfel, emoţia şi bucuria că totuşi a venit.

Stăteau aşa înţepeniţi şi se priveau, fiecare din lumea lui, fiecare cu stările lui, două statui şi între ei un gol imens.

El o privea cu o milă îngreţoşată, uitând tot ce voise să-i spună, aşa că începu să vorbească fără să se mai gândească la ce-i va ieşi pe gură.

Izbucni ca şampania care ţâşneşte după ce agiţi sticla şi-i scoţi dopul. Şi-i aruncă în faţă ceea ce nu crezuse că ar avea puterea să-i spună vreodată, chiar dacă o gândea mereu de câte ori o vedea sau îşi amintea de ea.

Trăind veşnic cu spaima, falsă dealtfel, indusă de hipohondra din faţa lui că, cea mai mică supărare ar putea-o ucide, şi-a înghiţit adevăurile prelungind inutil, nu doar chinul lui cât, mai ales, coşmarul ei.

Azi sosise clipa decisivă. Acum era hotărât, ori moare el dacă mai tace, ori dă ea, sensibiloasa, ochii peste cap, şi-i veni să râdă deşi tremura, se imagina dându-i palme s-o trezească dintr-un leşin programat. Avea femeia asta un *repertoriu*..., buh!

Îşi luă inima-n dinţi şi privind de sus, fiind mai înalt, mult mai înalt, doar în petecul chel, lăsă cuvintele să curgă cu toată sinceritatea de care era capabil. *La urma urmei vorbea cu o chelie, nu avea ce să-i facă o... cheliuţă,* gândi el cumva răutăcios.

- Când uiţi cu bună ştiinţă că loveşti în fiinţe care, nu odată ci de mii şi mii de ori ţi-au tolerat, suportat, alinat suferinte închipuite, când uiţi că arunci cu rahat pe unde poţi şi murdăreşti injust tot ce crezi tu că ar putea să îţi strice imaginea, când minţi cu neruşinare cum respiri, când pur şi simplu trăieşti într-o uriaşă minciună pe care mulţi se prefac, săraci cu duhul sau nu, că o cred doar pentru că le e jenă să-ţi spună ce gândesc, când uiţi cu bună ştiinţă că pentru tine viaţa se reduce la mâncare şi sex, fapt pentru care eşti în competiţie iraţională cu toate fiinţele, când uiți cu bună știință că tot ce înfierezi tu mai tare este exact ceea ce ai în tine, când uiți tot și toate câte ar mai fi de spus dar, la ce bun (?!), te-ntreb: ești proastă sau te prefaci?

Adevărul poate ucide dacă trăiești numai în și din minciună.

Tudorița simți atunci că moare dar doar pentru că se simțea rănită în orgoliul ei de cuvântul *proastă*, atât auzea în urechi așa că, nu *leșină* cum făcea de obicei, nu spuse nimic, rămase la senzația asta a mândriei rănite și se pregăti pentru ce va urma.

Simțea ea că e doar începutul acestui sfârșit de care s-a temut și, iată că nu a scăpat.

Îl privea încremenită, tot nevenindu-i să creadă ce auzea, neputând să-și recompună gândirea, atitudinea ei de *ducesă*, de mare doamnă pe care o simțea crescând însă, așa cum se întâmpla de câte ori cineva se apropia prea mult de teritoriul ei, de miezul adevăratei ființe care zăcea ascuns bine de tot în trupul uriaș, mic și mare în același timp, conturând și vizual ceea ce impunea psihic, subliminal.

Cum liniștea se prelungea, bărbatul adunându-se pentru a continua, ea, cumva în defensivă, sperând într-o minune, o revenire la *normalul ei*, îl întrebă cu voce calină:

- Ce-ai, dragă, te-ai scrântit? Ce ți-a venit? Simula mirarea deși mai de demult simțise în el reculul la prezența ei, la tot ce făcea și spunea.

Simțea și vedea limpede Tudorița cum omul supus, docil, *sclavul ei pe viață* nu era pe viață, nu pe viața ei ci pe o altă viață, probabil una de libelulă.

Creșteau în ea, odată cu furia și deznădejdea și spaima că iar rămâne singură, că iar i se smulg iluziile, i se fură viața.

- Nu, nu m-am scrântit, demult voiam să-ți spun toate astea, am tot încercat să te salvez de tine, de otrava pe care o ai în tine și cu care te hrănești tu, otrăvindu-ne pe noi, ceilalți, cei din preajma ta sau chiar la distanță, pe cei care au ghinionul să te cunoască, să-ți pice-n plasă, ba să te mai și soarbă literă cu literă, chiar dacă tot ce scrii și spui tu e arhiștiut, internetul fiind suprasaturat de fraze goale şi filosofie sterilă.

- Şi tu ce? Crezi că nu te văd cât de desgustat te uiţi la mine, mai ales când facem sex, că *dragoste* nu-i mai pot spune demult?! Eşti un mizerabil mincinos, nici nu ştiu ce ai vrut defapt de la mine. Niciodată nu am înţeles...

- Aici te înşeli amarnic, strigă el cu durere în glas. Tu, văd clar acum, nu mă cunoşti şi nu m-ai înţeles, nu ai reuşit să îţi dai seama că tocmai asta adoram la tine, că-mi plac exact femeile ca tine, plinuţe, grăsuţe, obeze, zi-le cum vrei dar îmi plac, mă atrag, mă excită şi ador să fac dragoste şi, să ştii, eu *fac dragoste,* nu sex; ador să le simt, mă mă afund în carnea moale sau cum o fi, tu nu ştii. Dar răutatea, egoismul şi egocentrismul tău te fac urâtă, te fac disgraţioasă, te deformează, nu fizic, nu despre asta e vorba ci despre fatpul că, până la tine eu nu am întâlnit femeie grasă şi rea.

Şi ce dracu credeai că vreau eu de la tine? *Averile* tale îngropate prin vreun parc, cimitir, ascunse în oceane, înghiţite de vreo balenă? Sau, stând cu tine speram la vreo titulatură, numele tău de familie, ce? Oi fi tu din vreun neam de *sânge-albastru* şi nu ştiu eu sau ştiu şi doar asta vreau de la tine?! Absurdă întrebare, absurd totul, Tudoriţa. Răspunsul l-ai avut lângă tine mereu dar nici măcar nu te-a interesat. Cred că e prima oară că-ţi trece întrebarea asta prin cap şi doar pentru că te pui în defensivă.

N-a fost clar ce voiam de la tine în toate astea şase luni? Şi nu ai înţeles de ce, încet, încet m-ai dezarmat, m-ai jupuit de suflet, de drag, de respect, de iubirea pentru femeia care era pusă, de această inutilă iubire pentru tine, pe un piedestal?

Ştii bine că pe tine te voiam, sufletul tău să fie alături de al meu, nu să simt mereu un şarpe lângă mine, că eşti rece, eşti de piatră şi niciodată nu m-am simţit iubit, nu am simţit că mă săruţi tu ci animalul din tine, dorinţa care, odată potolită, deveneai ca o mobilă din dormitor, rece, indiferentă, ba mai rău, ironică de atâtea ori, rea, injustă şi, ştii bine, cu tine

nimic, niciodată nu se poate discuta normal despre nimic, nici despre lucuri bune, despre niciun fel de probleme, despre ceva neplăcut nici atât,
că mereu tu sari la gâtul omului şi nu te gândeşti că, înainte de-a să...i la
gâtul cuiva trebuie mai întâi să-i treci prin suflet. Să încerci să-l înţelegi,
să înţelegi cel puţin situaţia. Asta se numeşte empatie dar, ce ştii tu de
toate astea? Tu aduni, ca un monstru dintr-o peşteră, spiritele sărace,
nevinovate, te hrăneşti ca un vampir energetic cu trăirile altora, îţi satisfaci nevoile sufleteşti şi le trăieşti orgasmic....
- Zi ce vrei, nu te mai aud, vorbeşti aiurea şi ar trebui să te gândeşti bine
că îmi e foarte, foarte uşor să renunţ la tine, să ştii. Defapt ştii bine...,
rosti Tudoriţa roşie de furie, cu toată faţa broboane de transpiraţie
simţind, ştiind că *gata, s-a terminat* dar voia ca *ea* să fie cea care câştigă,
care iese învingătoare, care îl lasă pe el, nu el.
- Ştiu că pentru tine ideea de convieţuire, ce să mai spun de o căsătorie
sau grija pentru altul sunt inexistente, tu iei, defapt smulgi doar ce ai
nevoie din noi, cei amărâţi şi proşti.Tu nu te dăruieşti, te umpli şi te saturi cu dăruirea celorlalţi, te hrăneşti cu iubiri, cu sentimente sincere,
dând în schimb fraze goale de conţinut, sens, fără pic de viaţă. Otrăveşti
suflete nevinovate, îi minţi în faţă şi le impui camelonic, şerpeşte, cum e
cazul, ideile tale, concepţiile tale care nici măcar nu sunt ale tale, jonglezi
cu fraze cărora tu nici măcar nu le înţelegi sensul, ba le mai şi
răstălmăceşti de iese ceva de groază dar, cine să-ţi spună toate astea?! Ştii
bine cum sari în sus la orice cuvânt care nu-ţi convine. Ştii bine că tu
crezi că numai tu ai dreptate, că tu le ştii pe toate şi eşti convinsă, nu doar
îţi imaginezi, tu chiar crezi că noi existăm pentru că aşa vrei tu.
Le iei fraierilor mai ales şansa de a creşte firesc, natural, le impui un stil
cretin, utopic de viaţă, visezi noaptea ceva şi a doua zi apari cu reţetele
fericirii garantate de parcă ai fi *mama Omida* şi ei, tâmpiţii planetei sunt
convişi că e cum spui tu.
Nu pot să cred...!
Şi îi trecură prin faţa ochilor şi prin vene, rapid, ca înainte de moarte,

toate blestematele alea şase luni cât stătuse cu ea, la ea, ultimile fiind
chiar lunile cele mai al dracului de călduroase zile, dormind la ea,
plecând şi venind, mâncând acolo, mai ales mâncând.

Îşi aminti, acum simţind realmente greaţă, văzând cheliuţa aia umedă
cum se transformă într-un soi de fântână arteziană, din care ţâşneau
picături de apă cum ţâşnesc lacrimile din ochii copiiilor când plânge din
tot sufletul, îşi aminti, de data asta cu scârbă, cum o privea el ameţit şi
fericit toate sfârşiturile de săptămână gătind în bucătăria ce părea, dintr-
o dată foarte mică, atunci când intra ea şi se-nvârtea ca o puştoaică, doar
cu un hălăţel prins neglijent în faţă, în rest cu toate alea în aer, cu bucile
mult în spate, atârnate, toată numai găurele de la celulită dar el o vedea
pe ea întreagă şi iubirea lui pentru femeia asta care lui îi părea unică în
lume, *femeia lui* şi atât.

Răutatea ei o făcuse urâtă, respingătoare şi dezgustătoare. Nu mai avea
nimic frumos în ea, oricât încerca bărbatul să o regăsescă pe *Tudoriţa lui*
în el, nu mai era.

Îşi amintea, acum cu scârbă, felul cum, atunci când făcea ea bunătăţi la
sfârşiturile lor de săptămână doar pentru ei, vedea pur şi simplu cum i se
umplea fruntea cu broboane mari de transpiraţie şi care cădeau, ca de pe
streşini apa de ploaie, în oalele de pe aragaz, în castronul cu salată.

Şi cum făcea ea salata de roşii cu ceapă la omleta veşnic arsă... Îi curgea
zeama printre degetele *ca nişte crenvurşti*, gândi el acum şi, în momentul
acela putea să jure că nu-şi amintea s-o fi văzut vreodată spălându-se pe
mâinile alea, după ce se tot scărpina de căldură ba în cap, ba pe sub halat,
peste tot pe unde era sau nu păr.

Şi pentru prima oară de când era cu ea, se cutremură de noile senzaţii
care îi făceau ţăndări sufletul.

Se scutură înfrigurat simţind stomacul făcându-i-se ghem, *pentru prima
şi ultima oară*, gândi el deoarece era limpede, nu avea de gând să se mai
întoarcă vreodată acolo, nici de-ar depinde de asta viaţa lui.

În acelaşi timp vorbea, vorbea aruncând din el tot năduful adunat de când o ştia, *n-ar mai fi ştiut-o,* gândi el cu obidă.

Vorbea şi nu putea, privind obsesiv cheliuţa aia, să nu-şi amintească toate, absolut toate dedesubturile unei relaţii de care s-a ruşinat, nu în faţa celorlalţi pentru că afară, peste tot la braţ cu ea, era cel mai fericit şi mândru bărbat care ştia că are lângă el femeia vieţii lui, inegalabila lui pereche.

S-a ruşinat în faţa lui, în momentele acelea de noapte târzie când, sprijinindu-se cu braţele de noptiera din dormitor, se privea în oglinda învăluită în umbră, adânc, fix în întunericul ochilor ce păreau de smoală, două pete negre într-o imensitate neagră, făcându-l să transpire ca-n iad. Un iad trăia, un coşmar din care credea că numai mort va mai putea scăpa.

Într-o supremă sforţare, bărbatul, fără să mai aştepte răspunsuri sau gesturi, nimic, absolut nimic, ieşi trântind uşa, lăsând în urmă tot ce crezuse şi dorise să fie ea, el, ei doi, şi ruşinea că fusese părtaş involuntar, complice la toate, tăcând atâta timp.

A fost cândva o iubire şi s-a stins cum se stinge câte un vis în zori, uneori scurgându-se ca o lacrimă printre genele încă închise, zdrobită, evaporându-se-n uitare.

***

Tudoriţei îi veniră în minte multe scene, momente şi nume din trecutul nu prea îndepărtat şi pe care le savura, le retrăia încercând, astfel, să se convingă iar şi iar de puterea magică pe care o avea asupra bărbaţilor, fie în viaţa virtuală, fie în realitate, conştientă că cine o cunoaşte, nu o mai uită, chiar dacă omul care i se dăruieşte sufleteşte mai mult decât trupeşte, odată cu ruperea de ea, el lăsându-i ei, de bună voie, sau ea smulgând din el brutal, bucata cea mai mare din ceea ce a fost sau ar fi putut să fie.

Şi nu-i păsa de rănile lăsate-n urmă, capabilă să calce peste cadavre, în drumul ei spre un orizont pentru care știa că merită să se trezească în fiecare zi.

Dar avea nevoie de certitudini palpabile, de o viață reală, avea nevoie de o continuitate *pe viu* a ceea ce începuse virtual în marea sa aventură pe Internet.

Avea nevoie de altceva, de acel *ceva* pentru care ea venise în acest loc din întregul Univers.

Simțea că nu aici se vor opri lucrurile, știa că nu doar până aici a trebuit să ajungă, voia și știa, cumva, că acesta era doar începutul, că nu venise ora, momentul marelui adevăr dar îl visa, îl adulmeca vibrând în așteptarea marii ei victorii asupra omenirii întregi.

***

După ce și-a închiriat apartamentul luxos în centrul orașului de la poalele munților, după îndrăgosteli, iubiri fugare sau profunde și despărțiri, suferințe înecate în alcool și suportate cu medicamente, după jocuri pe Internet la webcam, după ce un an a lenevit și s-a distrat prin baruri nopțile cu prietene și prieteni *de ocazie*, Tudorița s-a decis să caute de lucru, să iasă cumva din amorțeală, să mai lase dulciurile, alcoolul, fripturile și bărbații.

La câteva săptămâni de căutări, printr-un prieten, căruia nu i-a rămas datoare, și-a găsit un loc de muncă într-o multinațională, la contabilitate, unde lucra la un calculator într-o încăpere imensă, alături de mai multe persoane, fiecare la biroul și calculatorul său dar acest lucru nu o împiedica să mențină contactul cu fanii săi, din ce în ce mai numeroși în Facebook.

Viața în oceanul imens al Internetului era o nebunie pe care toți, tineri și mai puțin tineri o trăiau din plin și sub toate aspectele. De la prietenii la amoruri, jurăminte de iubire, promisiuni, certuri, chiar amenințări, hărțuiri și despărțiri.

Se creau profiluri false, circulau fotografii indecente, nu se mai ştia sigur cine cu cine stă de vorbă, dacă persoana de la celălalt capăt, din spatele celuilalt monitor este femeie sau bărbat, copil sau vreun boşorog libidinos, pedofil sau violator, poate chiar asasin în serie, căutându-şi victimele printre naivele şi naivii ameţiţi de o lume pe care acum o descopereau şi din care rupeau cu dinţii hălci cu o foame de libertate animalică.

Tudoriţa nu era intimidată de Internet, considerându-se deja de-a casei pe Facebook, ea fiind binecunoscuta *Ducesa* încă de pe H5.

Doar că acesta era secretul ei, nimeni nu-l ştia, nici cea mai bună prietenă.

Dealtfel nu mai avea nicio prietenă *cea mai bună*, toate fiind din ce în ce mai reci, mai invidioae pe succesul ei în online, în viaţa socială, succes pe care, susţinea ea, îl merită pentru că a suferit destul până acum, aşa că, spunea ea, sosise vremea să fie fericită, să capete locul ce i se cuvine în lume, tot ceea ce merită pentru bunătatea şi felul ei îngeresc de a fi.

Visa cu ochii deschişi, se minţea singură în privinţa felului ei de a fi dar ajunsese să creadă prima fiecare cuvânt pe care îl rostea cui voia să o asculte.

Curând a ajuns să se facă remarcată şi la serviciu, convinsă că în sens pozitiv, chiar dacă părea mai timidă, tăcută şi retrasă, aşa cum stătea ea cocoşată şi extrem de concentrată peste monitorul de pe biroul său, folosind tastatura cu abilitate.

A fost extrem de uimită când, într-o zi, chiar şeful cel mare, Directorul General Nimiceanu, trecând printre mesele angajaţilor s-a oprit la masa ei şi, privind-o în ochii ei bulbucaţi, albăstrui-verzui, i-a zâmbit.

Ştiu că i-am plăcut, am simţit că s-a excitat, i s-au mărit pupilele şi a căscat gura dând să spună ceva sau doar a rămas aşa, cu gura căscată, haha!

Şi-a ţipat ea bucuria în creieri, înfulecând repede o prăjitură cumpărată de la cofetăria de la parter, ca să nu leşine de prea mare emoţie.

Şi nu s-a înşelat. După nici o săptămână, Tudoriţa a fost chemată în biroul Directorului.

Tremurând, Tudoriţa bătu la uşă dar nu ştia că era capitonată pe partea din interior, aşa că nu a auzit nici un răspuns. Aşteptă un timp după care apăru secretara, o femeie între două vârste, care intră fără să bată la uşă. După câteva secunde secretara ieşi zâmbind, roşie la faţă, şoptindu-i;

- Intră, te aşteaptă domunul director.

- Bună ziua, murmură Tudoriţa privind, cum îi era obiceiul roată prin toată încăperea şi fu nevoie de ceva vreme să cuprindă tot acel spaţiu uriaş ca să poposească în sfârşit pe figura bărbatului tolănit pe un fotoliu uriaş, negru din piele clar veritabilă.

- Bună ziua, drăguţă! Hai, ia loc! Şi-i arătă o canapea lângă perete, chiar la o parte a uşii mari căptuşită bine pentru a nu putea fi auzit niciun sunet din încăperea extrem de uriaşă în care trona un birou şi el negru, lucios şi pe care zăceau teancuri de dosare, un telefon fix cu fax, fireşte.

Tot peretele din spatele biroului era o adevărată bibliotecă, încărcată cu tot felul de cărţi, sigur de specialitate, gândi Tudoriţa intimidată.

- Te numeşti Tudoriţa, aşa este? Frumos nume, nu se mai poartă prea mult azi numele noastre cu adevărat tradiţionale. Cum îţi spune soţul, iubitul...? Prietenii cum te strigă? Întrebă bărbatul punând pe măsuţa din faţa canapelei pe care se aşezase fata un pahar cu suc de portocale şi o ceaşcă cu cafea. Se duse apoi la un frigider undeva după o perdea şi luă de acolo o tăviţă cu prăjituri pe care o puse lângă paharul cu suc şi ceaşca de cafea. Toate acestea le făcu în linişte fără să o întrebe dacă doreşte sau nu să servească ceva, pur şi simplu i le aşeză în faţă cu un gest clar, să fie con-sumate.

- Ăăă, păi nu sunt căsătorită şi nici iubit nu am, rosti Tudoriţa. Şi toată lumea îmi spune chiar aşa, Tudoriţa.

- Aşa că n-ai nici măcar un iubit, rosti omul cu vocea groasă şi, zâmbind o îmbie să servească ce i se pusese dinainte.

Cum ea tocmai mâncase şi, de emoţii simţea un nod mare în gât şi stomac, încercă să se eschiveze dar bărbatul insistă şi-i împinse paharul cu suc, farfurioara şi ceşcuţa foarte aproape de marginea măsuţei, mai să i le toarne în poală.

Tudoriţa se dădu mai înapoi dar nu prea încăpea suficient încât să-i intre şi genunchii sub măsuţă aşa că rămase cu picioarele strânse, cu genunchii dezveliţi şi cu mâinile în poală, încă neîndrăznind să se atingă de nimic din faţa ei.

- Ei, uite că iau şi eu o prăjitură, râse bărbatul, hai nu te sfii, se vede că îţi place să mănânci, asta mă atrage la tine, să ştii, la persoanele care ştiu să trăiască fără să se chinuie cu tot felul de diete.

Fără să aibă intenţia, o jignea căci Tudoriţa era complexată de modul cum arăta şi foarte rar mânca în public, doar ciugulea atunci când chiar nu avea de ales şi trebuia să iasă în oraş cu prietenele şi prietenii la o masă, un chef,

- Eu mănânc, uite, vezi? Continuă bărbatul să sporovăiască ca şi cum nu şi-ar fi dat seama că a făcut o gafă. Şi realmente nu şi-a dat seama de asta. Fără să se sinchisească, el înfulecă rapid două bucăţi de prăjitură apoi se ridică şi-şi luă din barul de sub birou o sticlă de whisky, un pahar, îşi turnă cam cât două degete din licoarea aceea în pahar şi-l dădu peste cap dintr-o dată.

Părea surescitat, dintr-o dată începu să transpire şi să se agite, aşa că îşi mai turnă în pahar o porţie şi mai mare dar începu să o bea uşor, cu înghiţituri mici uitându-se de sus, din picioare la Tudoriţa care demult nu îl mai privea, uitându-se fix la genunchii ei înţepeniţi între măsuţă şi sofaua de piele neagră, neştiind ce să facă, ce să spună, ce o să se întâmple.

Era de-a dreptul speriată, intimidată şi îi venea să fugă în apartamentul ei luxos şi să se plângă prietenilor de pe Facebook de toate cele întâmplate, fireşte sub alt nume, alt profil, să primească sfaturi, alinări, ea la rândul ei să se aline şi să îl înjure pe faţă pe nemernicul ăsta care o chinuia fără rost şi fără să ştie exact ce voia de la ea, de ce se purta aşa cu ea, nevenindu-i să creadă ceea ce era evident, că bărbatul o vede şi o doreşte ca pe o femelă, el un mascul din ce în ce mai excitat.

Omul îşi dădu seama că femeia nu se simte în largul său şi aduse un alt pahar, unul ca al său, turnă puţin whisky în el şi completă restul cu suc de portocale.

- Aşa bei? Hai, bea! Şi directorul îi întinse paharul astfel că Tudoriţa îl luă cu amâdouă mâinile tremurând şi, fără să se uite la faţa omului sorbi o gură din pahar. I se păru greţos, un gust oribil, o combinaţie pe care nu o încercase niciodată.

Poate dacă punea băutura în cafea ar fi fost mai bună, gândi ea dar continuă să soarbă din pahar înghiţituri mici, mici numai să nu o mai întrebe nimic, să se termine totul şi să poate ieşi de acolo.

Dintr-o dată îşi dădu seama că omuleţul acesta e ca toţi ceilalţi, că mai e şi bătrân şi burtos, vicios şi nesimţit, libidinos şi prea credea că tot ce e în trustul acela îi aparţine de drept.

- Hai că e mai bine acum, nu-i aşa, Tudoriţo? Întrebă omuleţul care, din ditamai directorul devenise în ochii femeii un biet omuleţ fără importanţă. Dar îşi dădu seama că omuleţul acesta este cel mai puternic om de acolo, că are bani, că de el depinde dacă ea mai lucrează sau nu acolo, că...

- Daaa, domnule director, este muuult mai bineee, rosti ea mieros, oarecum chiar încălzită şi subit relaxată.

Directorul se aplecă peste măsuţă spre ea, o privi adând în ochii ei bulbucaţi, acum verzi de la semiîntunericul din încăpere, o privi cu negura ochilor lui mari, alungiţi şi adânciţi în orbite, cu cearcăne profunde, negre, mai negre decât tenul tuciuriu al omului din faţa ei.

- Tudoriţo, ştii ce o să fac acum? O întrebă maliţios, zâmbind şi lingându-se pe buze.

Înainte ca Tudoriţa să poată răspunde, el bău repede ce mai rămăsese în paharul lui şi îi prinse fetei capul în mâinile lui late, o strânse de obraji şi o sărută cu patimă şi lung, atât de lung că Tudoriţei i se tăie repiraţia.

După ce îi dădu drumul, femeia se ridică şi dădu să fugă pe uşă afară dar bărbatul era deja acolo şi acoperise cu trupul lui robust toată uşa.

- Unde pleci aşa? Nu ţi-ai luat rămas bun, Tudoriţo! De mine nu fuge nimeni că, dacă nu fuge are multe de câştigat. Şi o luă în braţe, o sărută cu patimă şi o trânti pe canapeaua-sofa pe care stătuse Tudoriţa înainte. Îi ridică fusta, îi dădu ştrampii şi chiloţii în jos, se desfăcu şi el la pantaloni şi o penetră cu forţă acolo, pe sofa, fără niciun preambul, fără să o sărute, fără să spună nimic. Ofta, gemea, o apăsa şi se zbătea în ea, intra şi ieşea până reuşi să ejaculeze, având grijă să o facă pe burta ei şi nu în interior. Apoi îi aruncă o cârpă, ce apăru nu se ştie de unde, să se şteargă, se şterse şi el cu un prosop, îşi trase panatonii, se încheie la nasturi şi se aşeză tacticos în fotoliul lui de la biroul somptuos, privind-o cum ea se ştergea şi se tot ştergea deşi de mult nu mai avea nimic pe pielea deja sângerie de atâta frecat. Tudoriţa plângea. Observă că bărbatul o priveşte şi îşi trase repede fusta în jos iar pe sub fustă încercă să-şi ridice chiloţii şi ştampii.

- Ei, ţi-a plăcut? A fost cam repede dar mi-era poftă de tine de atunci, de când te-am văzut, să ştii. De ce plângi? Ai spus că nu ai iubit, nu ai înşelat pe nimeni, nu ai de ce să plângi, râse el satisfăcut şi calm. Uite, de acum eşti amanata mea, da? Te iau cu mine peste tot şi îţi dau tot ce vrei tu! Haide, şterge-ţi lacrimile, haide! Auzi, tu ai carnet de şofer? O întrebă aşa, deodată.

- Nu, nu am, şopti Tudoriţa printre lacrimi.

- Păi am găsit să împuşc doi iepuri odată şi ieşi câştigată şi tu! Mergem la un motel în afara oraşului, te învăţ să conduci cu maşina mea, facem ture în afara oraşului, te înscriu la şcoala de şoferi şi cât mai repede îţi iei carnetul, eu îţi cumpăr o maşină şi gata! Ei, ce zici? E bine aşa? Tudoriţo?! Şi o miră cu o curiozitate ca şi cum ar fi vrut să vadă dacă ea se bucură cu adevărat, dacă cumva o să îi sară în braţe în pielea goală ca altele sau... ce o să facă?!

- Mulţumesc, sunteţi foarte amabil, da, este bine aşa, rosti Tudoriţa umil şi cu faţa în flăcări căci ştia că la un motel însemna înainte sex şi după aceea învăţatul condusului, apoi orele şi examene şi... cine ştie dacă şi când şi maşina aia.

- Hai măăă, nu fi aşa supărată, că-mi place, o să ne distrăm de minune, ia să vezi tu ce bine o duci aici şi peste tot cu mine, măi, Tudoriţo, măi!

Râse el şi se ridică excitat din nou, îndreptându-se spre ea cu gândul s-o aibă iar dar femeia deja deschisese uşa care, chiar neîncuiată, fără un telefon înainte, nimeni nu ar fi îndrăznit vreodată să intre.

- Mă laşi aşa, nebuno? Se supără el mai în glumă, mai în serios. Ce fac eu acum cu asta? Şi-i arătă pantalonul umflat între picioare. Cum calmez eu focul ăsta ce-l aprinzi tu în mine, Tudoriţo?

- Lăsaţi, lăsaţi că este timp, am spus că mergem undeva, mergem..., rosti Tudoriţa speriată şi o zbughi pe uşă afară lăsându-l pe omul acela cu mâna peste pantaloni, strângându-şi în palma lui lată penisul în erecţie.

Doamne, mare eşti tu, Doamnele meu de m-ai scăpat acum, rosti în gând Tudoriţa încercând să îşi aranjeze cât de cât zulufii ieşiţi din coada împletită şi să-şi îndrepte bluza şifonată, fusta întoarsă cumva cu fermoarul aproape în faţă, să se linştească, să pară cât de cât ea, Tudoriţa cea de toate zilele.

Cred că ar trebui să intru la baie, acolo pot să mă aranjez un pic, să dau cu apă pe faţă că simt că iau foc obrajii. Doamne, ce om, ce animal! Dar ce noroc pe mine că mă place. Chiar mă place şi, cu cât îl joc şi-l întărât, cu atât mai multe am de câştigat de la el, râse Tudoriţa privindu-se în oglinzile mari ale băii în care intrase să-şi pună la punct ţinuta.

Nu bănuia că toată lumea din sala aceea uriaşă ştia de ce fusese chemată ea de directorul Nimiceanu în birou. Credea că nimeni nu va intui ceea ce se întâmplase acolo.

Când a intrat cu paşi grei şi fermi în sala mare, îndreptându-se demnă spre masa ei de lucru, pas cu pas a înţeles că toţi ştiau ce se întâmplase, toţi ştiau că nu avea cum să scape, nou venită în instituţie, suficient pentru directorul acela ca să o culeagă ca pe un fruct, fie el mai copt aşa, pe care să-l molfăie până se satură sau până apare alt fruct, unul mai proaspăt, diferit.

Așadar aici e o tradiție, lumea știe și poate că multe au trecut prin ce am trecut eu dar nimeni nu spune nimic pentru că-și pierde postul, nu au cum să câștige în fața acestui multi miliardar pervers. Ei bine, cu mine și-a găsit nașul! Eu îl storc de ultimul bănuț, măcar să mă aleg cu ceva ca lumea dacă mă las terfelită de el, gândea Tudorița neprivind pe nimeni în față, așezându-se cât de dreaptă și zâmbitoare putea pe scaunul din fața biroului său. Și fără să-i mai pese de ceva, deschise pagina ei de Facebook unde începu să chetuiască vrute și nevrute cu toată lumea.

Încă un pas mare în viața mea! Sunt semne, toate astea sunt semene bune și trebuie să profit de tot ce mi se întâmplă, să iau ce e bun din toate ca să ajung acolo unde vreau eu. Și voi ajunge, eu voi ajunge!

În jumătate de an avea carnetul de șofer și mașină nou-nouță pe numele ei, cu asigurare cu tot. Directorul s-a ținut de cuvânt. Dar a stors-o ca pe o lămâie.

O îndopa cu toate bunătățurile, a învățat-o la băuturi scumpe, văzând-o mare amatoare de spirtoase, cu mâncăruri alese, lume bună, haine de lux, gusturi fine de mare doamnă.

Și Tudorița se comporta ca atare. Își luase aere de nevastă de director general la muncă, nu făcea nimic altceva decât chetuia pe Facebook deși știa că Nimiceanu e gelos și că o controla și în telefonul mobil și pe laptop și pe calculatorul din apartamentul acela ce i se părea acum mult mai puțin luxos și unde nu prea se mai ducea decât să plătească o chirie degeaba. Dar îl ținea pentru că avea nevoie să locuiască undeva când nu era plecată sau nu petrecea nopțile cu Nimiceanu.

La început directorul i-a promis că o să îi cumpere o vilă la marginea orașului dar treceau lunile și el nu mai pomenea de asta. Părea că-și uitase toate promisiunile.

Tudorița tot spera să ia banii de la director pentru vilă, măcar o parte, măcar să o ajute cu avansul şi nişte bani la rate, să-i ia mobila pe care o visase şi despre care vorbiseră ei doi. Dar el nu mai zicea nimic de la o vreme. Ba chiar o ocolea la serviciu.

Nu mai venea printre salariaţi, nu o chema la el în birou ca înainte când spunea că i s-a făcut un dor de moarte de ea, nimic in toate astea.

Rar ieşea cu ea undeva, cel mai adesea departe de oraş, la un motel pierdut prin munţi, murdar, neştiut de nimeni. Acolo o poseda cum avea el chef şi de câte ori avea poftă până dimineaţa apoi, fără o vorbă o ducea în faţa blocului la apartamentul unde locuia cu chirie. Abia avea timp Tudoriţa să se spele, să se schimbe, să poată ajunge la serviciu.

Amantul ei era tot mai departe de ea. Şi tot mai rece. Îi trecuse pasiunea, gata! Simţea că-l pierde, nu accepta că deja l-a pierdut ci că *ar putea* să-l piardă. Dar realitatea era alta, îl pierduse după un an deşi relaţia lor, după cum se purta şi din ce îi promitea el, părea că va ţine o viaţă.

Nimiceanu era *îndrăgostit* de altcineva, o fată nouă, măritată dar frumoasă, vicioasă şi care nu avea atâtea nevoi, nici nu-i sugerase vreodată să-şi lase nevasta şi să o ia pe ea de soţie cum a îndrăznit Tudoriţa să facă într-o noapte de nebunii, beţi amândoi, excitaţi şi exaltaţi, rupţi complet de realitate, convinşi că doar ei doi sunt pe pământ.

Ştia Nimiceanu să trăiască şi putea să înveţe şi pe alţii cum să simtă viaţa dar el avea acasă o familie şi peste familia lui nimic şi nimeni nu conta, nu trecea. Familia lui era ceva sfânt, intangibil.

Soţia lui ştia de mulţi ani de infidelităţile sale, nu cu amănunte, nici persoane cu nume şi prenume dar nici nu a vrut vreodată să ştie mai mult decât ştia, mai bine spus, intuia. Era mulţumită cu viaţa ei aşa şi aşa voia să trăiască şi să îşi vadă de copii şi de casă. Ştia ea că Nimiceanu o iubeşte în felul lui şi acum, după şaisprezece ani de căsnicie şi ei îi era suficient.

Ducea o viaţă de lux, nu-i lipsea nimic. Nici măcar iubirea, respectul deşi altă femeie ar fi fost oripilată să ştie că soţul o înşală.

Ea ştia că *nu există bărbat pentru o singură femeie*, nu neapărat nici unul dar, al ei cu siguranţă nu putea fi bărbat pentru o singură femeie. Şi punct.

Ea se ocupa cu pictura, crea şi modele de haine, îşi instruia fiica în domeniul artei, erau, nu doar mamă şi fiică ci, până la un punct, datorită vârstei fetiţei, şi prietene.

Tudoriţa nu ştia toate astea şi urzea cele mai negre răzbunări dacă amantul nu se ţinea de cuvânt şi nu-i cumpără vila aceea promisă cu mobilă cu tot. Sau măcar un apartament mare, luxos în centrul oraşului de la poale de munte, raiul turiştilor străini, *fântâni ambulante cu bani*, cum îi numea Tudoriţa.

*

Casa în care a locuit Tudoriţa cu tată-său aparţinuse unui descendent de viţă nobilă, origine pe care ea şi-o atribuie ori de câte ori vine vorba despre ea şi rădăcinile ei, amestecând strămoşii, numele şi faima cărora le aparţinuse casa, naţionalizată de comunişti. După revoluţie n-a revendicat-o nimeni pentru că ultimul vlăstar al acelui neam de nobili murise cu mult înainte de a se naşte Tudoriţa.

Numai întâmplarea a făcut să ajungă să fie lăsaţi, ea şi bătrânul ei tată să locuiască acolo până la moartea lui Pafnutie, moment în care fata a fost dusă la Casa Copilului.

Tudoriţa revendica în faţa tuturor numele, viţa şi blazonul nobilei familii din care nu mai rămăsese decât casa aceea, acum coşcovită, cu zidurile jupuite, lăsând să se vadă cărămizile roase de ploi, mucegai şi vreme, în unele locuri, acolo unde cărămizile erau căzute sau smulse, putându-se vârî pumnul direct în casă.

Clădirea aceea veche, ce se ţine într-o rână, înconjurată de bălării şi resturi de betoane, mizerii de tot felul, gunoaie, reziduuri menajere, câinii şi pisicii vagabonzi dând târcoale după resturile de mâncare, părea învăluită într-un voal de mister. Părea stranie poate şi prin contrastul cu clădirile noi, lucioase ale sediilor de bănci, instituțiilor de tot felul construite de jur împrejurul acestei case dar și pentru că nimeni nu intra acolo, nimeni nu luase nimic din tot ce fusese acolo, nici chiar hoții în căutare de lemn sau fier nu cutezau să spargă ușa mare, legată cu lanțuri groase de care atârna un lacăt greu, ruginit.

De la o vreme însă, Tudorița, în drumul ei spre instituția la care lucra a văzut, de la volanul mașinii, o oarecare vânzoleală în jurul casei copilăriei sale. De câteva zile, stând la semafor și așteptând să se facă verde, observă oameni cu trepieduri pe care erau montate niște aparate care, de deaparte, arătau ca cele de fotografiat și prin care se uitau câțiva oameni, măsurând ceva din toate unghiurile, scriind apoi cine știe ce în carnețelele lor.

Știa că sunt topografi, știa ea bine că bătuse ceasul și pentru *casa ei*, pentru *blazonul* care pierea odată cu zidurile acelea vechi, știa și nu se hotăra dacă să se bucure că, odată cu dispariția acelei case dispare și trecutul ei și-al bătrânului său tată, ori să se întristeze că nu va mai exista nimic material din ceea ce credea că a fost cândva castelul ei, ea rămânând prințesa dezmoștenită, fără castel... dar o prințesă căci *titlul* nu i-l putea lua nimeni.

Credința că aparține unui neam nobil cu sânge albastru era înrădăcinată în mintea ei; demult alungase crunta realitate, demult își fabricase o viață din trecut ce trebuia să se potrivească la cea de acum, cea de înger, prințesă, binefăcătoare a omenirii.

Ura omenirea, continua s-o urască în totalitate, ea nu se considera om, ea era *cineva venit din înalt* să înnobileze cu propria prezență, cu ideile, pașii, gândurile, cuvintele și privirile ei umilele ființe care i se ploconeau la picioare în număr tot mai mare, tot mai mare.

*

- Acum urmează să mă ocup puțin de nemernicul acela care nu m-a plătit cum a spus după ce am fost cu el în concediu. I-am făcut toate poftele, l-am făcut să se simtă în al nouălea cer, boșorogul, iar acum nu răspunde nici la telefon. Uită că are un nume, că e cineva aici în oraș și că eu îl pot face de râs, îl pot denigra cu dovezi, doar am fotografii, înregistrări. Se poate alege praful de locul lui de muncă, de imaginea lui publică, de familia lui care nici nu știe ce fel de om este acest porc.

Tudorița a format un număr de telefon și, la răspunsul secretarei a cerut, pe un ton categoric, să fie pusă în legătură imediată cu directorul general Nimiceanu.

- Cine îl caută, vă rog frumos?! A întrebat secretara.

- Amanta lui.

Secretara nu a mai rostit niciun cuvânt și liniștea s-a lăsat și de o parte și alta a legăturii telefonice. Tudorița a lăsat telefonul mobil deschis pe măsuța de lângă sofa.

După nici un minut s-a auzit un clik, semn că telefonul secretarei s-a închis. Tudorița a auzit sunând telefonul fix. S-a ridicat de pe sofaua unde stătea tolănită înfulecând niște eclere și, lingându-se pe degete de crema lipicioasă, a luat telefonul.

- Alo? Rostit ea cu voce tăioasă și sigură.

- Tudorița, te-am rugat să nu mă mai suni la serviciu! A spus Nimiceanu cu voce cât mai calmă, dată fiind situația și modul cum s-a prezentat Tudorița secretarei care, se știa, era *gură spartă*, așa că, de acum, zvonurile că va urma un scandal cu directorul și una dintre amantele lui, vor deveni inevitabil realitate și vor ajunge și la urechile soției omului care, până atunci, nu a avut astfel de probleme, aventurile sale nefiind recunoscute în mod public.

Nimiceanu știa să fie discret, atât el cât și femeile care îl însoțeau prin delegații, excursii, plimbări, profitând, fiecare în felul său, unul de celălalt dar fără să se dea în spectacol. Ca într-o afacere. Și se crea un soi de complicitate. Apoi, când pasiunea se topea, totul revenea la normal, cei împlicați în relație rămânând amici sau, după caz, nemaivăzându-se niciodată.

- Şi eu te-am rugat să îmi dai banii pe care mi i-ai promis, sunt o grămadă de bani, ştii bine că vreau să dau avansul la o vilă, ai promis că mi-o cumperi tu şi acum nici măcar de avans nu vrei să auzi. Ți-ai făcut poftele şi gata?! Ştii că m-au întrebat prietenele din Facebook dacă *broscoiul* care se oglindeşte în ochelarii mei de soare, când mi-ai făcut tu poza, este *prinţul meu mult aşteptat*?

Râdeau de mine şi de tine, de noi. Am fost nevoită, de ruşine, să şterg fotografia deşi era, poate, cea mai reuşită poză a mea dintre toate de atunci însă a trebuit să apari tu în ochelarii mei şi să strici totul cu burta ta şi de cât de bătrân te vezi şi eşti! Şuieră printre dinţi Tudoriţa cu o ură nedisimulată niciun pic. Tu nu mă cunoşti pe mine, să ştii!

A adăugat cu venin Tudoriţa.

- Nici tu nu mă cunoşti pe mine, Tudoriţa! Ţi-am plătit concediul, ţi-am făcut toate poftele, ţi-ai cumpărat absolut tot ce ai dorit, ai şi o maşină luată de mine, pe numele tău, cu acte în regulă. O vilă nu pot să îţi cumpăr pentru că bate la ochi, tu ştii bine asta şi apoi banii nu sunt ai mei, eu nu câştig chiar atâta, ţi-am mai spus. Sunt bani daţi de UE pentru rezolvarea unor probleme ce ţin de responsabilităţile mele profesionale. Ştiai asta de la început, i-a replicat omul de afaceri care învârtea milioane de euro şi care şi-a dat seama că de această femeie nu va mai scăpa niciodată dacă nu pune lururile la punct legal. Cu orice risc personal, familial. Era dispus să-şi asume, acum pe faţă, toate erorile de bărbat infidel.

Astfel a cerut ajutorul poliţiei şi toată conversaţia a fost înregistrată.

- Tu nu ştii cât rău pot să îţi fac! Eu chiar acum am să sun la soţia ta şi la copiii tăi, care sunt destul de mari să înţeleagă ce fel de tată au, am să public pe Facebook şi în toate mediile de comunicare fotografii cu tine dezbrăcat, cu noi peste tot, am capturile cu discuţiile noastre în care îmi spui tot felul de porcării şi totul va fi făcut public! Tuna Tudoriţa la telefon.

- Tudoriţa, te mai rog odată, încetează cu ameninţările astea.

- Crezi că dacă te-am mai ameninţat de câteva ori tot aşa şi nu am făcut-o, de data asta nu mă voi ţine de cuvânt? Crezi că mi-e frică de tine? Ţie ar trebui să îţi fie frică de mine pentru că eu cunosc în persoană mulţi din *lumea interlopă* care ar putea să te extermine şi pe tine şi familia ta întreagă. Tu dai banii şi *te lăsăm* în pace, atâta îţi spun.

- Aici am ajuns? Până acum toate ameninţările tale au fost voalate, acum eşti directă. Mă ameninţi cu adevărat sau încerci să mă intimidezi? O întrebă Nimiceanu cumva amuzat.

Tudoriţa simţi că pierde teren şi că omul nu crede o iotă din ce i se spune la telefon aşa că începu să pluseze:

- Cunosc oameni care se ocupă cu arme, cu trafic de tot felul, îi ştiu de mult, îi am şi în Facebook, le ştiu adresele, numele real, îi ştiu personal. Ei sunt capabili de orice, pot să îţi ia fata şi să o facă să dispară, s-o vândă ca pe o vacă şi tu să nu mai ai cum ajunge la ea s-o salvezi, cu toate milioanele tale. Şi asta pentru că, cei care vor face asta pentru mine, mă iubesc şi sunt capabili să o facă, ei pot şi o vor face. Nu ca tine, un laş şi un mincinos! Şi să ştii, tu eşti o pradă uşoară, aşa că mai bine plăteşte cât ţi se cere acum, altfel va trebui să plăteşti mai mai mult.

Dintr-o dată telefonul s-a închis şi la uşa locuinţei Tudoriţei s-au auzit izbituri extrem de puternice. Uşa de la intrare a ajuns în mijlocul casei, ruptă în două.

Ea a sărit în sus şi căuta cu ochii ieşiţi din orbite un loc unde să se ascundă. Nu a apucat să ia nici măcar o gură de aer şi a fost luată din mijlocul locuinţei pe sus de mascaţi înarmaţi, târâtă în stradă unde, mai multe echipe de televiziune şi jurnalişti cu reportofoanele spre ea, încercau s-o ajungă, întrebând-o dacă are ceva de declarat.

- Sunt răpită din casa mea, nu ştiu cine sunt aceşti oameni, sunt o cetăţeană corectă, nu am greşit nimănui cu nimic, este o încălcar a drepturilor mele ca om, să daţi asta pe post, vă rooog, ţipa ea în timp ce i se puneau cătuşele pe mâinile încrucişate la spate.

A urmat un proces în care Tudoriţa a trebuit să povestească şi să dovedească ce spune, cu acte medicale, că are probleme psihice, că a fost internată de mică şi de multe ori prin staţiuni de boli mintale grave, că lua tratament dar că în ultimul timp nu mai voia să înghită pastile pentru că simţea că pierde controlul. Că ea crede că acum nu mai are nimic grav dar că a suferit un fel de *nebunie temporară* şi că este o victimă a acelui om care a minţit-o şi a profitat de ea fără să o plătească.

O ţinea sus şi tare că i-a promis că îi dă banii pentru o casă, o vilă la marginea oraşului şi nu a mai vrut să ştie de ea după ce s-au întors din vacanţă.

- Dumneata ştii că cerând bani pentru servicii sexuale este ilegal iar fapta se încadrează la prostituţie?

- Nu sunt prostituată, este normal ca bărbatul să plătească!

- Ce anume să plătească? Întrebă judecătorul.

- Tot. Nimic nu e degeaba. Şi uitaţi-vă la el. Şi la mine. Vedeţi..., diferenţa de vârstă...

- Dumneata te-ai îndrăgostit de acest om?

- Cine s-ar putea îndrăgosti de un om aşa?

- Atunci aţi fost împreună pentru bani?

- Nu am avut interese. El mi-a promis toate alea.

- Spuneaţi că aveţi probleme de sănătate. Aveţi dovezi? Sunt depuse la dosar? Domnule avocat?! Insistă Judecătorul.

Avocatul din oficiu al Tudoriţei a prezentat ieşirile din instituţiile unde a fost internată de câteva ori din motive de boli psihice, comportament impulsiv, conflictiv încă din copilărie.

- Vreau să vă spun că am o boală gravă de la douăzeci şi unu de ani, *scleroză multiplă* şi am o recădere a bolii mele cronice, am făcut şi un infarct, sunt foarte bolnavă, pot face chiar acum o criză de inimă şi toţi sunteţi răspunzători pentru asta. Iar acest om mi-a făcut mare, mare rău. A profitat de mine. Trebuie să plătească! Insista Tudoriţa ţipând, agitându-se, încercând să ajungă la Nimiceanu să-l scuipe în față mai de aproape că de departe a făcut-o de multe ori fără jenă, fără rușine în fața completului de judecată, a oamenilor din sală, fără să o poată ține cineva în frâu.

A trebuit să fie luată pe sus din sală și dusă direct la Spitalul de Psihiatrie unde au calmat-o cu injecții și unde a stat trei săptămâni internată, sub observație și tratament medicamentos, șocuri electrice și psihoterapie.

Acolo a aflat că a primit o condamnare de doi ani cu suspendare, pentru amenințare și șantaj.

I s-a explicat că trebuie să stea cuminte, să își ia tratamentul prescris la ieșire, să încerce să înceapă o viață nouă, departe de conflicte, oameni periculoși, mai ales să nu ajungă iar la fapte ca cele de acum pentru că riscă o pedeapsă mult mai mare, la care se adaugă și cea pe care a primit-o, de data asta doar la dosar, pe hârtie.

Nimic din ceea ce i s-a spus nu a înțeles, nu a vrut să priceapă. Ea nu putea fi schimbată. Era așa cum credea că este, unică, un geniu neînțeles, iubită de toată omenirea iar cei câțiva care nu sunt de acord cu ea sau i se pun de-a curmezișul, sunt cei care nu văd în ea ceea ce ar trebui să vadă, un înger.

Nu înțelegea că dacă ar fi să existe un înger pe pământ, asta ar însemna că a fost azvârlit din cer.

După ce a ieșit din spital, Tudorița s-a întors la calculatorul ei, la profilurile și personalitățile ei, la lumea care o aștepta ca pe moaștele nu știu cărui sfânt pogorât pe pământ. Așa credea ea. Și pentru *cei mulți* chiar așa era.

Pentru ea sigur așa era, convinsă fiind că, fără Ducesa, lumea dispare, se volatilizează, că rostul ei aici este să *deschidă* minți și buzunare, adică să poată turna cu pâlnia ideile ei de clarvăzătoare și, firește, să fie plătită pentru asta regește.

Căci, firește, cum ar putea gândi, crea fără fastul din jurul ei, fără bani în conturi, fără case, fără luxul din ele, fără maşinile elegante şi adulaţia *celor mulţi, atât de mulţi*?!

***

CAPITOLUL 3

Scriitoare

În blogul său personal din Facebook, Tudoriţa a început să scrie ce prindea din zbor de pe la alţii, răsfoind pagini pe Google din autori consacraţi, scriitori de renume, cu precădere dintre cei care muriseră de multă vreme, literatura universală fiind preferata ei. Avea un prieten pe Google, *translate*, cu el se descurca de minune şi scria cum ieşea, ce mai conta dacă nu era chiar ceea ce voise autorul să spună?! Cine mai stătea să controleze, să o controleze pe ea, pe Ducesa?

Ea nu citea. Nici nu putea fi vorba să citească o carte; era atât de uşor să intre în site.uri. unde fiecare autor cunoscut şi recunoscut avea o întreagă listă cu cele mai frumoase şi apreciate fraze, definiţii ale iubirii, idei despre viaţă, filosofie existenţială în general, ea preferând acele locuri unde le găsea în limba originală, engleză mai ales şi, folosind traducătorul, adăugând pe ici pe colo câte ceva personal, reuşea să închege un text, o frază măcar, în fiecare zi.

Dacă era doar o propoziţie care-i plăcea ei, şi-o însuşea fără nicio modificare, ca şi cum ar fi fost personală, stoarsă de creierii săi. O copia exact cum era scrisă, tradusă, fireşte, apoi o publica pe blogul ei cu emfază, lăcrimând şi frecându-şi mâinile de fericire văzând cum curg *like*.urile şi inimioarele, laudele, cuvintele de iubire şi admiraţie ale *celor mulţi*, tot mai mulţi, adunaţi grămadă în blogul său.

Nu avea nicio secundă sentimentul de vină dacă lua de pe unde apuca acele idei întregi, fraze deja formate, texte care nu-i aparţineau. Tudoriţa le *prelucra* pe ici pe colo, chiar dacă din fraza aceea ajungea să nu se mai înţeleagă ideea principală, apoi le trântea cu satisfacţie în blogul din Facebook.

Aduna şi aduna suflete rănite, sfătoasă şi iubitoare în blogul deja tot mai cunoscut pe Facebook, mai ales când şi-a adus acolo şi vechea trupă din H5 unde, cu destul timp în urmă, ea dădea cu dărnicie sfaturi despre amor şi tot felul de ritualuri, ceva între religie şi erezie.

A început să scrie *cu adevărat o carte, cartea ei*!

Aduna fraze, tot ce publicase ea de-a lungul timpului prin Internet, chiar şi mesajele între ea şi iubiţii ei virtuali din H5, Yahoo Messenger, discuţii despre familiile lor, ale bărbaţilor, despre poveştile lor de iubire de dinainte, despre certuri, despărţiri, gânduri, fireşte doar ale lor.

Tudoriţa, pe lângă bărbaţii animalici, mulţi făcând parte de prin benzi periculoase din lumea interlopă, aşa cum recunoscuse, ea întâlnise şi bărbaţi romantici care scriau profund, cu romantism şi sinceritate despre ce simţeau faţă de Ducesa lor.

Tudoriţa scria orice prindea şi i se părea ei frumos, adăuga totul acolo, la textul care începea să semene cu nişte capitole de carte.

Deşi scria din povestirile şi vieţile altora, ba descriind şi scene din filme romantice, abordând teme cu personaje din telenovele, acestea fiind cele care o acaparaseră încă de când au apărut, cu foarte mult timp înainte să se apuce de scris, ea încerca să pară cât mai naturală, originală, credibilă, totul fiind doar despre ea şi numai despre ea, lumea toată gravitând în jurul său.

Nu a spus nimănui că scrie o carte, ea numind-o *autobiografică* dar publica în blogul personal pasaje din ceea ce urma să fie o carte, cartea ei, viața ei, nu cea care fusese și era ci acea viață pe care a visat-o și pe care, scriind-o, credea sau voia să creadă că, prin cine știe ce minune, se va schimba în realitate.

Și da, viața ei s-a schimbat radical după publicare, după succesul fulminant, incendiar în acest spațiu imens, creația.

În realitate, la Tudorița nu despre *creație* era vorba ci despre *cei mulți* care, cumpărând cartea ei, au adus o avere autoarei și celor care au lansat, sub *luminile rampei,* o necunoscută.

Au jucat pe o carte cu toții și au câștigat!

Tudorița își scria *propria poveste* și care urma să o propulseze în înalturi sau să dea cu ea de pământ. Știa bine ce risca, mai ales că nimic din ceea ce aduna, pagină cu pagină în laptopul ei, nu era real.

Inventa povești, singurul lucru real în toate istoriile acelea fiind ea, cea care le copia de la alții, căci scria povești de viață spuse de alți oameni, bărbați sau femei, nu conta, oameni cunoscuți în viața reală dar și mai mulți în Internet.

Erau acei oameni care-și deschideau sufletul în fața ei sperând în sfaturi și miracole. Ei toți își puneau sufletul în palme îngenunchind la picioarele Tudoriței, virtual, cu istorii de viață de-a dreptul cutremurătoare și, cel mai important, adevărate.

Cum nimeni nu știa cine era cu adevărat Ducesa, în blogul ei se strânseseră sute de mii de oameni. Și toți așteptau textele, frazele și cuvintele aproape zilnice ale Ducesei lor cu sufletul la gură.

Tudorița scria la modul serios, cât de *serios* era capabilă, prin metodele *inspirației din alte izvoare,* uneori luând *izvorul* cu totul, o carte despre o femeie care *ar fi vrut* să fie ea.

Și a scris-o în așa fel încât a convins o lume întreagă, *lumea ei,* cea care o putea înțelege și pe care ea o putea la rândul ei înțelege. Și nu erau puțini cei care au aşteptat cartea şi pe care au devorat-o, divinizând-o pe autoare.

Contul din bancă creşte ameţitor, incredibil. Nu se aşteptase să aibă vreodată atâţia bani şi să fie ai ei, câştigaţi de ea. Şi din ce?! Din ceva ce ea nu apreciase niciodată, dintr-o carte.

Astfel a ajuns să dea un avans la bancă şi să îşi cumpere, în rate, vila mult visată, cea pe care Nimiceanu nu a vrut să i-o cumpere.

Şi uite cum un şut în cur e un pas înainte, şi-a spus ea cu emfază şi crăpând în sinea ei de mândrie.

Tudoriţa trăia feeric, era pe altă lume. Şi, ca întotdeauna, ori de era supărată, ori de era fericită, mânca în exces. Mânca până simţea că explodează apoi se ura pentru ceea ce-şi făcea singură dar pierduse controlul asupra ei însăşi exact cum a pierdut controlul şi privind succesul fulminant al cărţii sale scrisă şi publicată, căutată peste tot, vorbindu-se despre ea peste tot, lucru nemaiîntâlnit în ani şi ani de zile, poate niciodată la aşa nivel, contribuind la promovarea şi extinderea informaţiilor şi tehnologia, Internetul, veşnicul ei prieten care o răsplătea, acum, pentru fidelitatea cu care i-a umplut spaţiul zi şi noapte, ani şi ani în diferite locuri, sub diferite nume, cu diferite scopuri.

Dar ce mai conta? Important acum era faptul că Internetul devenise suportul de bază al propagării, prin publicitate acerbă a cărţii ei, suportul veştilor bune, comunicării, felicitărilor, lacrimilor de fericire.

Iar conturilor bancare ce se umflau văzând cu ochii, sporeau fericirea şi senzaţia de ireal pe care o trăia Tudoriţa clipă de clipă, zi de zi, părând că nu se va termina niciodată acest moment, acest sublim sentiment de învingătoare.

Mai avea nevoie acum doar de un lucru, să fie frumoasă, să strălucească, să uimească lumea şi sub acest aspect, mai ales sub acest aspect unde nu era sigură de ea absolut deloc.

Astfel a căutat ajutor specializat, fiind sfătuită de ocrotitorii săi să înceapă procesul transformării sale, acum având destui bani să facă absolut orice dorea.

S-a dus la terapie la psiholog, fără niciun rezultat însă. A ţinut diete dar mai nimic nu funcţiona. Continua să ia în greutate îngrijorător de rapid.

Aşa că a decis să ia în calcul opţiuni drastice, să îşi pună balon gastric sau să se opereze şi să i se micşoreze stomacul, urmând apoi o viaţă sănătoasă, mişcare multă, sport cât putea şi atitudine pozitivă.

Cum nu era singură în lupta ei, existând destule persoane ce aveau tot interesul ca Tudoriţa să arate bine şi să facă faţă celebrităţii la care ajungea în salturi uriaşe, tot mai în faţă, tot mai vizibilă, mai strălucitoare, ea s-a agăţat, căţărându-se treaptă cu treaptă, de fiecare.

Mai avea un pic dar cât mai rămăsese era, pentru ea, cel mai greu, să se schimbe cât de cât fizic, să capete încredere în ea atât cât să poată să iasă în lume, lupta cu ea însăşi putând fi câştigată doar aşa, ajutată de ceilalţi.

Şi nu ducea lipsă de prieteni care să pună umărul în a clădi acest *castel* din pagini de carte.

Sfătuită la fiecare pas, Tudoriţa decide mai întâi să încerce o liposucţie dar dacă rezultatele nu vor fi pe măsura aşteptărilor, rămânea opţiunea operaţiei sau balonul gastric.

Tudoriţa opta pentru operaţie deşi îi era frică de faptul că ar putea să nu se mai trezească din anestezie, una din multele ei fobii dintotdeauna.

Ar fi culmea, tocmai acum să mi se întâmple asta, ar fi cumplit de nedrept, acum când am toată omenirea la picioare! Se speria ea în gând nopţile când o chinuiau coşmaruri de tot felul.

Prima mare schimbare fizică a decis să fie ochii. Din exoftalmici cum erau, medicii au reuşit o operaţie în care părea totul natural, normal, complet diferit de ceea ce fusese înainte Tudoriţa.

Acum nu mai semăn cu mama, îşi spuse ea fericită!

*Ce bucuros ar fi tata, ce mândru de **princesa** lui, cum îi plăcea să mă alinte! Oare mă alinta așa, **princesa**, sau chiar nu știa să pronunțe cuvântul prințesă?* Mai gândi ea și adormi la loc după operație. Se simțea extrem de obosită.

După perioada de refacere a operației estetice la ochi, a trecut la liposucție. Procedura aceasta, însă, nu a reușit cum ar fi dorit Tudorița.

Decide să se opereze. Cu toții au ajuns la concluzia că este singura soluție ca ea să slăbească: un stomac mic, terapie și hrană sănătoasă, mișcare și atitudine pozitivă.

Tudorița s-a trezit din operație și, mai hotărâtă ca niciodată, a respectat cu sfințenie toate sfaturile pe care i le-au dau medicii și dieteticienii, mergând și la sală, făcând sport, începând să iasă în lume tot mai des, aproape zilnic la tot felul de evenimente care aveau, firește, legătură doar cu ea și cartea ei.

După ce a slăbit suficient, asta însemnând aproape doi ani de muncă și sacrificii, Tudorița a ajuns la ultima fază a transformării, operația pentru excesul de piele.

Au trecut câteva luni bune după ultima operație până să se vadă, realmente, rezultatele și Tudorița să se declare mulțumită.

Slăbise foarte mult, a suferit dureri atroce dar a răbdat totul cu stoicism pentru că voia să fie la înălțimea operei sale și a faimei care trecuse dincolo de granițe mai repede decât reușise cel mai bun scriitor, nu doar actual cât și din alte vremuri.

După alte câteva luni a decis să își ridice sânii cu silicoane dar nu să îi micșoreze, deși erau foarte mari, grei și deloc estetici, acum contrastând aproape disgrațios cu restul corpului. Nu-i păsa, îi voia ea așa, uriași. Așa i-a obținut!

Picioarelor nu prea avea ce să le facă în afară de eliminarea pielii în exces, rămasă după pierderea în greutate. A apelat, pentru picioare, la acele masaje cu aparatură specială care, după un timp destul de îndelungat și-au arătat eficiența.

Astfel că, după mai bine de trei ani, Tudoriţa devenise de nerecunoscut fizic, atât la faţă cât mai ales la corp.

Nu o dată, mai pe la început, se speria dimineaţa în oglinda din baia ei mare, luxoasă ca o cameră veritabilă, când se privea în oglindă şi nu se recunoştea deloc.

Era, fizic, cu adevărat altă persoană, frumoasă, fină, aşa cum, credea ea, s-ar simţi, dacă ar gândi şi ar şti, o larvă înainte de a se transforma într-un fluture.

Devenise strălucitoare, o femeie care acum da, putea şi chiar avea lumea la picioare. Şi i s-a părut dintr-o dată atât de firesc încât a intrat în noua-i piele uşor, fără probleme, amuzându-se copios când vechile cunoştinţe, nemaivorbind de foştii vecini de pe unde a locuit, vânzătoarele de unde obişnuia să cumpere ce avea nevoie, se uitau la ea admirativ ca apoi să caşte gura a uimire, aflând pe cine au defapt în faţa lor.

Schimbarea exterioară a Tudoriţei întrecuse orice aşteptare iar banii şi medicina evoluată, aparatura şi talentul unor medici au făcut din femeia aceasta o adevărată bijuterie, o Ducesă a noţiunii de frumuseţe, a perfecţiunii feminine.

Încă toată numai cicatrici, suportând durerile cu calmante şi alcool, ea se înfăţişează lumii la televizor sau prin marile localuri, librării, săli de spectacole în cadrul unor conferinţe aşa zis *benefice*, căci trebuia să apară şi ca *mama tuturor săracilor din ţară*, astfel că ajunge un nume pe buzele tuturor, televiziunile luptându-se pentru interviuri, emisiunile gen talk show, unde Tudoriţa povestea şi tot povestea despre ceea ce credea ea că va convinge, evident nimic din cele spuse fiind real, fără să îi pese că multe, foarte multe persoane încă în viaţă o cunosc foarte bine de mică şi îi ştiau viaţa, o cunoşteau şi, prin nu se ştie ce miracol, nu spuneau nimic, pur şi simplu tăcând, lăsând-o să pară ceea ce ea a visat de o viaţă să fie, o stea pe cerul celor mai adorate vedete umane, considerând că face o favoare omenirii întregi lăsându-se citită, atinsă, iubită, adorată, interogată, ca orice muritor, ea fiind o fiinţă superioară, venită special pe pământ pentru a salva suflete.

*

- Salut, omule, îl strigă o voce cunoscută, Ovidiu întorcând imediat capul. Îl văzu şi nu-i venea să creadă, era chiar prietenul lui din copilărie, era acolo în Londra, apăruse ca din senin şi odată cu el parcă toată viaţa lui din ţară, bună, rea cum a fost dar apariţia aceasta neaşteptată îl umplu de bucurie nostalgică.
- Tudor, eşti chiar tu? Doamne, nu-mi vine să cred! Cum ai ajuns aici, de când... ?!
- Hahaha, râse bărbatul luându-l în braţe pe Ovidiu şi ridicându-l în sus câţiva centimetri. Sunt de o lună de zile în Anglia dar nu te-am căutat pentru că voiam mult de tot să îţi văd faţa pe care tocmai o ai acum, mai spuse bărbatul şi, împreună intrară în primul bar întâlnit să depene amintiri, să povestească liniştiţi, departe de vânzoleala şi zgomotul din centrul oraşului.
- Haide, spune-mi, tu cât ai de gând să stai? Ai venit la lucru, ai pe cineva, unde locuieşti? Nu mai prididea Ovidiu cu întrebările.
- Hei, las-o mai uşor, râse iar Tudor. Stai un pic, hai să ciocnim şi să ne bem băutura şi cafeluţa şi apoi mai cerem un rând şi povestim. Îţi voi răspunde la toate întrebările. Mi-era dor să ne vedem, să reluăm prietenia noastră de unde am lăsat-o, atunci, în urmă cu atâţia ani... Şi Tudor îl privi cu drag, ca pe un frate de care îi fusese tare dor şi care se bucura cu tot sufletul să-l vadă în carne şi oase alături, la o masă, povestind ca pe vremuri despre orice, fără secrete între ei.
- Păi, bine ai venit în primul rând, râse Ovidiu şi ciocni paharul cu cognac, apoi sorbi o înghiţitură din cafeaua aburindă.
- Bine te-am găsit, repetă el gestul şi bău din lichidul care-i arse limba, el

nefiind mare băutor, nu de spirtoase dar acolo comandară ce voise Ovidiu, el fiind amator de bere.

- Şi, insistă Ovidiu, eşti în vizită?

- Nu, nu sunt în vizită, am venit să rămân, cel puţin câţiva ani, să muncesc şi să strâng un ban, să ajut acasă să terminăm vila şi să îmi fac afacerea cu hotelul în Constanţa, spuse calm şi decis Tudor.

- Woow! Păi ai planuri mari şi mă bucur. Sper că aici te-ai stabilit dacă eşti de o lună de zile în Anglia.

- Da, stau cu o familie de polonezi, au casa lor aici şi mi-au închiriat o parte din ea, este ca un fel de locuinţă separată de casa lor, lipită însă de casa mare, între noi fiind garajul lor cu loc pentru două maşini mari. Locuinţa unde stau eu are de toate, un living mare, fără zid spre bucătărie, o baie cu duş, un dormitor, afară am spaţiul meu, un fel de grădină micuţă, este cumva în spatele casei lor. Este super, râse Tudor relaxat şi vesel că-şi reîntâlnise prietenul. Am avut multe de rezolvat şi voiam să fiu în ordine cu toate să am timp să te caut, să ne întâlnim la o bere, să povestim, să vii pe la mine, să ştiu de tine, să ne spunem tot, compensând cumva tot timpul acesta care, chiar dacă am tot comunicat pe net, nu e la fel ca în realitate, nu?!

- Nici nu ai idee cât mă bucur să te văd, rosti Ovidiu, dintr-o dată puţin întristat totuşi, contrastând cele spuse cu ceea ce se citea pe faţa lui.

- Tu cum stai? Ce faci toată ziua când nu eşti la lucru? Îl întrebă jovial Tudor, aşa, cumva şmechereşte, provocându-l şi voind, instinctiv să îl scoată din starea aceea de înnegureală care parcă începea să-l domine, făcându-l dintr-o dată mai tăcut, retras cumva în el.

- Stau bine, nevastă-mea lucrează şi ea, copilul este la şcoală, e ok. Nu mă plâng, rosti Ovidiu parcă şi mai trist.

- Hai, mă, spune-mi ce te frământă, haide, ştii bine că te cunosc, simt când ai ceva pe suflet, zi, ce e? Îl întrebă direct, privindu-l în ochi pe prietenul lui de-o viaţă pe care-l cunoştea mai bine decât oricine.

- Păi, măi Tudore, tu ştii că eu am avut un fel de relaţie pe Internet cu una Ducesa. Am făcut pe dracu-n patru să pot să stau cu ea nopţile de vorbă şi dracu mai ştie ce de era să-mi distrug relaţia cu nevasta, pe atunci eram necăsătoriţi dar o iubeam.

Începusem s-o iau razna cu sărita aia de Ducesă, mă obseda şi profitam, mai ales când eram singur nopţile, să o las să mă stoarcă de tot ce era în mine şi-mi plăcea, o căutam şi eu, era o curată nebunie..., tu ştii.

Oftă Ovidiu şi se mişcă în scaun destul de incomodat de situaţia pe care se vedea clar că îl deranja acum.

- Păi aia e acum mare scriitoare, mă, ce ştii tu?! Râse Tudor şi încercă s-o dea în glumă, văzându-l pe Ovidiu afectat şi neînţelegând gravitatea situaţiei, motivul stării prietenului pentru o fostă şi antică poveste aiurea de pe net acum, hăăăt, ani.

- Păi, Tudore, tu nu ştii toată povestea, nu ştii nimic, ce ţi-am povestit eu este nimic, mă, eu eram îndrăgostit lulea de fantoma aia. Şi acum mă apucă ruşinea şi toţi dracii când văd ce scrie că, nu ştiu dacă tu ai citit ceva scris de ea dar eu am făcut rost de cartea ei şi m-am îngrozit, mă! E viaţa mea şi a unor prieteni de-ai mei acolo, nicidecum despre ea şi viaţa ei. Să vezi acolo invenţii, fatasmagorii, îmi vine să urlu.

- Ovidiu, hai, măăă, las-o dracu, cine ştie despre cine e vorba, doar nu ştia nimeni despre voi doi, doar ea şi tu, ce, crezi că stă cineva acum să caute cu lupa cine e cine şi când şi cum şi de ce? Încercă Tudor să-şi încurajeze prietenul.

- Ştii, Tudore, eu am picat ca un fraier în plasa ei, pur şi simplu ca un prost, ca un puştan din ăla de şaişpe ani, cu coşuri pe faţă şi care se masturbează prin veceul şcolii după ora de matematică văzând cincizeci de minute nişte craci ai profesoarei mai sus decât era permis.

- Aaa, haha, aşadar şi tu erai vrăjit de profa de mate?! Cred că toţi eram în limbă după ea, haha! Râdea acum Tudor de se sălta masa sub care burta lui, rezultatul berilor băute de-a lungul anilor, sălta ca o minge uriaşă, ca cele din sălile de fitness.

- Tudore, păi tu nu ştii cum era fiinţa aia, mă! Era o făptură care te atrăgea printr-un soi de magnetism ce te prindea cum prinzi apa-n pumn, ori o corolă de floare şi te strângea uşor, cât să simţi că gata, eşti pierdut, scăpare nu mai ai. Şi fără de veste îţi dădea drumul, închidea ochii şi tu simţeai că eşti liber, că poţi oricând să pleci. Dar nu mai voiai să pleci, îţi luase voinţa, puterea, totul. Erai robul acelei fiinţe străvezii, cu ochi cenuşii, cu faţa de-abia zărită printre buclele blonde. Nu puteai să ţi-o imaginezi decât aşa cum se descria ea, cu siguranţă era aşa, ea!

Şi iubeai starea aceea de prizonierat care-ţi turna în vene plumb fierbinte, te făceai tot mai greu, tot mai greu şi viaţa încremenea în tine luând forma ochilor, privirilor şi zâmbetului de-abia schiţat al ei.

Era ea şi înţelegeai asta din primul moment. Aceeaşi care te urmărise de-o viaţă în toate visele crescând cu tine, în tine până acum când mare tu, mare şi ea, v-aţi întâlnit.

Ciudată întâlnire, pe internet. Totul cu ea era straniu, ciudat, totul.

Şi ai ştiut că e diferită, că e ea. Fără să o fi văzut, fără să o fi auzit, fără să o fi căutat, fără să ştii, ai înţeles că e ea, că o cheamă Ducesa, nici nu putea să o cheme altfel, şi că ea e destinul şi pedeapsa ta.

Ovidiu tăcu brusc şi plecă ochii uitându-se cu încăpăţânare la vârfurile ghetelor care, aşa aduse şi ridicate mult în sus păreau nişte ciocuri de raţă, aşteptându-te să înceapă să scoată nişte sunete ori să plece singure, fără picioare şi fără omul acela prăbuşit în el, adus de spinare sub greutatea amintirilor care i-au distrus viaţa parcă încă înainte de-a se naşte.

Făcând un efort, sub privirile încremenite ale prietenului său, reîncepu să vorbească şi, ca un robot, rostind repede, ca pe o lecţie învăţată de acasă, continuă descrierea celei care-l marcase pe viaţă sub toate aspectele.

- Ducesa era o cruce greu de dus pentru oricine ajungea să o cunoască, să intre în sfera ei de atracţie.

Cu timpul mi-am dat seama că nu sunt singurul cu care era în contact, am înţeles că pentru ea internetul este o joacă şi că nu se teme de nimic pentru că nu ştie nimeni cine e cu adevărat. Puteam să cred că este un bărbat dar nu, eram sigur că este o femeie, doar o femeie putea să mă zăpăcească în halul acela. Doar o femeie putea să facă toate acele jocuri în lumea asta virtuală. Şi nu orice femeie, ea singură. Mă rog, poate sunt multe astfel de femei dar eu pe ea am ajuns să o întâlnesc atunci, deja bărbat în toată firea şi nu pot să spun că o cunoşteam, nu am cunoscut-o personal, spun doar că după o vreme, după mai bine de doi ani de *relaţie nebună*, am înţeles, nu cine este, am înţeles ce anume este, cum este. Puteam din primul moment să îmi imaginez o fiinţă reală ca ea, să îi pun faţă, corp, ochi, păr şi toate păreau deosebite, frumoase. Dar pe toate le umbrea acea răutate înnăscută, o răceală pe care i-o simţeam în privirile unor ochi nevăzuţi, o atitudine sfidătoare din fiecare gest şi aceasta fără să-i fi văzut gesticulările, ura care-i scăpa din fiecare cuvânt când se supăra, vorbind noi ore întregi la telefon.

Ea nu ştia să se supere, să se certe, ea ura direct şi urmau răzbunările. Nu răzbunarea ci răzbunările, fiecare cuvânt definind-o, conturând personalitatea aceea care, fără exagerare, ar fi avut un nume în patologia psihiatriei. Eu nu sunt psiholog dar oricine îşi poate da seama, după ce scapă de mirajul acestei fiinţe, dacă scapă, că tot din ceea ce spune ea, tot ce o poate defini, propriile ei fraze, gânduri, cuvinte scrise, spuse, şoptite la telefon sunt artificiale, nişte cópii. E un fel de robot. Şi am devenit la fel ca să o pot înţelege. Aşa am înţeles eu atunci de ce, cum se spune, ”ceea ce nu te omoară te face mai puternic”. Înţelegeam. Dar agonizam, nici nu muream, nici nu trăiam.

Fiind clar mitomană, asta ştiu şi copiii ce înseamnă, ei bine ajunsese să creadă înaintea celorlalţi ceea ce spunea celor cu care venea în contact. Ea era prima care credea în tot ce inventa. Probabil că această Ducesă se crede şi azi şi chiar o fi *fantoma Internetului*, una dintre ele, aia rea. Pentru mine a fost un coşmar şi încă nu s-a terminat.

Am avut o colegă la liceu, nu ştiu dacă ţi-am vorbit de ea, continuă el după o înghiţitură din a treia cafea cerută, că tu te-ai mutat din a unşpea, era cam în genul acela al Ducesei, da, acum îmi amintesc, am recunoscut genul..., da, şi ea, da, era atât de prinsă de ce ne spunea încât, deşi era limpede că minte şi că nimic nu poate fi posibil, turuia înainte, se-mbujora şi scotea pe gură lucruri total lipsite de realism cu o atitudine atât de firească încât ţi se făcea ruşine. Nu puteai să o priveşti în ochi de teama de-a nu te bufni râsul, ori de-a nu te surprinde că îţi vine să caşti. Probabil că este ceva extrem de comun căci amândouă, şi cea din adolescenţa mea şi cea din internet, aveau o *tarā* care umbrea farmecul poveştilor inventate, dorinţa aia a lor de-a avea ultimul cuvânt. Ultimul. Asta dacă aveai loc, spaţiu, timp să spui ceva.

Dacă, în ceea ce priveşte fosta colegă, nu am avut o relaţie de niciun fel la nivel personal, deci nu m-a afectat direct, cu această Ducesă da, am avut tot felul de relaţii, ştii, din cele care *pot lua fiinţă*, să zicem, în spaţiul online.

Eu mereu m-am arătat la webcam, ea nu, eu mereu am fost deschis, ea era, nu ştiu, surprinzătoare, ba iubită, ba amică, soră, mamă, nu mai ştiu, juca tot felul de roluri, mă zăpăcise.

Cu mare greutate am reuşit să îi smulg un număr de telefon, precis unul fără contract, să nu poată fi identificată. La început nu aveam nevoie să ştiu prea multe despre ea, ştiam destule prin ceea ce mă făcea să simt. Şi probabil că simţeam mai mult decât gândeam pentru că a reuşit să mă termine sufleteşte, mental, a reuşit să îmi ştie viaţa toată, amănunte, locuri, oameni, întâmplări.

Uneori mă punea să repet de parcă îşi lua notiţe după cele spuse de mine, parcă era o elevă şi eu eram profesorul.

Părea uneori atât de naivă, neajutorată, neştiutoare în toate, alteori părea o perversă în toate sensurile, *se juca serios*, cum spunea ea, se juca practic cu mine, cu sentimentele mele şi a trecut uşor, uşor la următoarele faze, niveluri, ca să mă exprim în termeni tehnologici, că tot vorbim de *jocuri pe internet*. Nivel după nivel a ajuns să mă domine, să mă judece, să mă şantajeze emoţional, sentimental, să mă vâre în situaţii cumplite până la urmă.

Am fugit de ea luni de zile, mă căuta și mă punea în situații penibile față de amicii și amicele din lista mea de facebook, chiar din viața reală, mă obliga astfel să revin, să nu o părăsesc. Apoi se pisicea pe lângă mine, mă prindea iar, mă lăsam prins...

Și începea tortura. Și a durat doi ani. Nu mi-am revenit nici acum dar măcar eram liniștit.

A reapărut cum nu-mi puteam imagina că va reapărea, public! Și cu cele mai cumplite minciuni, în care a amestecat pasaje, bucăți mari din viața mea, ale iubitelor mele, dându-se drept ea, atribuindu-și personalități și nume căci sunt reale, numele celor mai dragi ființe din viața mea. Se joacă de-a Dumnezeu!

A fost un șoc citind lucruri pe care numai ea le știa, de la mine le știa. Ea, eu și ființele care au trăit cele afișate de ea. Nu știu ce măsuri legale se pot lua împotriva acestei ființe, nu am idee, acum că știu cine este, căci ea este, chiar dacă acum îi știu numele real, este Ducesa, altfel cum să se știe despre lucrurile mele personale, unele dintre ele la propriu îngropate? Bărbatul s-a uitat adânc în ochii prietenului care-l ascultase fără să clipească, într-o liniște de mormânt.

- Ce ai de gând să faci? Nu există o cale legală, mai ales acolo, acasă, la noi... Și cred că pe nicăieri. Fapte, nume, bucăți de viață, relatări din experiențe. Nu poate fi acuzată de nimic atâta timp cât nu a vorbit despre ceva în special, inedit, ceva afară de comun.

- Și ce să fac atunci? Să mă resemnez? Să ce? Dacă aș putea i-aș spune măcar atât:

Am vrut doar să știi că sunt aici și că știu! Știu că din viața mea și a familiei mele tu ți-ai creat o aură, ai pus pe tapet destine care nu-ți aparțin, te-ai împăunat cu lucruri și fapte, chiar și sentimente care nu încap în sufletul tău sec. Ai murdărit lumea mea și acum chiar nu mai am ce să îți fac în afară de a-ți mărturisi că te disprețuiesc cu toată ființa și pentru totdeauna.

Tudor îl privi pe prietenul lui de-o viață în ochi și zări acolo acel *ceva* care ne face oameni, ne diferenţiază de entităţi incapabile de a simţi ceva, orice.

*

După publicarea cărţii şi a succesului acesteia, nesperat nici chiar de Tudoriţa care, nici în cel mai frumos vis al său nu credea că ar putea ajunge la atâţia oameni, ea, oricum gândind, ca orice narcisist, că este unică şi cea mai bună în tot ce face, după succesul fulminant al cărţii ei, lumea s-a împărţit oarecum, pentru ea şi pentru mulţi alţii, în două.

O parte credea orbeşte în acest înger de pe pământ, venit special să le salveze lor sufletele şi să le lumineze calea, cealaltă parte rămânând sceptică la ceea ce scria, spunea, afişa Tudoriţa ca om, ca scriitoare ce era, pozând în fiecare rând pe Internet în cel mai pur şi nevinovat spirit întrupat în corp uman.

Şi în această fisură dintre cele două lumi, Internetul a avut iarăşi ultimul cuvânt.

Tudoriţa le-a închis gura tuturor celor care au avut curajul să pună la îndoială, fie şi o virgulă din cele scrise de ea, fie şi un cuvânt sau un gest, un oftat, pe care le exagera în faţa televiziunilor victimizându-se, învinuind duşmani nevăzuţi care o urau pentru succesul ei, pentru că, afirma cu voce joasă, abia auzită, umilă, *ea vrea să facă numai bine pe pământ, că iubeşte oamenii ei frumoşi,* fireşte doar pe cei care o adoră, acestea nefiind spuse de ea însă nici nu apăreau cu comentarii în blogul ei sau prin alte părţi cei care îi negau *bunele intenţii,* valoarea de scriitoare pentru că imediat erau puşi la punct, anulaţi din reţelele de comunicare, cei ameninţaţi fiind aceia care îşi exprimau nevinovat părerea ca persoane normale, culte, cititori care nu ajunseseră să fie convinşi de conţinutul cărţii pe care Tudoriţa a afişat-o bombastic întregii lumi.

Avea, Tudoriţa, zeci de duşmani, cel puţin aşa afirma peste tot, aştep-
tând miile de mângâieri sub formă de mesaje publice, în care să se vadă
cât de iubită este, cât de adorată şi cât de valoroasă este ea pentru sutele
de mii de oameni din ţară, ba chiar dincolo de graniţe.

Printre adoratorii ei, ea bănuia, spera, temându-se în acelaşi timp, că stă
ascuns sub nume fals şi o veche şi stranie iubire, prietenie, nici ea nu ştia
ce-a fost, ce-a mai rămas, Ştefan, un profesor de limbi străine, căruia am-
icii îi spuneau *Intelectualul* şi care nu profesa meseria, având preocupări
în alte domenii undeva prin lume, cam peste tot, după spusele lui.

S-au cunoscut de pe vremea când Tudoriţa era Ducesa pe H5 şi când, la
anumite persoane, *se arăta* aşa cum ştia ea să iubească, adică ajungea ca,
la webcam *să facă dragoste*, afirma ea cu tărie, insistând că, ce se întâmplă
acolo nu poate fi numit sex, cuvâtul acesta murdărind puterea ei de
dăruire, sacrificiul şi bunăvoinţa pe care o arăta bărbatului faţă de care ea
era, realmente, atunci, femeie.

Şi puţini erau cei aleşi, din miile care o vânau pe acolo şi prin tot Interne-
tul, să se bucure de nurii ei, foarte puţini dar şi mai puţini care ajungeau
să o cunoască în realitate, Tudoriţa fugind de ideea de a-i fi ştiută identi-
tatea din profilul Ducesa.

Cu toate reţinerile ei, Tudoriţa nu a rezistat farmecului acestui profesor,
Ştefan, poreclit Intelectualul şi pe bună dreptate căci era foarte in-
teligent, cult, pe lângă farmecul fizic de bărbat tânăr, jovial, având un
dezvoltat simţ al umorului.

Ştefan ştia foarte bine şi să ironizeze, să ajungă la punctele sensibile ale
Tudoriţei până o aducea în situaţii emoţionale extreme, practic jucându-
se cu ea cum voia el.

Era singurul bărbat din viaţa ei care ajunsese să o domine şi să o poată
controla emoţional, trezind în ea stări contradictorii, paradoxale şi
ţinând-o tot timpul cu nervii întinşi aşteptând, nici ea nu ştia ce pentru
că nu avea idee unde va ajunge această relaţie a lor.

I-a fost uşor Intelectualului s-o facă să dorească *ea* să i se arate în webcam, fireşte că doar cu acea parte pe care o mai văzuseră şi alţii dar, cu timpul, încet şi sigur, a convins-o să se vadă în realitate, să se cunoască în persoană. Era ceea ce el voia.

Tudoriţa părea hipnotizată de acest bărbat care o domina prin felul său sigur în tot ce spune şi face şi care defapt era o manipulare a psihicului ei fragil, lucru pe care Intelectualul îl intuise încă de la primele discuţii cu ea.

Ajung să se vadă, nu înainte ca Tudoriţa să îl pregătească privind fizicul ei şi de care era complexată pe atunci până într-acolo încât nici nu-i venea, uneori, să iasă din casă când era vorba de petreceri, întâlniri amoroase nici atât.

Din acest motiv ea a ratat foarte mulţi pretendenţi şi momente nenumărate de posibile plăceri reale, pe care ar fi putut să le trăiască împreună cu unul sau altul dintre cei pe care pur şi simplu îi adora, erau mereu în visele sale erotice şi creând în mintea ei adevărate aventuri pasionale, pline cu nebunii de tot felul.

Intelectualul, căruia Tudoriţa îi spunea pe numele real, Ştefan, a ajuns acasă la ea într-o seară caldă de vară.

Tudoriţa era toată numai nervi de emoţii, se învârtea prin garsoniera ei închiriată, cea de atunci de demult, aştepta să-l vadă venind, să-l vadă în cadrul uşii ca apoi să îl vadă cum face stânga-mprejur şi cum o ia la goană spre uşa de la ieşirea din bloc.

Acesta era coşmarul vieţii ei la fiecare posibilă întâlnire cu un bărbat.

Ştefan a venit, a intrat, s-a uitat puţin în jurul său şi a luat-o pur şi simplu în braţe. Au trăit o noapte de sex sălbatic, noapte care s-a repetat iar şi iar până când a devenit o necesitate pentru amândoi.

Nu se mai întâlneau în Internet, el venea la ea seara şi pleca dimineaţa.

Cu timpul, însă, după ce stingeau pasiunea şi pofta unuia de celălalt, Ştefan pleca tot mai repede, tot mai grăbit.

Tudoriţa încetase să se mai arate în webcam la alţi bărbaţi şi toţi iubiţii ei se plângeau că îi duc dorul, se temeau că a păţit ceva, chiar dacă ea era acolo şi le vorbea.

Ducesa le spunea că este doar boala ei, *scleroza multiplă,* motivul pentru care nu se mai arată, scuză pe care o folosea şi faţă de alţii cărora aproape nu le mai vorbea deloc în ultimul timp.

Cu Ştefan se întâmpla ceva ciudat, era distrat, parcă nu mai era acolo, cu ea. Şi cu adevărat, bărbatul se îndepărta tot mai mult de Tudoriţa dar nu pentru că ar fi încetat să o dorească ci pentru că nu mai suporta presiunea la care era supus datorită geloziei şi dorinţei lui de a fi numai pentru el.

El îi cerea să renunţe la relaţiile sale din Internet, să se rezume la discuţii cât mai normale, devenind astfel, prin manipularea sentimentelor ei, în mod persuasiv, dominant şi controlator. Devenise şi violent, până atunci doar în pat când făceau sex fiind mai brutal dar se observa că îşi controlează cum poate mai bine nervii atunci când aveau discuţii, mai ales privind renunţarea Tudoriţei la H5, la prietenele şi, mai ales, la prietenii săi.

Lupta asta surdă dintre ei s-a transformat într-un fel de duel verbal, un conflict pe care nici unul nu ştia să îl definească, nici să-l gestioneze, fiind bulversaţi de ceea ce simţeau căci se doreau şi se urau cu aceeaşi pasiune în acelaşi timp.

Tudoriţa, acum se temea de el şi din alte motive căci ajunsese să i se confeseze în multe, venind în faţa lui cu părţi mari din viaţa ei personală iar el deţinea secrete care ar fi putut-o leza moral, psihic, social tocmai când ea ajunsese pe culmile succesului.

O întâmplare stranie şi complet inexplicabilă, neştiută de nimeni, a făcut ca Ştefan să dispară pur şi simplu din viaţa Tudoriţei atunci, după nici un an de relaţie cu el.

Nu mai era pe nicăieri şi prietenii lor în comun, cei de pe Internet, alţii neavând în afara spaţiului online datorită geloziei bolnave a lui, nu ştiau absolut nimic despre soarta amicului lor, Intelectualul.

Au trecut anii şi părea că Tudoriţa a acceptat dispariţia acestui om ca şi cum nu a fost deşi simţea, ca un animal încolţit, mai ales acum, când era în vârful piramidei succesului, ea aşteptându-se la o lovitură de graţie.

Se temea de de Ştefan, de tot ceea ce ştia el şi putea spune sau scrie, face public, se temea mai mult decât de fostele ei prietene care o ştiau cu mult înainte de a-l fi cunoscut pe acel bărbat staniu.

Ştia, simţea că acest om, dacă mai există pe pământ, o să apară într-o zi. Şi mai ştia, Tudoriţa, că el nu va apărea ca prieten, ca iubit, ca adorator ci ca să îi facă rău, să o trântească în praful din care şi-a clădit ea succesul.

Ştia, simţea că el ştie că ea-l simte şi nu se înşela.

Undeva într-un colţ de lume, o lume frumoasă, caldă şi însorită, pe o plajă a Mării Mediterane, Intelectualul se delecta cu un trabuc şi o băutură răcoritoare din fructe tropicale.

Stătea întins într-un şezlong bronzându-se, alături, tot pe un şezlong cu un trabuc între buze, un alt bărbat, şi acesta tot în slip, la soare.

Vorbeau despre noua *stea* care apăruse pe cerul literaturii, Tudoriţa şi care semnase cartea ei cu pseudonimul ştiut de toată lumea, **Ducesa**.

Temerile ei aveau şi nu aveau temei.

Intelectualul nu o ura pe femeia aceasta, de invidiat nici atât, ştia că ea nu poate să fie în niciun rând din tot ce a scris şi a făcut-o celebră căci i-a urmărit, în toţi anii aceştia, toată traiectoria, atât în viaţa personală cât mai ales în Internet, fiind chiar unul din sutele de mii de profiluri de fani ai blogului Tudoriţei în Facebook.

Era mereu acolo şi chiar dacă ea nu ştia, îl simţea, el ştia că îl simte, ca un animal îl adulmeca dar nu ştia care, din toţi cei mulţi, putea fi el căci nu prea se potrivea *profilului fanilor săi* dar simţea că e prin preajmă, dacă nu fizic, sigur cumva sub alt nume, sub multe alte nume, poate.

- Şi uite cum, draga ta Tudoriţa, a ajuns pe culmile succesului, râse amicul de lângă Ştefan.

- Mda, se pare că lumea asta toată îşi merită soarta, e plin pământul de fraieri şi de naivi, să nu le zic pe numele real.

Ştefan rosti cuvintele neutru, fără ură faţă de Tudoriţa, fără tristeţe pentru *naivii lumii*.

- Totuşi, nu ai vrea să fii cu ea, lângă ea, acum mai ales că arată trăsnet?!

- Acum nu, chiar nu, rosti Ştefan răstit, cu o voce amară, dezamăgită.

- Totuşi...

- Nu mai e ea, nimic din ce văd şi aud nu recunosc. Şi aşa îmi era greu să o găsesc printre atâtea *personalităţi* pe care le afişa atunci pe vremuri, acum chiar nu mai vreau nici să mă apropii fizic de ea. Nimic din ce a fost, dacă o fi fost ceva bun în ea, acum chiar nu mai există.

Ştefan tăcu un moment, încercând să rememoreze ceva care ar putea fi numit *bun* la femeia pe care a iubit-o în *felul lui, potrivit felului ei*, îşi spuse el.

- Dar suferi, tu chiar suferi că a devenit aşa faimoasă şi că arată bine... De ce? După atâta vreme orice om ajunge la o stare, dacă nu de indiferenţă, cel puţin de împăcare cu el însuşi, cu situaţia. Tu ai ales să pleci, adăugă prietenul încercând să ghicească gândurile Intelectualului.

- Nu mai suportam să văd cum se destrăbălează şi nici nu eram îndrăgostit de ea, nu am fost capabil să iubesc niciodată cum ştiu că aş putea, teoretic vorbind, căci ştiu de ce pot fi capabil. Ea doar mă intriga, mă obseda într-un mod bolnăvicios şi părea mereu că are nevoie de mine, poate chiar avea nevoie de mine, altfel nu mi s-ar fi confesat cu tot ce avea pe sufletul ei. Nu avea încredere în nimeni. Ea era singură, foarte singură.

- Ea, ce crezi, te-a iubit?

- Nu cred. Ea e ca mine doar că partea aceea bazică, instinctuală, fără creier, scuză-mă, nu vreau să o fac, ştii, proastă dar..., nu comunicam la nivelul meu cu ea, mă coboram eu şi-mi era foarte greu dar cu ea era, de fiecare dată, un soi de experienţă şi gimnastică a creierului. Era ca un experiment. Până m-am saturat şi...

- Ai fugit!

- Da, am fugit în Africa. Avem o oportunitate să fac nişte bani din afacerile mele şi am plecat pur şi simplu fără un cuvânt.

- Te crede mort, mă gândesc eu.

- Nu. Ştii, e un fel de, eu cred că asta este, da, este telepatie. Ea mă simte. Simt că mă simte. Şi eu oricum îi sunt acolo în coastă, deşi nu ştie dar, e logic, nu? Cu tehnologia asta, măcar de curiozitate şi tot intri să vezi ce-ţi mai fac vechile cunoştinţe.

- Păi să ştii, ai dreptate, şi eu mă mai uit după fosta nevastă, o văd fericită şi mă apucă dracii. Dar aşa e omul, măcar sunt sincer, recunosc, sunt rău, râse amicul şi trase zdravăn din trabucul maroniu cu miros iute, amestecat cu aerul sărat, fierbinte pe care-l aducea câte o adiere din larg până la ei, la malul mării.

- Tu ştii, ţi-am mai spus despre ea, am vorbit mereu, m-am tot gândit la ea, nu o poţi uita pe Ducesa dacă ajungi să o cunoşti, pentru că nu pare reală. Nu e un om, e orice altceva dar nu om. Cel puţin mie senzaţia asta mi-a lăsat-o. Şi chiar proastă nu este, să ştii. Defapt ai văzut, se descurcă în orice situaţie; până acum a reuşit.

Doar un aspect nu l-a luat în calcul sau a ştiut să se prefacă atât de bine ca eu să cred că ea nu ştie ce intuisem despre ea.

Dar ştiam că ştie însă am plecat şi i-am lăsat spaima de ea însăşi, într-un fel ca o pedeapsă. Nu ştiu...

Dintotdeauna a avut conflicte pe Internet, aşa e ea, mai ales cu femeile. Iubea conflictele pentru că niciodată nu era singură în Internet şi făcea în aşa fel încât se iscau adevărate scandaluri între participanţii la discuţii, ea ieşind învingătoare şi chiar din discuţii, lăsând în urma ei lupta între tabere, ştiind bine că mereu *ai ei* vor lupta până la capăt s-o apere, indiferent despre ce ar fi fost vorba, orice fleac.

Acum, după ce a ajuns unde cred că nu visa nici ea, e mereu atacată de alţii. Cu toţi fanii ei, ea nu suportă să fie contrazisă, să i se adreseze cineva altfel decât laudativ, oricât de sincer şi argumentat ar fi, Tudoriţa ia foc dacă e ceva care să o deranjeze. Critica, pentru ea este scandal, ură, invidie, orice dar nu o părere a unui om citit, cu pretenţii de la scriitori.

Fiinţa asta este mereu în defensivă dar şi atacă uneori înainte de a se simţi ofensată, provoacă. Tot timpul a fost aşa, indiferent despre ce era vorba. Acum continuă la nivel mult mai mare cu *jocul ei* dar e periculos. Şi nu cred că realizează asta. Ea crede că e genial, sunt sigur că asta crede pentru că o cunosc.

Este însă o prostie, nu sunt numai eu destupat la cap şi până la urmă..., nu o văd eu prea bine pe Ducesa, rosti Ştefan, stingând, aproape îngropând restul de trabuc în nisip.

- Jocul ei? Care *joc,* deveni dintr-o dată curios şi foarte atent amicul Intelectualului.

- Ea crede, în jocul acesta al ei, că nimeni, dar absolut nimeni nu va înţelege că, riscând totul pe o carte, pe o singură idee, genială, unică, singura care-i poate aduce succesul, victoria şi menţine puterea asupra celor care i se polconesc la picioare, crede, ba nu, este sigură că nimeni, nimeni nu va putea pricepe un lucru simplu. Pentru că, fiind atât de simplu, nimeni, absolut nimeni nu l-ar putea ghici. Simplu şi nebunesc, mai bine spus nebunesc de simplu. Joacă teatru, pur şi simplu teatru şi are o tehnică simplă, susţinută foarte bine şi apărată şi mai bine de, culmea, tehnologie.

Asta face, *se autoflagelează* exact cum, în unele locuri de pe pământ sunt oameni care se pedepsesc singuri lovindu-se cu funii groase, umede pe spinare până crapă pielea, carnea, până ţâşneşte sângele şi durerea devine bucurie, bucuria iertării păcatelor înfăptuite ori doar închipuite.

Ea se *biciuieşte* singură comportându-se ca şi cum mâini nevăzute ar târîo prin ţărână în centrul oraşului, ca pe vremuri în piaţa uriaşă, unde erau aduşi cei condamnaţi la pedepse grele, apoi urcaţi pe eşafod şi decapitaţi ori spânzuraţi.

Nu ajunge ea până aici cu gândul, nici chiar aşa! Dar se poartă ca şi cum mâinile acelea nevăzute îi despletesc părul, o lasă într-o cămaşă lungă, albă şi fără guler, de parcă pe acolo lama cuţitului ar trebui să treacă fără riscul de-a întâmpina altceva decât rezistenţa fragilei pieli a gâtului feciorelnic.

Cameleonică, ia toate înfăţişările posibile, inimaginabile, capabilă să fie pentru fiecare om de pe pământ alta şi omul acela să jure că e aşa cum spune ea că e, să o urmeze hipnotizat de farmecul ei, fără să ştie care farmec, de unde vraja şi puterea aia în faţa cărora orice om, oricât de puternic ar fi fost ori ar fi crezut că este, rămânea o cârpă, o băltoacă din cubul de gheaţă care se credea a fi.

Dar nici măcar nu ştiu că li se-ntâmplă asta pentru că ea pare, şi pentru mulţi este ca ploaia, ca lumina, întuneric, acolo parcă dintotdeauna, nu a apărut aşa, peste noapte şi chiar nu a apărut aşa, peste noapte. Puţini ştiu asta şi glasul lor nu poate fi auzit pentru că nu vorbesc.

Doar unul singur ştie că în toate fiinţele care o *vânează* ca pe o vrăjitoare, căci asta este, o vrăjitoare, sau asta ar fi vrut ea să fie în toate fiinţele, mai ales în cele care o *înfierează* mai rău, care arătă că ar răsturna pământul să dea de ea, defapt este *ea!*

Se caută şi se blesteamă, se urăşte şi se iubeşte, se chinuie şi zăpăceşte lumea toată pentru că nimănui nu i-ar trece prin cap aşa o nebunie. Ea, ea singură este duşmanul, *ea este în toţi cei care o lovesc cu pietre, ea!*

Şi eu ştiam acest lucru de atunci, acum este şi mai limpede, rosti bărbatul cu glas stins, ştiam dar nu am avut puterea să o spun pentru că, dacă ar fi aflat că ştiu despre singurul ei lucru ce părea cu adevărat ca din altă lume, cu siguranţă ea ar fi dispărut atunci, acolo pe loc, ca un fum, ca un abur, ca o pală de pucioasă, întrocându-se de unde venise aici pe pământ.

Şi am tăcut, am tăcut pentru că mi-a fost milă de zbaterea ei, de toată lupta aia în care se adunase tot chinul unui suflet născut aşa, bucăţele, chinuindu-se să se adune, să se lipească, ele, bucăţile alea între ele şi, îmi spuneam eu atunci, *dacă nu pot să o ajut să-şi adune sufletul, cum să o ajut să se-mprăştie de tot?* Atunci.

Acum îmi pare rău pentru celelalte suflete. Însă demult sunt afară din *joc,* din clipa în care am ieşit pe uşa ei.

*

- Ţi-am îmbrăcat familia cu ţoalele (!) mele, Bianca, urlă Tudoriţa scoasă din minţi c-o voce răguşită şi-o furie înţepenită-n gât de prea mult timp să mai poată ieşi ca un susur de izvor, fie el şi de munte.

- Da, în bluza ta intram lejer toată familia. Era bine, nu mai aveam nevoie de plapumă sau sacii de dormit când plecam pe munte şi înnoptam pe-acolo, răspunse ironic cu *adâncă şi umilă recunoştinţă* cealaltă, un firicel de femeie delicată, finuţă, într-o postură de înţelegere şi tristă compasiune, toate amestecate cu un sentiment oarecum amuzant, de ridicol şi jenă pentru prietena ei de ani buni.

Ce auzea la telefon într-adevăr era absurd. Îi venea să râdă dar se abţinea pentru că o ştia pe Tudoriţa care *leşina* din orice, în orice loc, la orice oră.

Circul şi istericalele erau repertoriul ei preferat, cei care asistau la scenele astea simţindu-se foarte incomozi, jenaţi de fiecare dată când ea se prăbuşea, alegând cu mare grijă, cu un ochi subtil întredeschis, locul unde să cadă, urmând să se desfete pervers în ea însăşi primind îngrijirile de rigoare, moment ce-i ridica libidoul pe culmi imposibil de exprimat în cuvinte.

Aşa o ştiau toţi cei care o cunoşteau de mult, vechi prietene, prieteni, oameni de care se îndepărta tot mai mult, acuzând fără niciun motiv pe fiecare de câte ceva, justificând în felul ei obişnuit ruptura cu trecutul, spunând că toţi sunt invidioşi pe faptul că ea a devenit o persoană importantă, o celebritate.

Un mesaj! Bianca se ridică fără niciun chef, parcă ghicind cam ce urmează să citească. Şi nu era departe de adevăr. Ea luă telefonul dar văzând cât de lung era textul, renunţă, lăsă pe mai târziu lecturarea celor scrise de fosta ei prietenă.

Tudoriţa, obosită de atâtea ore în faţa monitorului se lăsase dusă de val şi, fără să-şi dea seama, scosese la iveală o mare parte din adevărul acela ce contrazicea tot ceea ce susţinuse cu câteva zile înainte în alte mesaje, lucruri de acum lipsite complet de interes pentru Bianca, femeia la casa ei, cu bărbat şi copil mic.

Tudoriţa insista că ea ştie un adevăr despre Bianca încercând să o ameninţe şi să o intimideze pe prietena căreia, în urmă cu nişte ani, i-a înşelat încrederea făcându-i o farsă josnică, jucându-se cu sentimentele şi poate chiar cu viaţa acesteia.

Tudoriţa le ura, atât pe Andra cât şi pe Bianca în egală măsură şi cu patimă. Nu ştia ce ar fi putut să le facă şi să nu fie prinsă, să nu sfârşească în puşcărie dar avea gânduri criminale când îşi amintea de ele două.

Mai ales că se temea de faptul că amândouă o ştiau de foarte mult timp, cunoscând-o sub toate aspectele, îi cunoşteau slăbiciunile şi, ce o înrăia şi înspăimânta cel mai tare, îi ştiau secretele cele mai intime, toată viaţa ei reală, tot ce trăise, gândise şi făcuse ea de-a lungul anilor, aproape imediat după ce ieşise de la Casa Copilului şi s-au cunoscut ele.

Fiind vecine, în casele acelea lipite, unde se afla şi birtul în care mamă-sa făcea de toate pe acolo pentru chirie, mâncare şi un acoperiş, Tudoriţa stătea cu Bianca tot timpul, mergeau împreună prin oraş, pierdeau vremea, Tudoriţa mai dormea la ea acasă, profitând astfel să scape din când în când măcar o noapte de atmosfera de nesuportat din nopţile când tanti Mari făcea câte un chef de pomină.

Alteori se duceau amândouă în oraş la prietena lor comună, Andra, care locuia departe, într-o zonă decentă a oraşului şi acolo se distrau toate trei povestindu-şi de-ale lor, uitând, mai ales Tudoriţa, de viaţa ei, de unde venea, ce o aştepta când trebuia să se întoarcă.

Cu anii au rămas bune prietene dar, odată cu apariţia primelor reţele de socializare, prietenia lor s-a schimbat într-un fel de competiţie.

Fireşte, Tudoriţa era cea mai activă dar nu în realitate ci doar în online, unde îşi pusese poze cu o blondă superbă, un adevărat model parcă decupat din reviste şi, cum avea atâtea profile false în Internet, s-a apucat să le joace cele mai urâte feste fetelor, Biancăi şi Andrei.

Avea Tudoriţa un profil de băiat, un tânăr mai mare ca ele, student în ultimul an la Politehnică, Dragoş, băiat finuţ, delicat şi foarte frumuşel.

Era defapt Tudoriţa şi a făcut tot ce a putut să o îndrăgostească pe Bianca de el. Iar el părea topit după ea aşa că, într-o zi, au ajuns să îşi dea întâlnire la o cofetărie din centrul oraşului ca să se cunoască în persoană.

Fireşte că Dragoş nu a venit la întâlnire şi Bianca a fost distrusă pentru că era cu adevărat îndrăgostită de băiatul acela cu care vorbea pe H5 de mai bine de trei luni şi deja credea că între ei este ceva foarte serios şi durabil, iubire adevărată.

Tudoriţa, amuzată şi râzând în pumni, i-a scris Biancăi un mesaj pe messenger în Yahoo, fireşte ca din partea lui, spunându-i că îi pare rău că nu a putut veni la întâlnire dar a trebuit să meargă la gară să o aştepte pe viitoarea lui soţie.

Atunci a aflat Bianca un lucru care a marcat-o şi a adus-o în pragul unei depresii, anume că iubitul ei o minţise tot timpul, el având defapt o logodnică şi pe care urma, acum, după terminarea facultăţii, să o ia de nevastă.

El, în mesaje îşi tot cerea scuze şi îi mărturisea că a iubit-o în felul său dar că pot foarte bine să rămână prieteni online pentru totdeauna.

Distrusă şi dezamăgită, Bianca nu a mai răspuns la ultimul mesaj, l-a şters din lista ei de prieteni şi mult timp după această tristă poveste, pentru ea o dramă imensă, a suferit, a luat medicamente prescrise de psihiatrul la care a dus-o mama ei, după ce şi-a dat seama că fata nu dormise câteva nopţi aproape deloc, plângea, nu mânca, începând să se comporte ciudat.

Toţi se temeau să nu ajungă să-şi pună capăt zilelor, în familie ştiindu-se toată povestea căci părinţii Biancăi erau oameni cu bun simţ, educaţi, existând între ei armonie, comunicare, mama fiind mereu la curent cu privire la cele ce se întâmplau în viaţa fiicei ei.

Spre deosebire de Tudoriţa, care era singură şi se agăţa de oricine îi arăta un pic de atenţie dar, care nu preţuia nimic considerând, cum îi era felul că, toate acele atenţii şi timpul petrecut cu ea ascultându-i toate bazaconiile, suportându-i toate toanele, le merită, i se cuvin pur şi simplu pentru că există, pentru că este ea, Tudoriţa.

În familia Biancăi nimeni nu şi-a dat seama de nimic ciudat, totul părea aşa cum era, că fata s-a îndrăgostit nebuneşte de un băiat mai mare ca ea şi care era un mincinos, un neserios.

Absolut nimeni nu a bănuit jocul murdar al Tudoriţei care, în ipocrizia ei, o consola zi de zi pe prietena ei bolnavă de atâta iubire şi trădare.

Acum, după câţiva buni ani, Tudoriţa, ştia că Bianca a înţeles, cu timpul, că acel băiat fusese chiar ea pentru că, fără să-şi dea seama, încurcându-se în minciuni, Tudoriţa spusese lucruri despre acel băiat, lucruri pe care numai Bianca şi el le-ar fi putut şti, fiind lucruri discutate de ei doi în intimitatea unui chat, acolo unde erau doar ei doi.

Bianca nu-i povestea Tudoriţei amănunte despre ceea ce vorbea cu băiatul deşi aceasta o tot iscodea, întrebând-o mereu ce mai e nou cu ei, când se vor vedea, cât îl iubeşte ea, ce ar fi capabilă să facă pentru o astfel de iubire, dacă au făcut şi altceva, ce mai făceau tinerii pe webcam uneori... Bianca nu răspundea la întrebări sau o făcea evaziv, eludând amănuntele concrete.

Intrigată de distanţarea tot mai evidentă a fostei sale prietene căci *fostă* era, nu mai exista nimic de mult din ceea ce fusese odată, nu doar viaţa schimbând totul ci însăşi Tudoriţa cu farsele şi răutăţile ei care, până la urmă au fost date în vileag deşi, cum era de aşteptat, niciodată ea nu a recunoscut că ar fi fost amestecată în povestea aceea, astfel că Tudoriţa o hărţuia pe Bianca, acum căsătorită, având şi un copil.

Nu o lăsa liniştită nici nopţile când, beată, plângând, Tudoriţa o chema să o ajute să ajungă acasă de prin vreun bar sau o ruga să stea cu ea de

vorbă simţindu-se, la două, trei noaptea singură, înfricoşată de propriii
săi demoni.

Într-o astfel de noapte, Tudoriţa trimite un mesaj femeii dar Bianca nu
răspunse, ocupată să schimbe copilul care tocmai se trezise şi plângea.
Intrigată de lipsa de atenţie a fostei prietene, fără să-i pese că era trecut de
miezul nopţii, Tudoriţa trimite disperată alt mesaj femeii de care se
temea tot mai mult, cu cât părea că faima ei ar putea fi o armură, aceasta
pentru că în faţa ei se simţea ciudat, incomodă, ca şi cum ar fi fost mereu
în pielea goală.

Şi departe de adevăr nu era din moment ce prietena asta a ei o ştia foarte
bine din cap până-n picioare, cu tot ce fusese şi continua să fie ea, oricâte
schimbări ar fi avut loc în viaţa sa de-a lungul timpului.

Ştia Tudoriţa că femeia aceasta va fi mereu acel martor mut al trecutului
ei în faţa căreia se va simţi întotdeauna exact aşa cum este pentru că,
oricât ar fi încercat să se convingă de contrariu, ştia că oamenii nu se
schimbă niciodată.

Bianca face un efort şi încearcă să descifreze, cu ochii cârpiţi de somn,
acele multe mesaje şi destul de lungi, aproape fără să o mai intereseze ce
spune şi despre ce tot vorbeşte fiinţa aceea căreia i-a suportat atâta amar
de vreme felul ei de-a fi, invenţiile, aiurelile, brodând poveşti răutăcioase,
de om bolnav, neputând uita că a ajuns şi ea victima unor astfel de jocuri
murdare ale Tudoriţei.

Nu reuşeşte să termine de citit nici jumătate şi se enervează pentru că
vede limpede că pierde vremea, că Tudoriţa încearcă s-o sperie, să o in-
timideze, să denigreze, în aceste mesaje, folosind cuvinte obscene, şi alte
prietene pe care le aveau în comun, Tudoriţa fiind, astfel, departe de acea
Ducesă delicată, umană, fiinţa îngerească pe care o ştiau şi o adulau cei
atât de mulţi.

Bianca se săturase tot citind mesaje contradictorii ale unei minţi chinuite, bolnave, aşa că, hotărâtă să nu mai continue să răspundă sau să mai citească ceva, ridică din umeri într-un gest de renunţare.

Devenise limpede că fosta ei prietenă nu are leac, nu ascultă de nimeni şi nimic, nu se lasă şi nu va renunţa decât atunci când se va prăbuşi de acolo de unde privea ea lumea, şi-n cădere, cu siguranţă îşi va rupe, virtual, gâtul, sfârşind rău. Nu-i dorea asta dar părea inevitabil să se întâmple până la urmă.

Se săturase, obosise, nu dorea să mai continue o discuţie pe această temă, pe niciun fel de temă cu o fiinţă care ajunsese dincolo de orice limită în relaţiile ei cu lumea reală şi cea online, nemaiputând face diferenţa între ele, cele două lumi fiind acum singurul univers unde ea, Tudoriţa, credea că va putea trona, convinsă fiind că absolut totul există pentru că există ea.

Bianca închise telefonul şi stinse lumina lăsându-se pradă unui somn eliberator de atâta tensiune acumulată de-a lungul anilor.

Tudoriţa, la începutul discuţiilor încerca să apere lumea virtuală în general şi mai ales pe a sa precum şi pe cei care o populau dar se împiedica repede de fapte reale, imposibil de ascuns, recunoscând astfel părţi dintr-un adevăr limpede, pe care ea nu-l accepta, ocupată să joace diferitele roluri pe care le lua, schimbând măşti după fiecare caz, persoană, situaţie. Lucrurile păreau să fi ieşit de sub control, ajunsese să se afunde într-un hăţiş periculos, internetul fiind, nu oaza de linişte şi relaxare pe care încercase ea să o creeze şi de care să se bucure în siguranţă, ea şi restul personalităţilor ei, ci o junglă unde, dintr-o dată, s-a trezit ca puiul de căprioară ameninţat de fiarele ce-o pândeau din toate colţurile întunecate ale unei lumi pe care nu o cunoştea absolut deloc.

Acum, însă, după ce a scris cartea vieţii ei şi şi-a văzut visul cu ochii, devenind cea mai cunoscută şi importantă persoană în toată ţara dar şi peste hotare, Tudoriţa începu să se ocupe mai mult de viaţa sa prezentă, de succesul cărții și de noii prieteni, cei care o ajutau să se ridice tot mai mult, și tot mai puțin să-și apere un trecut căci știa ea cum să le facă să tacă pe cele care, era convinsă, o invidiau pentru succesul său.

Le amenința la telefon cu bărbații periculoși pe care îi cunoștea și despre care știau și Bianca și Andra.

Femeilor le era realmente frică de acei indivizi periculoși astfel că au ales să nu spună nimănui nimic din tot ceea ce știau despre adevărata fostă prietenă, marea scriitoare de acum.

Tudorița a câștigat și de data aceasta în lupta cu adevărul despre trecutul ei. Părea de neînvins. Și era de neînvins.

Era ea, Tudorița, *Ducesa Internetului*, spiritul lumii online, cea care le știa pe toate și învârtea o lume întreagă pe degete.

*

Cu toată groaza ei de a se expune, datorită complexelor fizice din trecut, chiar dacă devenise, după atâte operații, o femeie cu un corp perfect, strălucitoare, ea trăind pe vremuri tot timpul momente de angustie afară, printre oameni, acum problema ei fiind doar psihică, Tudorița era nevoită să iasă în lumea bună, cea visată de atâta amar de vreme.

Publicase o carte care avea un succes uriaș, trebuia să o prezinte, să dea autografe, interviuri.

Trebuia să ajungă în America la Hollywood pentru a pune la punct ecranizarea cărții ei autobiografice, având și acolo, tradusă deja în engleză și publicată la o faimoasă editură, un extraordinar succes.

O așteptau ani de muncă și deplasări în America, prin cine știe câte alte țări ar fi chemat-o, deja având agenda plină cu programări de dat interviuri la reviste de renume național și mondial, la televiziuni din țară și de peste hotare.

Tudorița a devenit revelația secolului, un fenomen nemaiîntâlnit, mai ales prin reacția *celor mulți* care îi cumpărau cartea, cu sau fără autograf, şi nu unul ci mult mai multe exemplare, aceasta pentru ca cei care o aveau, să o poată dărui, la zilele lor importante sau de sărbători, rudelor, prietenilor, celor care nu reuşeau să ajungă la minunea tipărită.

După toate acele operaţii chinuitoare, dureri suportate cu stoicism, după lupte grele cu tentaţiile, ajutată de psiholog şi pastilele luate, la fel ca întotdeauna, cu alcool, Tudoriţa devenise cu adevărat DUCESA!

Era strălucitoare în rochiile mulate pe corpul, sânii şi fesele rotunde şi pietroase.

Păşea pe covorul roşu cu fast şi fruntea sus, cu buclele ei, sărăcăcioase acum, *îmbogăţite cu extensii.* Era o adevărată o Ducesă.

Ajunsese o stea, una printre puţinele de pe pământ dacă s-ar compara cu stelele din întreg Universul.

Tudoriţa era convinsă că steaua ei nu se va stinge niciodată, că va străluci atât pe pământ cât şi pe cer căci aici va avea ea grijă de asta iar sus, pe bolta cerească, *Doamne-Doamne* şi *tăticul* ei vor avea grijă acolo ca steaua ei să nu se stingă, să dăinuie la infinit.

Mai urma să i se pună o stea cu numele ei pe asfalt, acolo între marile nume ale celor mai celebri oameni care au existat vreodată şi visul ei ar fi fost complet.

Se visa şi actriţă de cinema, de ce nu?

Acesta era ultimul pas pe care îl mai avea de făcut şi restul chiar nu mai conta. Aşa ar fi avut totul. Tot ce şi-a putut visa de copilă, de când tăticul ei îi spunea despre cer şi stele şi străluciri şi toate acele istorii despre prinţese şi prinţi care nu mor niciodată şi care sunt cei mai frumoşi şi cei mai iubiţi din lumea toată pentru că pur şi simplu există.

Aşa a înţeles ea toate basmele şi aşa a ştiut să le trăiască, croindu-şi viaţa zi de zi după spusele şi îmvăţăturile bătrânului său tată.

Astfel, urmând cele înţelese de ea, atât cât a fost capabilă să înţeleagă, a făcut tot ce a putut şi a ajuns la minţile cele mai sărace, a atins cele mai bazice sentimente, găsindu-şi menirea şi locul acolo, mereu lângă şi cu cei cu care rezona şi putea comunica.

Era *salvatoarea* lor pentru că era ca ei. Aşa s-a născut şi aşa a rămas.

A intuit acest lucru, ştia că va fi cineva pentru mulţime, vocea celor *prea mulţi*.

A reuşit!

*

CAPITOLUL 4

Visuri spulberate

Bubuitura puternică în uşa mare de stejar a vilei somptuoase, în care îşi trăia cum voia ea, Tudoriţa, viaţa, se auzi tocmai sus, la etajul doi al clădirii, făcând-o pe femeia care dormea profund după doza uriaşă de medicamente luate cu alcool, să sară în sus ca apoi, ameţită, să se prăbuşească pe covorul gros aşezat peste parchetul strălucitor.

Se auziră paşi grei urcând în grabă scările largi din lemn masiv, voci care strigau de jos: *aici nu e nimeni, sus, haideţi sus!*

Scena părea ruptă dintr-un film poliţist. Şi era acolo chiar poliţia, mascaţii în costumele lor negre, înarmaţi şi pregătiţi de orice.

Au cules-o de pe jos pe Tudoriţa care îşi revenise repede din starea de ameţeală însă ea continua să pară leşinată, inconştientă neştiind că faţa sa roşie de emoţie o dăduse de gol din clipa când oamenii legii au văzut-o.

- Hai, sus, doamnă! Eşti Tudoriţa Asăftoaei?

- Da, sunt eu, şopti ea tremurând de frică, neştiind ce se întâmplă, la ce să se aştepte, de ce se repeta, aproape identic, scena asta cu aceea în care au dat buzna peste ea poliţiştii, atunci când au arestat-o pentru şantaj şi ameninţări la adresa lui Nimiceanu.

- Ce s-a întâmplat, ce am făcut eu de aţi intrat aşa şi... ?! Gâfâia Tudoriţa toată un lac de transpirații reci care o făcură să înceapă să dârdâie de frig, frică, teroare, nici ea nu știa de ce.

În sinea ei știa că sosise ceasul adevărului. Din clipa când a ieșit din birtul acela, în urmă cu douăzeci și unu de ani, a trăit această scenă și a retrăit-o în coșmarurile ei pe care refuza să și le amintească dimineața, afundându-se în Internet, trăind vieți ale altora, furând destine, jucându-se cu vieţile oamenilor care credeau în ea ca în Dumnezeu.

- Ești arestată pentru uciderea mamei tale, Marghioala Asăftoaei și a lui Drăghici Vâltoreanu. Îi cunoşti? I-ai cunoscut? Înțelegi despre cine vorbim? Ştii că ai dreptul la un avocat, ești acuzată de dublă crimă, îi turuia întruna o poliţistă, care, în timp ce-i spunea toate astea, căuta prin dulapuri haine Tudoriței să se îmbrace, căci femeia rămăsese în cămășuța sa de noapte, transparentă, acoperind, pe ici pe colo părți din corpul ei, cu cele câteva petale de maci roșii ca sângele proaspăt, imprimate pe veșmântul în care o găsiseră.

Nu aveau curajul să o lase singură, o încătușaseră și o țineau apăsat de umeri, așezată pe scaunul de la măsuța cu oglindă, acolo unde se farda ea zilnic.

- Cuuum? Mama mea e moartă? Și omul acela..., cum ați spus că îl cheamă, nu am auzit de el niciodată, răspunse speriată și lividă la față Tudoriţa, încercând să simuleze că nici măcar nu ştie despre ce este vorba, nici că mama ei ar fi moartă. Or asta nu putea fi adevărat din moment ce fusese și ea la înmormântare, ba și leșinase pe acolo prin cimitir de vreo câteva ori, aşteptând să fie prinsă în brațe de cei câțiva domni bine îmbrăcați, apăruți de nu se știe unde, pentru nu se știe ce, mirând-o pe Tudorița faptul că, în afară de ea, amantul acum mort și restul beţivilor din partea veche a orașului, o mai cunoștea cineva pe mamă-sa.

- De câțiva ani buni cercetăm aceste două crime, doamnă.

- Domnişoară! Sunt necăsătorită, să știți, rosti cu glas înalt Tudoriţa, rotindu-și ochii, după vechiul obicei, spre toți cei din încăpere, să se asigure că toată lumea a luat la cunoştinţă faptul că e domnişoară, adică liberă, nemăritată, singură...

- *Domnișoară*, da, rosti polițistul înăbușindu-și un chicotit.

- Și, la urma urmei cazul ăsta era închis, eu așa am știut, se răsti dintr-o dată Tudorița la mascații care se orprirā toți ca la comandă, fiecare în poziția în care îl prinsese țipătul femeii ce se-ncurcase în cămășuța de noapte tot încercând să și-o dea jos, fără jenă, în fața lor.

Se contrazicea și nu realiza gafa pe care o face, ocupată să își arate nurii bărbaților care stăteau toți cu spatele spre ea, cei doi mascați ce-o apăsau de umeri să stea pe scaun, să nu se tot ridice încercând să se dezbrace, uitându-se spre tavan disperați și amuzați în același timp.

Dintr-o dată toți, ca la comandă, se puseră în mișcare, continuând cu ceea ce făceau înainte de a-i împietri vocea isterică a femeii, atunci când polițista aruncă peste picioarele goale ale Tudoriței niște pantaloni și o bluză mai groasă deoarece acolo la ei, în orașul de la poalele munților, primăvara venea odată cu vara.

Era luna mai, soarele încă nu răsărise, munții se zăreau încărcați cu zăpadă, părea miezul iernii, era ireal de frumos peisajul văzut prin ferestrele uriașe ale dormitorului extrem de mare, zugrăvit într-un alb mat, contrastând cu obiectele de mobilier de culoare neagră, mată.

Patul imens era tot un câmp de maci uriași, zărindu-se și un laptop deschis și care stătea să cadă, cum ajunsese peste noapte, așa, pe dunga saltelei, perne mari, unele aruncate pe jos, pernițe de tot felul și mărimile, azvârlite și ele peste tot, pe fotoliile largi, albe, acoperite cu pleduri mițoase de blană de oaie de culoarea cafelei cu lapte cu dungi albe și negre, covorul roșu cu pătrate negre tronând în mijlocul încăperii, acoperind mare parte a parchetului din lemn de calitate, de culoare maron închis, cu dungi abia schițate, albicioase.

Peste toate trona atomosfera aceea de amplu și fastuos, pereții fiind aproape goi. Atrăgeau privirea doar televizorul care acoperea pe trei sferturi peretele din fața patului, și tabloul uriaș de deasupra lui, cu o Tudoriță aproape dezbrăcată, acoperită cu o eșarfă în formă de mac uriaș, ce-i *acoperea transparent* sânii uriaşi şi o parte a picioarelor lipite, locul acela în care se insinua feminitatea ei, fără să se vadă nimic clar. Zâmbea Tudoriţa dar doar din tablou.

În realitate, femeia tremura ca o piftie şi era vânătă la faţă, unghiile i se albăstriseră de frică şi emoţii dar şi de certitudinea că totul a luat sfârşit pentru ea.

Oarecum în mod straniu, se bucura. Se simţea uşurată, aşa cum se simt foarte mulţi criminali când sunt prinşi până la urmă, obosiţi să tot fugă, să se tot ascundă, să tot acopere urme. Acei criminali care voiau să se termine odată şi să se liniştească, indiferent cum şi unde dar să se termine coşmarul din viaţa de zi cu zi, sătui de coşmarurile din fiecare noapte. Mulţi trăiau aceste stări, îşi retrăiau crimele, de regulă una, cel mult două, şi astea, în majoritatea cazurilor nepremeditate, comise într-o pornire instinctivă de ură, frică, alte motive.

Printre astfel de criminali se număra şi Tudoriţa, oricât de rea şi bolnavă psihic ar fi fost, crimele le retrăia în subconştient, le retrăia în coşmaruri şi, cu cât trecea timpul, cu atât se adâncea boala ei, breşa aceea care o rupea tot mai mult de realitate, de moral, de corect, de valorile umane, fireşti.

*

Tudoriţa nu acoperise nicio urmă. Amprentele ei erau acolo pentru că acolo locuia de trei ani cu mamă-sa. Cuţitul cu care a tăiat venele de la gâturile celor doi dispăruse.

Din cercetări s-a constatat că nu îl luase Tudoriţa, care nu mai era de găsit în dimineaţa aceea.

Nici nu au mai căutat-o ca suspectă deoarece, în aceeaşi zi, la câteva ore după descoperirea cadavrelor, s-a prezentat la postul de poliţie din oraş un bărbat, om al străzii, jerpelit şi tremurând din tot corpul pentru că nu apucase încă să-şi bea porţia de alcool *să se dreagă*. Se numea Pavel şi el le-a povestit poliţiştilor ce a văzut când s-a trezit, că a fost primul care s-a trezit în dimineaţa aceea oribilă.

Le-a descris poliţiştilor, aflaţi de faţă în biroul comandantului, *tabloul* care i-a rămas pe retină pentru tot restul zilelor sale: patul acela roşu tot, cu cearşaf, plapumă, perne, totul roşu, femeia şi bărbatul cu piepturile băltind de sânge, cu gâturile care încă mai gâlgâiau firişoare roşii, mai deschise la culoare, şi care urmau *vadul* creat de primul şuvoi după secţionarea venelor, îmbibând până la refuz tot ce era lenjerie în patul acela.

De frică să nu fie printre suspecţi, spuse el, *a fugit cu arma crimei, cuţitul, pe care l-a aruncat într-un canal, un simplu cuţit de bucătărie* cu care, în noaptea aceea, toţi au tăiat hălci mari din ceafa de porc cumpărată la grămadă, să nu leşine de foame, consumând doar băutură.

Poliţiştii l-au reţinut pentru declaraţii până noaptea într-o cameră cu o masă şi un scaun, câteva foi de hârtie şi un pix. Apoi l-au vârât într-o celulă a secţiei de poliţie a oraşului până la prima înfăţişare la proces.

A doua zi au căutat în locul unde Pavel a spus că a aruncat cuţitul şi l-au găsit. Canalul era secat, pe fundul lui fiind doar puţină apă îngheţată astfel că probele rămăseseră aproape intacte şi s-au văzut clar, pe mânerul mânjit cu sânge închegat, urmele degetelor lui groase.

Cercetările s-au oprit aici. Pavel era asasinul. Degeaba urla el din toţi plămânii că nu a omorât pe nimeni, că s-a trezit primul şi i-a văzut pe cei doi în lacul de sânge, cuţitul pe jos lângă pat, că, apucat de un acces de spaimă a fugit cu cuţit cu tot fără să strige, fără să trezească pe nimeni dintre toţi cei care încă mai zăceau pe jos la ora aceea, după noaptea cumplită de beţie şi moarte care trecuse peste ei. De frică n-a trezit pe nimeni, n-a ţipat, n-a alertat, de frică şi acum frica aceea a devenit pedeapsa lui. Atunci ar fi avut martori, cineva l-ar fi crezut că nu el i-a omorât, acum îşi dădea seama că a avut o şansă, cât de mică dar a avut-o şi a pierdut-o pentru că nu a gândit cu claritate, pentru că era mereu hăituit şi convins că, dacă ceva rău se-ntâmplă pe undeva, cu siguranţă pe el ar da vina toată lumea.

Şi uite că exact aşa s-a întâmplat. Nimeni nu-l credea, nimeni nu-l mai asculta, nici măcar avocatul lui din oficiu, cel care ar fi trebuit să-l apere şi care a trecut rapid prin proces iar soarta i-a fost pecetluită; în câteva zile dosarul s-a închis cu un verdict clar, Pavel era singurul vinovat şi, după proces, a fost condamnat la închisoare pe viaţă. Fără drept de apel.

Omul străzilor, distrus de această dublă crimă aruncată în spinarea lui, cu conştiinţa curată dar prea bolnav şi slăbit de viaţa de alcoolic dusă pe străzi de ani de zile, fără familie, fără nimeni care să îl susţină, să îl ajute, măcar să îl viziteze pe arest cu un pachet de ţigări, a rămas între gratii, după toate aparenţele pentru tot restul vieţii sale.

Doar o banală întâmplare a făcut ca Tudoriţa, după douăzeci şi unu de ani de zile, să fie descoperită şi acuzată ca adevărata autoare a crimelor.

O vecină, Vasilica, o văzuse ieşind pe furiş din birt atunci dimineaţa devreme şi i-a atras atenţia, nu doar agitaţia ei cât mai ales faptul că a aruncat în coşul de gunoi din faţa birtului o pungă ce părea să fi fost plină cu resturi sângerii de măruntaie de păsări.

Femeia s-a apropiat de pubelă după ce Tudoriţa s-a îndepărtat şi a ridicat capacul. Punga de plastic, din acelea de un leu, era burduşită bine şi putu să îşi dea seama că sunt nişte haine acolo, pipăi şi era totul moale, nimic din ce-şi imaginase. Punga era legată zdravăn la *gură* dar femeia zări câteva urme de culoare roşie pe nodul strâns bine.

O fi de la rujul pe care şi-l tot dă ea, fata asta, pe buze, s-o fi murdărit pe mâini şi, când a făcut nodul a pătat punga, mormăi femeia şi se îndepărtă repede căci începuseră să intre bărbaţii în birt şi-o priveau ca pe o cerşetoare ce caută prin gunoaie.

*

Vasilica, femeia care, în urmă cu douăzeci şi unu de ani o văzuse pe Tudoriţa într-o dimineaţă de decembrie pe la ora cinci, aruncând o pungă în coşul de gunoi din faţa birtului, o recunoscu în Internet, cu toate că era de nerecunoscut, părea altă femeie, o adevărată prinţesă, complet diferită, frumoasă şi cu aere distinse, e drept destul de coaptă la cei patruzeci şi doi de ani câţi ştia ea, Vasilica, să aibă.

Era, fără îndoială ea, Tudoriţa care, din copila pe care o ştia, acum ajunsese femeia a cărei carte, publicată cu câţiva ani în urmă, devenise un fel de Biblie a celor adoratori de astfel de istorii suprarealiste.

Nu o mai văzuse şi nu mai auzise de ea de atâta amar de vreme.

După descoperirea cadavrelor celor doi în birt, femeia nu a făcut absolut nicio legătură cu fuga acelei fete.

Şi, logic, ar fi fost imposibil să poată o copilă să ucidă doi oameni aşa, fără zgomot, fără ca nimeni dintre cei ce dormeau acolo pe jos, claie peste grămadă, să fi auzit ceva, să fi văzut ceva.

Femeia şi-a amintit că, după un timp, tot în dimineaţa aceea s-a întors la coşul de gunoi şi, mânată de curiozitate, a luat punga legată strâns, a vârât-o sub cojocul în care se înfăşurase căci era un decembrie cumplit de friguros, iar cu punga sub braţ pe sub haine, a intrat fuga în casă. A ascuns-o în podul casei într-un cufăr, aşteptând un moment prielnic să poată să o desfacă şi să vadă ce este acolo, ce aruncase fata aceea. Gunoi nu părea, fiind ceva moale la pipăit, erau precis haine şi ea ştia că Tudoriţa obişnuia să se îmbrace după *ultima modă*, cel puţin de pe acolo, de prin cartierul acela mărginaş.

Cum aveau cam aceeaşi statură şi *talie*, femeia se gândea că, dacă tot le-a aruncat, ceva din ele o mai fi bun de purtat şi aşa a rămas, să se uite mai târziu ce-i *adusese Moş Nicolae în dar,* că tot era luna cadourilor.

Luată cu treburile casei, cu viaţa de zi cu zi, cu gemenii de patru ani, care mereu se îmbolnăveau de câte ceva, când unul, când celălalt, Vasilica uită cu totul de punga luată din coşul de gunoi din faţa birtului.

Ocupată toată ziua să spele, să gătească, să facă focul din ce mai găsea, că mereu era frig în casă iar soba nu răzbea cu încăperea înaltă, mare şi cam goală, de familie săracă, pentru că doar omul ei muncea pe şantier, câştiga binişor dar bea mult şi aducea puţini bani acasă, Vasilica uită de toate care nu erau *de-ale ei.*

Apoi se îmbolnăvi grav de o gripă ce o ţinu toată luna decembrie în pat, astfel că mama ei fu nevoită să vină tocmai din Moldova cu trenul, o zi şi o noapte prin vagoane îngheţate, să o ajute pe fiica ei cu gemenii, cu casa, cu gripa care părea că e gata-gata să o răpună.

Mare a fost minunea că gemenii nu s-au îmbolnăvit dar asta şi poate pentru că bunica făcea mâncare numai bună pentru o iarnă aşa grea şi tot felul de ceaiuri pe care le numea ea *zămuri care alungau bolile şi răul din casă.*

Vasilica s-a pus pe picioare abia după Anul Nou şi umbla prin casă ca o umbră, era ameţită şi tremura din toate încheieturile. Avusese febră mare zile în şir, vreo două săptămâni nici nu mai ştiu de ea. Avusese coşmaruri, vise care îi aduceau imagini din trecut şi n-o lăsau să se odihnească, să treacă boala.

Una dintre imaginile care i-au tot bântuit somnul era o dimineaţă cu o ceaţă lăptoasă, friguroasă, un container urias de gunoi şi moloz ca cele de pe şantiere şi un sac mare, roşu, înghesuit acolo între resturi de cărămizi şi bucăţi de beton, fier şi alte mizerii şi care părea să fie pus în locul unde era înainte coşul acela de gunoi din stradă, aşezat în faţa birtului, localul care era zid în zid cu casa ei.

Femeia şi-a revenit complet până la urmă, uitând şi grijă şi coşmaruri şi tot. Viaţa îşi urma cursul firesc, aşa cum e ea viaţa, cu alte şi alte întâmplări, necazuri, bucurii, momente dar toate ale ei, ale familiei sale, fără să-şi mai bată capul cu ale altora. Nici nu voia să încerce să desluşească sau să înţeleagă frânturile acelea de coşmaruri din timpul bolii.

Ş-au trecut anii, copiii s-au făcut mari, au plecat prin ţări străine la muncă să facă bani să-şi facă un rost al lor.

Bărbatul i-a murise de ciroză la puţin timp după ce băieţii lor au terminat liceul dar îi fu uşor să se descurce şi fără omul ei.

Băieţii erau mari, acum avea timp şi era în putere aşa că se angajă la birt, de-acum un restaurant în toată legea, unde avea şi colege deşi ele, mult mai tinere, serveau la mese şi afară şi în interior, ea având grijă doar să ţină curat localul şi să spele vasele împreună cu altă femeie ca ea, mai în vârstă.

Copiii ei îi cumpăraseră un laptop făcându-i un cont pe Facebook şi unul pe Skype, învăţând-o să folosească aparatul şi să intre cu ei online, să vorbească şi să se vadă la fiecare sfârşit de săptămână sau de sărbători, dacă ei nu puteau ajunge acasă din cauza serviciului sau pentru că, tineri fiind şi ei, aveau o viaţă a lor, dorind să şi-o trăiască cu iubitele, cu prietenii.

Seara, înainte de culcare, Vasilica îşi făcuse obiceiul să intre pe Internet în contul ei în Facebook, unde avea câteva prietene care-i trimiteau virtual cafele şi flori, urări de bine şi imagini haioase.

Într-o seară o văzu iar pe Tudoriţa în pagina de Facebook a unei prietene care îi tot spunea despre o *carte minune a unei scriitoare apărută de undeva de nu se ştie unde*, ba, mai curioasă acum, se uită şi la un filmuleţ cu *scriitoarea* şi o ascultă cum povestea ea despre copilăria ei şi despre cum a ajuns să scrie şi să fie unde este ea azi.

Nimic nu semăna cu ceea ce Vasilica ştia despre Tudoriţa şi nici ce văzuse ea în cei trei ani cât stătuse fata aceea cu mamă-sa la birtul de lângă casa ei.

Şi-şi aminti fulgerător atunci, Vasilica, după mai bine de douăzeci de ani, de punga aceea luată pe furiş din coşul de gunoi şi vârâtă în cufărul vechi de armată al lui bărbatu-său, care cufăr era moştenit din generaţie în generaţie de toţi bărbaţii din familia omului său, de pe vremea celui de-al doilea război mondial.

Urcă ea imediat, aşa noapte cum era, doar lumina din hol aprinsă şi, plină de curiozitate, căutând cu privirea prin întunericul de-acolo până ce ochii i se obişnuiră cu întunericul, reuşi să zărească acel cufăr, ascuns parcă, sub un covor gros, vechi, mirosind a mucegai, miros care împânzea tot podul putrezit de ani, ploi şi zăpezi, cu scândurile neschimbate de când s-o fi construit casa aceea.

Deschise cufărul tremurând și găsi punga așa cum o lăsase atunci, doar că era oarecum lipită de lucrurile din ea, parcă tot aerul fusese supt de ceva din intriorul acelei pungi. Și chiar așa era, strânsă, întărită și încrețită de timp.

Vasilica rupse punga la mijoc, trase de ea și văzu că se smulge în bucăți prin locurile unde stătuse înainte strânsă, parcă îmbrățișând acele lucruri vârâte acolo.

Tot trăgând de plasticul acela, ieșiră la iveală două guguloaie de pânză groasă de finet. Păreau o bluză și un pantalon de pijama pătate cu ceva negricios, uscat și mirositor dar nu putea defini mirosul. Semăna cu cel pe care-l degajă un animal mort de foarte de demult. Femeia desfăcu bluza și o scutură. Nu se desfăcea, era lipită, strânsă ghemotoc. Pantalonii la fel.

Poate că, unde au stat atâția ani acolo înghesuite, de aia or fi așa, gândi Vasilica și coborî cu lucrurile jos, să le vadă mai bine la lumină.

În mijlocul camerei, Vasilica, singură în casă, cu ghemotoacele acelea stranii în mâini fu cuprinsă de frică, ca un soi de presimțire.

Era clar o pijama care părea că odată fusese înmuiată în ceva, o vopsea sau ceva asemănător și de culoare roșie. Acum erau, și bluza și pantalonii scorțoase, se împrăștiaseră pe jos particule mari, mai mari ca mătreața ce-o avea ea când dădea cu mâinile prin claia de păr, doar că aceste particule erau negre, erau ciudate, ceva ce nu știa și nu înțelegea ce ar putea fi. Vopsea, vopsea nu era, asta se vedea clar, nu avea nicio idee despre ce ar putea fi vorba.

Pe Vasilica o trecură toți fiorii și dintr-o dată își aminti. Tot. Și coșmarurile, și dimineața aceea de decembrie, și punga albă, pătată cu roșu la mânerele înnodate bine, bine, și de Tudorița și graba cu care aruncase punga, luând-o apoi aproape la goană pe strada toată numai un ghețuș, fără să îi pese că aluneca la fiecare pas, fără să se uite în urmă, fugea, fugea și acum a priceput femeia de ce fugea ea așa.

Ce a urmat a fost simplu de înţeles.

Vasilica s-a dus glonţ la poliţie cu lucrurile găsite şi apoi, însoţită de doi poliţişti, a urcat, împreună cu aceştia în pod după resturile pungii în care, douăzeci şi unu de ani zăcuse pijamaua Tudoriţei.

Cercetările au concluzionat că pijamaua fusese îmbibată în sânge, probele de laborator şi ADN-urile celor doi morţi de atunci au fost confirmate, găsite amestecate în resturile ce păreau particule uriaşe şi dese ca o *mătreaţă* neagră şi care se aşterneau pe jos la cea mai mică atingere.

Pijamaua aceea, bluză şi pantaloni, părea făcută din sângele înnegrit, uscat al celor doi care fuseseră găsiţi morţi, tăiaţi la gât ca doi porci în ziua de Ignat.

*

Tudoriţa se minuna şi nu-şi putea explica faptul că îi rămăsese în nări mirosul din dimineaţa aceea de omletă cu cârnaţi, îşi amintea clar discuţia, mai bine spus cearta ei cu mamă-sa, reproşurile pe care şi le-au aruncat, faţa mamei sale care arăta clar că se bucură că pleacă Tudoriţa, ba părea chiar euforică, se aşteptase atunci să o audă chiuind şi să o vadă învârtindu-se pe călcâie.

Dar îşi aminti şi de liniştea mormântală care se aşternuse cu ceva vreme înainte să strige acel *adio*, uimirea ei să constate că bărbatul cu care se iubise mamă-sa toată noaptea, era lipit de perete, în pat, dormind dus... sau aşa voia ea să vadă, să creadă.

Nu-şi amintea de nimic legat de crimă, nici de vreun cuţit, nici de sânge, ea nu avea nicio pată de sânge pe corp, nici pe mâini, nu înţelegea cum s-a putut întâmpla aşa grozăvie şi să rămână curată, fără ca nimeni să nu vadă nimic, să nu se audă horcăituri, ceva, cum ştia din filme că se întâmplă.

Tudoriţa era complet derutată şi, deşi în sinea ei ştia că ea a fost cea care i-a omorât pe cei doi, avea senzaţia că i se întinde o cursă.

Îşi imagina ea că a fost cumva la spital hipnotizată de atunci, de când cu procesul cu Nimiceanu, că i s-a inoculat în creier ideea de crimă dar nu au putut sau nu au ştiut, cei care au pus la cale înscenarea doar ca să o distrugă, să îi inoculeze în minte şi culorile, mişcările ei, sunetele celor ucişi, nu ştia nici ea ce anume lipseşte din scena aceea, din tot ce s-a întâmplat pentru că, în mintea ei, ea nu a fost acolo când cei doi au fost executaţi, pur şi simplu, în acel mod brutal.

Nu se poate muri în linişte dacă eşti tăiat la gât, gândi ea.

De parcă i-ar fi ghicit gândurile, poliţista care o ajuta să se îmbrace cu hainele alese de ea din dulap îi şopti aproape în urechi:

- Erau după o noapte de beţie şi sex, foarte aproape de comă alcoolică, obosiţi, inconştienţi, mamă-ta mai ales. Poate că şi dacă nu îi omorai tu, unul din ei, mai mult ca sigur ea, tot nu mai ieşea vie din noaptea aceea. Erau amândoi terminaţi, draga mea, mai adăugă poliţista zâmbind cu ochi reci prin găurile măştii care-i acoperea faţa.

Tudoriţa nu ştia cum să interpreteze aceste cuvinte: alinare, compasiune, ironie..., nu ştia ce să înţeleagă din ce i-a spus poliţista aşa că nu zise nimic şi continuă să se îmbrace în tăcere, doar în capul ei gândurile ţipau sugrumate, visele ei se scurgeau ca sângele celor doi, îmbibând o lume, lumea ei care murea încet, aşa cum, probabil au murit dar fără să ştie, cei doi atunci, în noaptea aceea, ucişi de mâna sa.

Viselor mele le-am tăiat aripile, şopti, asociind imaginea de atunci, pe care o văzu clar pentru prima oară în douăzeci şi unu de ani, cu situaţia în care se afla ea acum şi izbucni într-un hohot puternic de plâns.

Un urlet de fiară încolţită, ca străpunsă peste tot de cuţite, fiară rănită şi conştientă că viaţa ei se termină aici, acum, că se scurge prin fiecare împunsătură, prin fiecare por al corpului.

Iar sufletul răcnea şi el spre un cer gol căci nu putea fi decât gol, dacă nimeni nu cobora de acolo s-o ocrotească, nici *Doamne-Doamne*, nici *tati*.

Era singură, ea şi faptele ei de aici de pe pământ.

CAPITOLUL 5

O altă viaţă

Tudoriţa s-a trezit, a doua zi după căzătura din vană, fără să-şi amintească mare lucru din toată întâmplarea de seara care trecuse. Ştia doar că a căzut şi simţea că o dor toate oasele şi carnea pe ea, capul îi vâjâia dar spera să-i treacă cu un paracetamol şi o cafea mare, vagile frânturi de imagini şi gânduri ce-i bâzîiau prin creier considerându-le visele unei nopţi agitate, astfel că-şi continuă aproape firesc ziua şi viaţa cu Biluţă, care o privea curios, intrigat şi temător, neîncrezător în liniştea şi calmul femeii lui după un aşa accident.

Totuşi, după căzătura în vană şi noaptea aceea, încă de a doua zi, Tudoriţa, spre seară devine stranie, oarecum pierdută, are ameţeli, se dezechilibrează dacă stă în picioare, are momente că stă nemişcată pe marginea patului, fără să rostească o vorbă.

Ce-l îngrijora mai mult pe Biluţă era că ea nu mâncase mai nimic toată ziua, nu se putea concentra pe nimic, nici să se uite la emisiunile ei preferate la televizor, nu atingea nici măcar laptopul, luat cadou de ziua ei de Biluţă.

Aveau ei în casă un calculator dar era cam vechi și le făcea figuri, mereu trebuia să fie formatat. Mai ales că Tudorița nu știa absolut nimic legat de tehnologie, abia se descurca prin Facebook cu persoanele care o contactau. Foarte rar se relaționa ea cu lumea online, aproape deloc în viața reală.

Era mulțumită să stea liniștită în casă, așteptând telenovelele sale preferate la televizor, să vină omul ei de la muncă și să servească împreună cina, urmând apoi un somn bun pentru ca, a doua zi, să o ia de la capăt. O viață simplă, o viață și atât.

Tudorița era dependentă de soțul ei, o dependență bolnavă însă nu vedea în Biluță un bărbat, un soț, ci un tată, un camarad, coleg de cameră, de pat, ce mai conta? Important era să știe că el era acolo când ea avea nevoie și să fie sigură că nu o va părăsi niciodată.

Erau căsătoriți și locuiau în apartamentul modest al lui Biluță de trei ani. Tudorița avea treizeci și Biluță cincizeci de ani când s-au căsătorit, eveniment care s-a petrecut la câteva luni după ce s-au cunoscut.

Acum, la treizeci și trei de ani, din cauza fizicului, expresiei feței lăbărțate, a ochilor veșnic umflați, încât abia se mai observa exoftalmia, fiind toată două umflături unde, în cazul ei, se presupunea că sunt ochii, zărind printre pleoapele, umflate și ele mai mereu, cu mare greutate, Tudorița părea cu mult mai în vârstă. Era tot mai greoaie și veșnic bosumflată, pusă pe harță, sărindu-i țandăra din orice fleac.

Femeii nu-i păsa de cum arăta ea fizic, de nimic, fiind, în felul său, fericită, știind că va fi veșnic adorata soțului ei, Biluță divinizând femeia asta pitică, pe care el o iubea pentru formele și ochii aceia bulbucați, ce-i jucau în cap fără astâmpăr.

Biluță, bărbatul de cincizeci și trei de ani acum, scund și el, tot ca ea, foarte gras, cu o burtă mare și rotundă, ca un *monument* în cinstea berilor băute de-a lungul întregii sale vieți, fire veselă de fel, încă de a doua zi după prăbușirea Tudoriței în vană vede schimbări în comportamentul și starea de spirit ale iubitei sale și devine apatic, melancolic, anxios, speriat de moarte.

Zilele se scurg ca plumbul pentru el, nu știe ce să facă, cu cine să vorbească, Tudorița lui fiind absentă, Biluță simțindu-se ca și cum ar fi singur, el cu el și atât, femeia lui continuând cu stările ei ciudate, de parcă ar fi plecat undeva și în locul ei venise altă Tudoriță, una complet necunoscută.

Tudorița era, de fel, o femeie cu probleme de comportament, mereu pusă pe scandal, egoistă, răutăcioasă, labilă psihic, nimfomană, mai mult la nivel imaginar căci nu avea succes, ca femeie, nicăieri și nu a avut niciodată, cu toate sforțările ei încă din adolescență.

De aici frustrările și nefericirea, ura și invidia sa pe femeile frumoase, pe toată lumea dealtfel. Din copilărie ea a fost răutăcioasă și invidioasă pe oricine și pe orice și așa a rămas.

A găsit în Biluță un fel de continuare a vieții lângă un tătic. Nu-l vedea și nu îl dorea ca pe un bărbat. Ea avea nevoie să simtă că lângă el și cu el este răsfățată, adorată, alintată, protejată. Nu voia să îl piardă. Și nici el nu își imagina viața fără ea.

Acum, însă, ceva se întâmplase cu ei, cu amândoi, Biluță simțind că ceva nu era în ordine, că lumea lor, echilibrul lor le sunt amenințate de ceva necunoscut, ca de o fantasmă, ca în filmele acelea pe care le vedeau împreună dar îi plăceau numai lui, acelea cu fenomene paranormale.

Părea că cineva sau ceva intrase între ei sau le stătea în spinare, Biluță simțindu-se apăsat, nesigur, trăind momente de frică irațională, un fel de panică fără explicație, fără motive, viața lor, aparent, fiind aceeași, păstrând rutina, părând că nimic nu s-a schimbat. Și totuși ceva se schimbase acolo între ei, cu ei, lângă ei, așa simțea el.

Vedea clar că Tudorița lui era complet diferită față de cea pe care o știa el. Părea, așa cum o vedea și simțea zilnic, alta, o Tudorița tăcută, imobilă mai tot timpul, cu o față inexpresivă, cu explozii de nervi care se stingeau într-un somn profund și din care se trezea fără să-și mai amintească nimic din ce a fost și a trăit înainte de-a adormi.

Tudorița, departe de a conștientiza ceva din cele ce se petreceau în jurul ei sau cu ea, de multe ori se simțea amețită și parcă într-un continuu vis dar punea totul pe seama loviturii zdravene la cap și își continua viața fără să știe că ore în șir stătea nemișcată, nemâncată, dormind fără vise, trezindu-se ca și cum ar fi luat de la capăt aceeași și aceeași zi.

Ceea ce era aproape real căci, în viața lor, de când erau împreună, zilele se scurgeau toate la fel, rutina făcându-i, deseori, să simtă că trăiesc continuu o singură zi.

Tudorița nu-și dădea seama absolut deloc de aceste lucruri. Trăia pur și simplu zilele una după alta și atât.

Biluță, mai răsărit, destul de fin observator, a văzut clar că ceva anormal se întâmplă și într-o zi, după multe și multe frământări nu a mai rezistat, s-a ridicat ușor de pe canapeaua din sufragerie, unde stătuse și el, uitându-se împreună la televizor.

În picioare în fața Tudoriței, care părea oarecum mai bine atunci, distrându-se văzând un program cu animale în sălbăticie, așteptând ora când trebuia să înceapă telenovela ei preferată, bărbatul s-a aplecat şi i-a prins cu bândeţe capul în mâini, făcând-o să se uite la el. Cu faţa răvăşită, cu buzele şi tot corpul tremurând, el se aşeză în genunchi şi, ţinâdu-i, acum, mâinile ei mari şi moi în mâinile lui noduroase, se rugă de ea privind-o ca pe o icoană.

- Tudoriţa, draga mea, tu nu eşti bine deloc, te rog eu, hai să mergem să te vadă un medic, haide, da? Rosti Biluţă cu ochii plini de spaimă şi înotând în lacrimi.

Acum el o vedea bine, aproape normală dar îl îngrozeau acele zile când Tudoriţa nu era Tudoriţa, când încremenea aşa, pe marginea patului, într-o muţenie şi-o lipsă totală de interes pentru ce se întâmpla în jurul ei ore întregi, uneori şi jumătate de zi.

- Bine, uite că fac cum spui dar numai ca să te convingi că nu am nimic; m-am dat cu roatele-n sus şi gata, a trecut, se răsti ea, acceptând dintr-o dată, în mod nesperat, şi-şi smulse mâinile din palmele lui, uitându-se furioasă la omuleţul speriat, disperat, neştiind ce ar putea să fie cu femeia sa, ce ar putea să se întâmple, cât de grav ar putea fi dacă are ceva şi el nu face nimic să preîntâmpine o dramă.

- Bine, Tudoriţa, bine că nu e nimic dar, de ce ai tu stările astea de când ai căzut, de ce tot mai des te simt ca şi cum n-ai mai fi tu, parcă ai dispărea, aşa, ca în baie în aburi? O întrebă el cu cel mai umil şi cald ton pe care îl putea avea acest om, serios îngrijorat pentru starea de sănătate vizibil afec-tată a femeii pe care o adora.

- Acuma mă dor toate alea şi mă simt eu cam ameţită da' mi-e bine, nu am nici pe dracu' dar haide, hai să mergem la Urgenţă, hai acum, haide să ne lămurim odată, să mă laşi în pace, că tu îmi faci mai mult rău decât mi-a făcut căzătura aia nenorocită, se răsti ea tot mai tare la Biluţă care nu o mai auzea, pregătindu-se să meargă cu iubita lui nevastă s-o vadă un medic, cineva, să nu care cumva să fie ceva grav şi să o piardă.

La Urgenţă, după câteva ore bune de stat, sătulă de atâta aşteptare şi simţindu-se tot mai ameţită, de câteva ori Tudoriţa s-a ridicat să plece acasă, locul unde părea să se simtă mai în siguranţă decât acolo, între medici şi cadre sanitare.

Dar, când dădu să se ridice de pe canapeaua din sala de aşteptare, văzu că se simţea şi mai rău, era noapte, deja foarte târziu aşa că n-a avut decât să rămână sub observaţie şi să accepte să i se facă investigaţiile necesare după un astfel de *accident casnic*, cum l-au numit în fişa de la Urgenţă.

Analizele i-au ieşit bine, totul părea în ordine. Doar rezonanţa la cap a ieşit cu ceva neclar acolo şi medicul a scris în foaia de observaţie, cerând o nouă analiză pentru a doua zi. Astfel că Tudoriţa a dormit într-o cameră de supraveghere la Urgenţă iar a doua zi, la prima oră, a repetat câteva analize, făcându-i-se şi o altă rezonanţă la cap.

Biluţă a prins un moment prielnic şi i-a spus medicului de gardă şi despre comportamentul habitual al Tudoriţei, despre faptul că ea este o fire extrem de iritabilă, că se agită mult şi că, din cauza stării de nervozitate, femeia mănâncă descontrolat, fără să-şi dea seama de asta.

Biluţă a mai spus, ca un fel de scuză, inistând totuşi că, motivul pentru care a venit este teama lui de a nu se amplifica starea, şi aşa destul de precară, psihic vorbind, a Tudoriţei.

- A căzut rău de tot în vană, credeam că moare, nu mişca, apoi nu a vorbit, parcă era un robot. Şi după aceea a adormit ca un trunchi. Dacă nu aş fi auzit-o respirând sforăitor, cum repiră ea mereu, aş fi zis că e moartă. Nu mişca, dormea cu faţa în sus şi cu mâinile încrucişate pe piept că mi-era şi frică să mă uit la ea, mai rosti Biluţă tremurând ca varga.

Medicul l-a ascultat cu atenţie şi l-a asigurat că, după rezultatul analizelor, îi va prescrie Tudoriţei un tratament şi îi va indica, pe foaia de ieşire de la Urgenţă, să continue investigaţiile la medici specialişti, endocrinologi, psihiatri, psihologi care să o ajute cu celelalte probleme ale sale.

- Dar, sublinie medicul, trebuie mai întâi să vedem rezultatele, să avem un diagnostic, eventual un tratament pe care femeia ta să îl ia, respectând toate indicaţiile apoi, cu tact, încet să o convingi să înţeleagă că trebuie să ceară ajutor, cu alte cuvinte să recunoască faptul că are câteva probleme pe care trebuie să le rezolve, fiind vorba de sănătatea şi viaţa ei.

Au rămas să aştepte rezultatele, un diagnostic, eventual o reţetă, ceva şi să plece sau..., ce-or decide medicii, după ce vor vedea rezultatele investigaţiilor medicale.

S-a constatat un traumatism craninan cu un mic cheag de sânge dar nu părea preocupant, medicul neurolog spunând că, mai mult ca sigur se va absorbi, că nu este nimic grav dar care explică ameţeala, stările ciudate experimentate de Tudoriţa încă de a doua zi după accidentul din baie şi că aceste stări, probabil vor mai continua dar, odată cu absorbţia completă a cheagului de sânge, situaţia ei se va îmbunătăţi cu siguranţă.

Tudoriţa a fost sfătuită să meargă la medicul de familie şi acolo să ceară o programare pentru o altă rezonanţă la cap, după cel mult o lună. Medicul a adăugat că, dacă şi cu tratamentul dat ea nu se simte mai bine în următoarele zile, să meargă la un neurolog. Iar dacă situaţia ei se înrăutăţeşte, să vină din nou la Urgenţă.

Tudoriţa acceptă până la urmă să meargă la o farmacie şi să ia medicamentele prescrise, mai mult bucuroasă că pleacă acasă în patul ei larg şi la frigiderul său plin cu bunătăţi căci era leşinată de foame, cu toate că Biluţă cumpărase câteva cornuri, cafea şi alte dulciuri pentru ea.

Ajunşi acasă, Biluţă îi dădu o pastilă şi după ce Tudoriţa se sătură cu tot ce voia să mănânce ea din frigiderul ei, se lăsă cuprinsă de un somn adânc, fără vise.

A reuşit să doarmă mare parte din ziua aceea deoarece ajunseseră acasă a doua zi la prânz, sfârşită de foame şi frântă de oboseală.

Când se trezi, Tudoriţa nu ştia dacă e dimineaţă sau seară, cum în casă totul era întunecat, jaluzelele lăsate, nicio lumină aprinsă. După ce se lămuri, mâncă iar pe săturate şi, luându-şi pastila, adormi la loc. Şi tot aşa cam o lună de zile.

După toată perioada asta, Tudoriţa, uneori părea că revine la normal. Adică ea, cea dintotdeauna, cu toanele, cu ţipetele şi pretenţiile ei, cu nervii şi schimbările sale de atitudine, de stare emoţională. Alteori, însă, este drept tot mai rar, recădea în stări ciudate, se mai pierdea de realitate, uita lucruri, fiind clar că încă nu îşi revenise complet.

Biluţă a cerut programarea la medicul de familie pentru o nouă rezonanţă dar Tudoriţa nu s-a prezentat la data la care avea de făcut analiza. Trecuseră deja multe săptămâni, femeia se simţea bine, ea aşa spunea şi părea că redevenea aceeaşi.

Tudoriţa, în realitate ura să mai umble prin spitale şi policlinici, nu-i plăcea atmosfera, oamenii aceia de pe tărgi sau paturi, vânzoleala de pe holuri şi mai ales mirosul acela de spital, un miros unic şi care înfioară, oricât de sănătos ai fi şi ai ajunge cumva prin zona unui astfel de loc cu cineva bolnav, nu neapărat pentru tine.

Zilele se scurgeau, ca întotdeauna, monoton dar acea rutină însemna că totul revenise cât de cât la normal sau măcar aşa voia să creadă omuleţul speriat pentru femeia lui.

Biluţă, mereu în alertă şi stresat, cu nervii la pământ, obosit, surmenat, panicat, ajunge, astfel, la un consult psihologic pentru toate stările sale şi mai ales tremuratul care începuse din seara căzăturii femeii în vană şi care nu înceta, îl simţea continuu în trupul acela rotund. Îl scuturau uneori frisoane, cuprinzându-l, aşa, o frică din senin, pe care nu putea să o controleze, inima începea să o ia razna, simţea că se sufocă şi îi venea să o ia la goană pe străzi, să fugă, să scape de un rău inevitabil. Apoi se liniştea încet, încet dar nopţile lui deveniseră agitate ca ale Tudoriţei, astfel că amândoi păreau că au rămas cu ceva în corp, în minte de atunci, din seara aceea fatidică a căzăturii femeii în baie.

Cu toate acestea, ziua părea totul destul de normal, amândoi fiind aşa cum erau ei de obicei, fiecare făcând ce făceau de când erau împreună, Biluţă cu munca la biroul lui de contabil, Tudoriţa stând mai tot timpul cu ochii în televizor sau pe Internet, admirând poze şi glume, cultură ei bazică fiind satisfăcută ascultând şi văzând video cu manele, amuzându-se copios la imagini cu glume slăbuţe, ea râzând din orice, citind cu plăcere textele siropoase ale autoarelor care ieşeau cu cărţile lor pe bandă rulantă şi care vorbeau despre autodezvoltare, ei plăcându-i tare mult mai ales cele cu tentă religioasă.

Tudoriţei îi atrăgea atenţia, de mai mult timp, o scriitoare de succes din acele vremuri, scriitoare care, prin tot ce publica şi scria în blogul personal, îi alimenta fanteziile şi visele pe care numai tăticul ei i le mai trezea.

Tudoriţa se identifica, sentimental şi mental, cu multe pasaje din ceea ce publica acea femeie, sorbindu-i cuvintele din blogul de pe Facebook pentru că erau scrise simplu, după mintea ei, fiindu-i extrem de uşor să înţeleagă fiecare cuvânt exact cum era scris.

Ea nu obişnuia să scrie, la statusul său în Facebook, nimic personal. Lua mereu, de peste tot, fraze gata aşezate în pagini sau imagini, fotografii cu peisaje, perechi care stăteau pe plajă, marea, munţii, oraşele cele mai renumite, orice i se părea ei frumos, deosebit.

Uneori făcea mici *comentarii*, majoritatea cu emoticoane şi obişnuitele saluturi, depinzând de ora la care se discuta: *bună dimineaţa, bună seara, bună ziua, noapte bună, la mulţi ani, sărăbători fericite,* altele de genul acesta. Atât.

După aproape două luni de stări contradictorii, când sărea brusc de la apatie la hiperexcitabilitate nervoasă, Tudoriţa nu mai trece dintr-o stare în alta, rămânând, uşor, uşor cea pe care Biluţă o ştia dintotdeauna, aceea de femeie capricioasă, nervoasă la *modul sănătos,* cum spunea, râzând el acum, adică *ea* şi felul ei *unic* de a fi.

Văzând-o pe femeia lui aceeaşi pe care o ştia, Biluţă redevine şi el, încet, încet, iarăşi omul vesel, veşnic pus pe glume, suportând cu stoicism şi chiar cu bucurie răutăţile nevestii care, parcă se *întorsese* de undeva, fiind iar Tudoriţa lui cea dintotdeauna şi care-i era acum şi mai dragă.

Pentru că se plictisea acasă, nefăcând mai nimic, Biluţă fiind mereu plecat, întârziind uneori multe ore peste program la serviciul lui, Tudoriţa s-a hotărât să îşi caute şi ea ceva de lucru. Ceva uşor, să mai iasă din casă, să mai vorbească cu lumea, să se mai mişte din pat, să mai simtă şi ea că trăieşte.

Tudoriţa l-a refuzat categoric pe Biluţă când i-a propus, ca să fie el sigur că e bine, o reprogramare a anlizei, rezonanţa la cap, orice consult la orice fel de medic de orice natură şi a decis că singurul ei tratament este viaţa, o activitate, un serviciu, să fie şi ea salariată, să aibă un statut, să aibă şi ea acolo numele ei pe un cont de bancă, oricât de puţini bani ar primi, măcar să fie ai ei.

Urnindu-se cu greu, întrebând în stânga şi-n dreapta prin cunoştinţe şi rude, a găsit de lucru printr-o prietenă veche de familie a lui Biluţă. Femeia îşi făcea acum dosarul pentru ieşirea la pensie. Lucrase, în ultimii zece ani, la o grădiniţă ca femeie de serviciu.

Tudoriţa a fost recomandată directoarei grădiniţei de copii de către prietena familiei lui Biluţă şi astfel, în scurt timp, ea ajunge angajată femeie de serviciu la grădiniţa aceea.

Şi-i părea bine să lucreze, mai ales la o grădiniţă, că tot nu putea avea ea copii, aşa, cel puţin căuta şi găsea zilnic suficiente motive să nu îi para rău că nu-i are.

***

- Hei, tu, heei, aici, uite, aici! Ce, nu mă vezi?!

- Te văd, cum să nu te văd? Ce vrei?

- Cine eşti?

- Tudoriţa! Da' tu?

- Tudoriţa!

- Şi ce cauţi aici, tizo? Râse femeia, stând într-o baie de spital, în faţa oglinzii.

- Ce cauţi şi tu! Rânji femeia din oglindă.

- Ce-ai făcut?

- Da' tu?

- Am omorât-o pe mama. Tu?

- Am omorât-o pe mă-ta.

- Hei, nu-ţi bate joc de mine! Ce-ai făcut de te-au băgat la nebuni?

- Aici e la nebuni? Se miră şi se uită insistent, încercând să desluşească ceva dincolo de corpul uriaş al celeilalte Tudoriţe dar bustul bogat, capul lăbărţat, ochii bulbucaţi, obrajii zbârciţi, părul năclăit şi numai şuviţe, şuviţe, între ele pielea capului părând cărări, cărări, acoperea tot spaţiul vizual al Tudoriţei din oglindă.

- Aşa zic ăştia.

- Cine?

- Ăştia, toţi.

- Care toţi?

- Ăştia care ne aşteaptă afară din baie, ăştia, ce, tu nu-i ştii?

- Nu.

- Unde ai fost până acum?

- Aici. Şi tu?

- Eu am o cameră şi un pat mare. Mare de tot.

- Ca al meu?

- Ai şi tu o cameră şi un pat mare, mare de tot?

- Da.

- Atunci trebuie să-i ştii şi pe ăştia...

- M-ai înebunit cu *ăştia*! Care *ăştia*, femeie?

- Sunt nişte oameni care ne ţin aici şi am auzit eu că nu ne mai lasă să plecăm niciodată afară.

- Aici la mine e *afară*, râse Tudoriţa din oglindă.

- Şi cum ai făcut de-ai ieşit?

- Am spart oglinda, am luat un ciob şi mi-am tăiat gâtul. Şi am ieşit! Da' şşşttt, e secret, nu spune la nimeni!

- Ce, mă crezi nebună? Cum să spun?

- Eşti nebună, n-ai spus că aşa zic *ăştia*?!

- Şi eu, dacă sparg oglinda şi mă tai cu ciobul, pot să ies de aici?

- Da.

- Bine, atunci o să ne vedem *afară*, da?

Şi Tudoriţa, fără să mai aştepte răspunsul celeilalte, dădu o lovitură în oglindă cu degetele ei ca nişte cremvurşti, strânse pumn. Ţăndările săriră în toate părţile.

Se aplecă, luă de jos un ciob mai mare, zări în el faţa celeilate Tudoriţe rânjindu-i a îndemn şi, hotărâtă, îşi reteză beregata, aşteptându-se să se vadă dintr-o dată *afară*.

Zări o lumină puternică, albă, atât de albă încât îi veni să ţipe dar sunetul fricii ei se pierdu într-un gând, o pată mare de-ntuneric acoperind încet, ca o eclipsă de soare, lumina ce-i arsese ochii bulbucaţi.

- Sfârşit -